Ash House

Casterman
Cantersteen 47, boîte 4
1000 Bruxelles
Belgique

www.casterman.com

Publié en Grande-Bretagne par Chicken House, sous le titre : *The Ash House*

ISBN : 978-2-203-22251-9
N° d'édition : L.10EJDN002468.N001

Achevé d'imprimer en février 2021, en Espagne, par Liberdúplex,
(Carretera BV-2249 Km. 7,4, Polígono Industrial Torrentfondo,
08791 Sant Llorenç d'Hortons, Barcelone).
Dépôt légal : mars 2021 ; D.2021/0053/133
Déposé au ministère de la Justice, Paris (loi n° 49.956 du 16 juillet 1949
sur les publications destinées à la jeunesse).

angharad walker

ash house

maintenant, vous n'êtes plus seul

Traduit de l'anglais
par Maud Ortalda

casterman

À mes parents, avec ma gratitude éternelle.

Chapitre 1

Le nouveau

Il changea d'avis dès que la voiture sortit de la voie principale.

— Je devrais peut-être consulter mon ancien médecin, dit le garçon à l'homme qui conduisait. Juste au cas où.

— On est en route maintenant.

C'étaient les premiers mots qu'ils échangeaient depuis qu'ils avaient quitté l'hôpital, à l'aube.

— Je sais, mais peut-être pour vérifier que…

La voiture ralentit et le conducteur se retourna vers lui.

— Ils ont été très clairs à l'hôpital : soit tu essaies cet endroit, soit ils te mettent dehors. Que choisis-tu ?

À travers le pare-brise, le garçon observa les arbres trempés de pluie qui bruissaient dans le vent.

— D'accord, je vais essayer.

— Parfait.

La voiture reprit de la vitesse.

Ils dépassèrent un bosquet où le garçon remarqua la présence d'une vieille cabine téléphonique, dont la moitié des carreaux étaient brisés. Puis vinrent des prairies, un cours d'eau et de hauts marronniers entourés, au sol, de leurs bogues luisantes. Le véhicule bifurqua vers un long chemin sinueux. La grand-route disparut derrière un mur d'arbres à feuilles persistantes.

Après un dernier coude du sentier apparut une grille dorée défraîchie, au sommet de laquelle était juché un garçon. Il décroisa les bras et sauta de son perchoir à l'approche de la voiture, en saluant de la main. Le nouvel arrivant se pencha pour mieux le distinguer, mais les gouttelettes sur le pare-brise déformaient sa figure. Le conducteur descendit pour lui parler.

Resté seul dans l'automobile, le garçon eut envie de retourner à l'hôpital.

Il n'était plus très sûr d'avoir fait le bon choix, en fin de compte. Il se remémora la pression des doigts rigides du médecin sur ses muscles pendant que le père de sa famille d'accueil attendait en tapotant sur son téléphone. D'autres questions. D'autres examens. Une nuit à l'hôpital où d'étranges rêves sortis des ténèbres avaient profité de son sommeil pour se faufiler dans ses pensées. Quelqu'un qui le secouait sans cérémonie, aux premières lueurs du jour : un brancardier, qui devait le faire sortir de sa chambre, et puis, bien sûr, la promesse de l'infirmière de nuit au sujet de cet endroit, avant le trajet qui avait duré la journée.

Le conducteur revint. Il ouvrit la portière et passa la tête à l'intérieur.

— Bon, il est temps d'y aller, dit-il.

Comme le garçon ne bougeait pas, il ajouta d'un ton plus gentil :

— Ça fait toujours bizarre, hein ? Le premier jour quelque part. Mais tu as déjà un copain ici. Il va te faire visiter.

Se faire des copains ne l'intéressait pas. Il sortit sous la pluie battante.

L'autre garçon était grand, mince, avec des cheveux bruns mouillés. Ses épaules, ses clavicules et ses côtes apparaissaient à travers le tissu de sa chemise trempée.

Une vieille paire de jumelles pendait à son cou, retenue par une sangle en cuir. Il avait le visage pâle et parfaitement rond, comme si son corps s'était débarrassé de toute sa graisse, sauf au niveau des joues.

— Salut. Je m'appelle Freedom. Je vais te faire visiter les lieux.

Son nom de hippie ridicule donna envie au nouveau de sauter dans la voiture et de demander à son chauffeur de le ramener, malgré ce qu'on avait pu lui promettre au sujet de cet endroit.

— Tu peux m'appeler Dom, poursuivit Freedom. Les autres me surnomment comme ça.

— OK.

— Il y a un Wisdom, aussi, mais personne ne l'appelle Dom. Dom, c'est moi.

— D'accord.

Ce garçon semblait aussi simplet que son apparence le suggérait.

Le conducteur de la voiture joignit les mains et déclara :

— Eh bien, je m'en vais.

— OK.

— OK, répéta Dom même si personne ne s'adressait à lui.

Le nouveau estima que Dom devait avoir le même âge que lui. Du genre à l'ouest et pas très futé, le type de personne avec écrit « victime » sur le front. Dans son ancienne école, les gars comme lui se faisaient cogner et se retrouvaient dans la benne à ordures au bord de la route dès la rentrée, sans avoir leur mot à dire. Il allait devoir garder ses distances pour ne pas devenir une victime à son tour.

Les deux garçons restèrent côte à côte à regarder l'homme faire marche arrière et s'éloigner si vite que les pneus crissèrent.

Une fois la voiture hors de vue, Dom demanda :

— Tu veux voir la Maison ?

Il sautillait d'un pied sur l'autre, surexcité.

— D'accord.

Le nouveau suivit Dom vers la grille dorée qui s'ouvrit en grinçant sous la pluie. Sentant sa détermination vaciller une fois de plus, il se rappela la raison de sa présence ici. *Après tout*, se dit-il, *ça ne peut pas être pire*.

Chapitre 2

Dom

Le nouvel arrivant n'était pas habillé comme ceux de Ash House[1]. Il portait un bas de jogging immaculé, sans le moindre accroc. Le pantalon de Dom, qui semblait avoir autrefois appartenu à un costume chic, était taché, effiloché aux revers, et si court qu'on voyait ses chevilles crottées et ses baskets. Pour la première fois de sa vie, sans doute, Dom se sentit gêné par son apparence. Il voulait absolument que le nouveau l'apprécie.

Il écarta sa frange trempée qui tombait sur ses yeux. Les vêtements, ça se changeait, mais il déplorait surtout que le nouveau ne découvre pas Ash House par beau temps : la fumée qui émanait des murs du bâtiment pour venir flouter le soleil, les particules de cendre qui s'en détachaient et qui, mélangées au pollen, en été, se déposaient dans les cheveux des enfants et sous leurs yeux, soufflées par le vent. Sous la pluie, ce n'était pas si beau.

Dom referma la grille en se rappelant que la patience était une Obligeance.

Il emmena le nouveau dans l'allée jusque devant la Maison, non sans lui jeter des coups d'œil furtifs tandis que celui-ci découvrait pour la première fois ses murs sombres et doux comme du velours, ses hautes cheminées, ses fenêtres lustrées, encadrées de poudre noire. Il voulait

1. La maison de cendres, en anglais.

le voir écarquiller les yeux et retenir son souffle. Bientôt, la grille et l'allée disparurent et plus aucun obstacle ne les sépara de la Maison. Ils s'arrêtèrent.

— Et voilà, déclara Dom. C'est Ash House, la Maison de cendres.

Les contours du manoir se brouillaient et ondulaient dans le vent. Les murs se dissolvaient dans l'air. La fumée dérivait jusque sur l'herbe luisante de pluie, distillant son odeur de feu de bois. Deux torches croisées, plantées dans la terre devant la propriété, flambaient malgré l'ondée. Les mains sur les hanches, Dom sourit de toutes ses dents.

— Génial, non ?

— C'est quoi, cette odeur de brûlé ?

— Viens toucher ! s'écria Dom.

Il entraîna le nouveau sur la pelouse sans se préoccuper des gouttes qui martelaient leurs épaules. En s'approchant, Dom huma l'odeur de la Maison : bois, air, charbon, et un arôme parfumé, le tout fusionnant au moment de prendre feu.

— Regarde.

Il posa une main contre la paroi. Elle était tiède, mais elle le brûlerait s'il pressait trop fort, trop longtemps. Il murmura les paroles respectueuses qu'ils utilisaient pour exprimer leur gratitude envers les cendres et les Obligeances de leurs noms :

— Freedom est une Obligeance.

Sa paume blême se détacha du mur, recouverte d'une empreinte parfaite de poudre grise.

— À ton tour.

Le nouveau leva un doigt pour effleurer la paroi. Le même gris orna sa peau.

— D'accord. Donc c'est une maison sale ?

— Ce n'est pas de la saleté, c'est de la *cendre*. C'est le Directeur qui l'a construite.

— Mais...

— Bon sang, où avais-je la tête ! s'exclama Dom en se frappant le front. Il faut qu'on te donne un nom d'abord.

Il s'élança vers la grande porte d'entrée.

— J'ai déjà un nom, cria le nouveau derrière lui.

— Ah oui, lequel ? demanda Dom, la main sur la poignée de fer forgé.

— Je... Je...

Le nouveau réfléchit à la question et hoqueta, comme pour réprimer un sursaut. Il porta une main à son visage, laissant une tache sombre au-dessus de son œil.

— Je ne sais pas.

Dans le hall d'entrée au plafond voûté et au sol de dalles, le vieux téléphone dormait sur sa petite table, à côté du tabouret vide. Dom amena d'abord le nouveau jusqu'à la coupe en métal posée sur la table haute, devant le panneau de bois gravé de mots.

La coupe contenait des insignes métalliques de la taille de grosses pièces de monnaie. Dom les remua, en sortit un ou deux qu'il scruta avec attention avant de les reposer sous le regard aussi curieux que réticent de l'autre garçon. La décision était délicate : c'était toujours le Directeur qui la prenait.

Pour finir, il choisit l'insigne parfait : pas aussi brillant que certains, mais lourd, et parfaitement lisse. On pouvait passer le doigt autour sans sentir la moindre imperfection. Il le tendit au nouveau.

— Solitude, annonça Dom.

Le garçon observa le petit objet d'un air sceptique.

— C'est une pièce ?

— Non, c'est un insigne.

Dom désigna le sien, épinglé sur son cœur. Il était argenté, avec une gravure d'animal à plumes, et son nom.

— Tu vois ? Freedom. Toi, tu devrais être Solitude, parce que tu es arrivé seul, et parfois, être seul est une Obligeance.

Le garçon examina l'insigne gris sombre, orné d'une tête de loup. Comme il ne semblait pas savoir quoi en faire, Dom le lui épingla sur son pull.

— Solitude, répéta Dom qui aimait le son du nouveau nom de son ami.

— Donc, vous avez tous des prénoms de...

— D'Obligeances, compléta Dom en tapant ses chaussures pour faire tomber la boue de ses semelles. Tu vas bientôt rencontrer les autres. Tu apprendras leurs noms.

Ensuite, il lui fit traverser le vestibule. La haute fenêtre au-dessus de leur tête projetait un unique rayon de lumière bleu-gris.

Ils dépassèrent plusieurs portes aux poignées poussiéreuses, le grand escalier qui menait à l'étage et celui en pierre qui conduisait au sous-sol, mais Dom se dirigea droit vers la porte du fond dont le bois lisse était poli par l'usure.

Ils émergèrent sur la cour de béton, veinée de mousse. La pluie tombait encore plus dru.

— Alors, là-bas, c'est la salle de classe, et de ce côté, c'est le réfectoire, indiqua Dom en désignant deux petits bâtiments semblables à des granges. Pour les leçons et les repas... Enfin, j'imagine que c'est évident...

Il eut un rire nerveux. Le nouveau ne réagit pas.

— On ne dirait pas comme ça, mais on rentre tous dedans. Viens...

Il s'élança vers un sentier envahi d'herbes folles qui s'éloignait de la Maison. Solitude tritura son insigne un instant, avant de lever la tête pour voir où ils allaient.

— C'est quoi, ce truc ?

— Les dortoirs.

Solitude s'arrêta.

Dom se retourna.

— C'est là que nous dormons, expliqua-t-il.

Le Directeur les avait prévenus que le garçon mettrait un peu de temps à s'habituer à son nouvel environnement.

— C'est une serre.

Dom fronça les sourcils et observa à nouveau les dortoirs en s'efforçant de les voir d'un œil neuf.

— Eh bien, on n'est pas serrés...

— Non, je veux dire que c'est pour les plantes, ce truc, le coupa Solitude. On ne peut pas dormir là-dedans.

— Bien sûr que si. Viens, je vais te montrer.

Dom se remit en marche avec un enthousiasme redoublé.

C'était son endroit préféré après la Maison. Ce bâtiment était presque aussi haut que le précédent, les vitres avaient des reflets bleu-vert, comme le dos d'un scarabée, et sa structure était en fer forgé ouvragé, que la rouille avait rendu orange. Il y avait même un plancher pour le séparer en deux étages : les garçons en haut, les filles en bas. Les filles passaient par l'entrée principale pour pénétrer le labyrinthe d'ombres dans lequel elles dormaient. Les garçons, eux, gravissaient l'escalier en spirale métallique sur le côté pour atteindre l'étage par l'extérieur.

En gravissant les marches, Dom raconta la fois où ils avaient rempli de vieux seaux avec les vêtements qui ne leur allaient plus et où, attachés par la taille avec des cordes et des élastiques, ils étaient descendus en rappel depuis le toit pour nettoyer toutes les vitres. Après, le bâtiment scintillait sous le soleil comme s'il frémissait. Ils s'étaient assis sur la pelouse pour l'admirer. Ils étaient trempés, plein de brûlures dues aux cordes et de vase sous les ongles, mais ça valait la peine, ne serait-ce que pour observer les nuages dériver sur le verre. Malheureusement, en quelques semaines, les cendres, la pluie et la boue avaient repris leurs droits.

— C'est pour ça qu'on ne nettoie pas l'extérieur très souvent, conclut-il.

Ils atteignirent le palier. Comme il faisait bon en ce début d'automne, ils n'avaient pas encore bouché les trous dans les carreaux à l'aide de couvertures et de tapis.

Dom laissa d'abord entrer Solitude.

Ce dernier prit un instant pour observer sa nouvelle maison.

— Je ne comprends pas. On dirait que vous avez installé ça vous-mêmes, déclara-t-il en se tournant vers Dom. Où est votre Directeur, déjà ?

— On ne sait pas trop.

— Mais il n'est pas là ?

— Non, il est absent.

— D'accord, mais... Dom, depuis combien de temps est-il absent ?

Dom plissa les yeux en réfléchissant.

— Ça fera trois ans cet hiver.

Chapitre 3

Sol

Le dortoir était une véritable forêt. Mousse, plantes grimpantes, algues et feuilles recouvraient chaque surface. Elles s'entremêlaient au plafond de verre, drapaient les poutres métalliques, tapissaient le sol et s'enroulaient dans les literies. Quelques fleurs tardives décoraient le toit au-dessus de leur tête. Ça sentait la nature. La lumière filtrait par les vitres les moins encrassées, tandis que la poussière et les végétaux assombrissaient les autres.

Une allée centrale séparait deux rangées de lits. Certains des couchages étaient disposés sur des cadres rouillés, d'autres ne consistaient qu'en de fins matelas posés à même le sol.

Solitude ne savait que penser. Aucun bâtiment ne pouvait tenir debout en étant uniquement constitué de cendre et de fumée, et ces enfants ne pouvaient pas vivre seuls dans cette serre depuis des années. Pourtant, c'était ce que ce Dom lui racontait.

En venant ici, il s'attendait à trouver une sorte de foyer de convalescence, pour les jeunes comme lui. Un endroit entre l'école et la colonie de vacances, peut-être. Mais Ash House ressemblait à une fin du monde, oubliée de tous, abandonnée à son propre pourrissement.

Dom progressait dans l'allée en désignant chaque lit par un nom. Arrivé au bout, il montra un matelas avec une couverture jaune vif posé par terre, et dit :

— Moi, je dors là. Et celui-ci, c'est le tien.

Solitude découvrit avec soulagement qu'on lui avait attribué un vrai lit. L'idée de dormir par terre, à la merci des insectes et des araignées, ne lui plaisait guère.

Face à ce garçon au grand sourire, Solitude comprit qu'il ne pouvait pas laisser cette folie perdurer. Il devait trouver un adulte.

— Dom, je veux utiliser le téléphone.

— Le téléphone ? répéta Dom, perplexe.

— Celui qui est dans le manoir.

On lui avait laissé entendre que le nécessaire serait fourni, qu'il n'aurait besoin ni de téléphone portable, ni de serviette, ni de livres, ni même de vêtements de rechange. Dans ce monde étrange, sans rien de tangible à quoi se raccrocher, pas même son propre nom, il se sentait perdu, vulnérable.

— Mais il ne sonne pas, fit remarquer Dom.

— Hein ? Non, pas pour y répondre... pour appeler quelqu'un.

— Ce n'est pas comme ça que fonctionne le téléphone, Solitude, articula Dom comme s'il s'adressait à un bébé. Il faut d'abord attendre qu'il sonne.

— Je dois juste parler à quelqu'un. Je crois qu'il y a eu une erreur.

— Mais il n'y a pas eu de coup de fil pour toi, reprit Dom. Le Directeur a dit que tu serais peut-être un peu perdu à Ash House au début. Je peux t'appeler Sol ?

— Laisse-moi une minute.

Solitude s'assit au bord du lit, la tête dans les mains.

— Ça va aller, Sol.

Dom lui tapota le bras, apparemment ravi d'utiliser ce nouveau surnom.

Des bruits de pas retentirent dans l'escalier métallique. Sol écouta les bavardages ponctués de cris et d'éclats de rire. C'était comme si son ancienne école – le monde réel – résonnait dans ses oreilles au milieu de ce lieu incertain. Mais chaque fois qu'il essayait de se rappeler le monde réel, son esprit s'embrumait, comme un souvenir lointain, insaisissable, qui ne lui appartenait pas vraiment.

— Tout le monde a hâte de te rencontrer, le prévint Dom.

Les garçons entrèrent en chahutant dans le dortoir, retirant leurs pulls et balançant leurs chaussures. Ils s'avancèrent vers Sol et Dom. Apercevant le nouveau, ils se calmèrent un instant, puis le vacarme reprit de plus belle.

Sol devina une quinzaine de silhouettes. Ils portaient le même genre de vêtements usés, crasseux et dépareillés que Dom. Leur insigne de métal cognait contre leur poitrine et leurs manches retroussées révélaient leurs bras maigrichons.

Certains sautaient de matelas en matelas, d'autres les réprimandaient. D'autres encore discutaient entre eux, les doigts enfouis dans le lierre rampant. Ils semblaient heureux, spontanés. Sol resta sur ses gardes. Il détailla chaque visage pour déchiffrer la dynamique du groupe.

Par chance, un garçon vint se poster en tête de la meute. Il était petit, maigre, avec des cheveux noirs tout plats. Il sourit, découvrant des dents blanches et alignées. C'était sûrement leur chef, décida Sol. Mieux valait s'éloigner le plus vite possible de Dom.

Sol s'avança au bout du lit, armé de son sourire le plus assuré. Il tendit une main au garçon aux cheveux plats qui s'apprêtait à la serrer, mais, sans lui en laisser le temps, quelqu'un lui fit un croche-patte et l'envoya valser sur le sol poussiéreux. Le garçon atterrit lourdement dans un amas de feuilles, sous les ricanements des autres.

— Bien essayé, Wisdom.

Un garçon gigantesque se planta devant Sol. Il avait presque une taille adulte, et des cheveux incolores, coupés très court, en touffes aussi affreuses qu'anarchiques. Sa bouche dessinait un trait sur son visage, mais ce n'était pas ce qui attirait l'attention. Une cicatrice fascinante, en forme de C, lui descendait depuis le haut du front sur le côté de la joue, en passant par son orbite. Au milieu de la chair boursouflée, l'œil était vif et perçant.

Les autres s'étaient tus. Sol s'était trompé sur le compte du garçon aux cheveux plats. Leur chef, c'était celui-ci.

— S... Salut, dit Sol en tendant de nouveau la main.

— Je m'appelle Concord, déclara le garçon.

À sa poitrine, l'insigne doré montrait deux mains serrées. Concord ne fit pas un geste pour serrer la sienne.

— Qui es-tu ?

— Cord, je te présente Solitude, intervint Dom à la grande irritation de Sol.

Concord scruta son insigne puis hocha la tête pour marquer son approbation. Quelques garçons ricanèrent.

— Logique, lâcha-t-il.

— Moi je dis qu'on devrait l'appeler Sol, couina Dom. Je lui ai fait toucher les cendres et puis on est venus ici.

Sol se leva du lit pour s'écarter le plus possible de Dom.

— Qu'est-ce que tu penses de la Maison ? voulut savoir Concord.

— Je... Je n'ai jamais rien vu de tel, admit Sol avec sincérité.

Les garçons échangèrent des sourires et des hochements de tête entendus.

— Je me demandais... Ash House... pourquoi ça s'appelle comme ça ?

Dom éclata d'un rire enfantin, imité par les autres.

Sol recula d'un pas. L'hilarité collective le rendait nerveux.

— Le Directeur a construit le manoir avec de la cendre, expliqua Concord, le seul qui ne riait pas. Et il l'a appelé comme ça. Ensuite il nous a donné nos noms.

Sol eut l'impression que le cercle de garçons se refermait sur lui, leurs sourires et le regard scrutateur de Concord dressant un mur infranchissable qui lui bloquait l'accès à la porte. Le frisson dans sa nuque coula le long de sa colonne vertébrale.

— J'ai besoin d'utiliser le téléphone, dit-il à Concord.

— Je lui ai déjà expliqué..., commença Dom, mais Sol le coupa.

— Oui, tu me racontes n'importe quoi depuis que je suis arrivé, toi. Pourquoi tu ne retournerais pas dans l'asile de fous dont tu t'es échappé ?

Le visage rond et jovial de Dom se décomposa. Les rires des autres s'évanouirent. Concord empoigna Sol par le col et l'attira à lui jusqu'à ce qu'il ait une vue nette de la chair fendue autour de son œil.

— Tu ne parles pas à Dom comme ça, articula Concord d'une voix calme. Ce n'est pas une Obligeance.

Derrière lui, les autres hochèrent la tête avec vigueur.

— Pas une Obligeance du tout, insista quelqu'un.

— Dom a plus d'Obligeances que nous tous réunis, poursuivit Concord. Et c'est mon meilleur ami.

Sol pensa à Wisdom qu'on venait de jeter à terre quelques secondes plus tôt. Cet endroit fonctionnait à l'envers. Il fallait qu'il se libère pour ne plus avoir à regarder le visage difforme de Concord, mais le garçon était plus grand et plus fort que lui, et il le maintenait d'une poigne de fer.

— Ce que je voulais dire…, essaya-t-il d'expliquer, mais Concord n'écoutait pas.

— Puisque tu n'as aucune Obligeance, tu n'as rien à faire ici. Mais nous attendrons les instructions du Directeur.

Concord poussa Sol si fort qu'il retomba sur le lit et se cogna la tête contre le cadre métallique. Il poussa un cri, la main serrée sur le crâne pour chasser la douleur. Quand il rouvrit les yeux, les garçons s'étaient éloignés par petits groupes.

Seul Dom était resté. Il déposa une couverture bleue au bout du lit et retourna à son matelas.

À la nuit tombée, sous sa couverture étonnamment épaisse et douce, Sol regarda les formes que la lune projetait sur le verre. Les quinze autres garçons dormaient, marmonnaient, s'agitaient ou se grattaient dans leur sommeil, si bien que le dortoir semblait devenu une créature aux appendices multiples.

Si seulement il avait pu dormir aussi. Demain, il trouverait le moyen de contacter quelqu'un, n'importe qui, pour se sortir de là.

Il essaya de compter les moutons.

Un… Deux… Trois…

Il enfonça ses omoplates dans le matelas. Chaque fois qu'il fermait les yeux, les feuilles entrelacées au-dessus de sa tête laissaient place au visage perplexe et blessé de Dom.

Je m'en fiche, songea Sol. Il venait à peine de rencontrer Dom. Qu'est-ce que ça pouvait bien faire qu'il soit le meilleur ami de Concord ? Ce n'était pas comme s'il l'avait insulté... À son ancienne école, on l'embêtait en permanence et on lui balançait des choses bien pires que ça.

Mais chaque fois qu'il se retournait, il pensait à Dom, déposant la couverture au bout de son lit.

— Sol ?

La voix de Dom s'insinua dans ses pensées agitées.

— Quoi ? chuchota Sol.

— Pourquoi tu ne dors pas ?

— Je réfléchis, c'est tout.

— Tu as besoin d'une autre couverture ?

— Non. Merci, ajouta-t-il après une pause.

— Pas de souci.

Puis, après une pause plus longue, Sol chuchota de nouveau :

— Dom, désolé pour ce que j'ai dit. Je ne pense pas que tu sois un fou.

— Si, un peu.

— Non, vraiment pas.

Dans les ténèbres, il sentit que Dom se redressait sur un coude.

— Sol, l'honnêteté est une Obligeance.

— D'accord, alors je trouve que certains trucs que tu racontes ont l'air un peu dingues. Mais être désolé ce n'est pas une « Obligeance », aussi ?

Il entendit le sourire de Dom dans sa voix.

— Si. Comme le pardon.

— Donc tu ne m'en veux pas ?

— Bien sûr que non. Tu es mon ami. On ne peut pas en vouloir longtemps à ses amis.

Dom se retourna et, au bout de quelques minutes, se mit à ronfler doucement.

Sol resta éveillé longtemps. Son esprit moulinait. D'autres pensées avaient fait leur apparition. De nouveaux amis. Un endroit où personne ne le connaissait et où il pouvait aller mieux.

Un endroit où la douleur ne pouvait pas le rattraper.

Il essaya de compter encore une fois. Sur le matelas voisin, la respiration de Dom s'étrangla un peu et il produisit un gargouillis semblable à une grenouille.

Un... Deux... Trois...

Dehors, une bourrasque plia les feuilles sur le toit de la serre.

Un... Deux... Trois...

Qui lui avait dit que venir ici arrangerait tout ? Il ne s'en souvenait pas.

Un... Deux...

Il fallait qu'il aille mieux.

Un...

Chapitre 4

Dom

Le nouveau dormit plus longtemps et plus profondément que tout le monde. Quand les premières lueurs rose orangé filtrèrent dans le dortoir, illuminant les veines des feuilles, Concord s'approcha du lit de Dom. Il observa Sol, qui dormait sur le côté, la bouche grande ouverte.

— Ça ne va pas, chuchota Concord. On n'a jamais eu de nouveau avant.

— Mais le Directeur a dit que…

— Je sais, je sais.

Leur amitié remontait aussi loin que Dom s'en souvenait. Ils savaient toujours ce que l'autre pensait ou ressentait.

— Cord, je crois que Sol peut faire preuve de merveilleuses Obligeances.

Concord haussa le sourcil au-dessus de son œil intact.

— J'en suis sûr, insista Dom. Il me l'a montré hier soir. On devrait lui donner une chance.

— Voyons d'abord ce qu'en pensent les filles.

Dom hocha la tête. Il s'était réveillé d'humeur optimiste, comme à son habitude, mais à l'évidence, si les filles et Concord décidaient de rejeter le nouveau, Sol ne passerait pas un très bon moment à Ash House. Préoccupé, il saisit la paire de jumelles sur son oreiller pour triturer la mise au point.

— Je suis de garde cette semaine, l'informa Concord. Je dois y aller. On se voit au petit déjeuner.

Il sortit tandis que les autres commençaient à se lever.

Quand Sol émergea enfin, Dom lui indiqua les douches. La salle de bains se situait à l'autre bout du dortoir, derrière la fine cloison où ils accrochaient leurs manteaux et rangeaient leurs affaires dans de petits casiers. Répugnant à toucher les robinets rouillés, Sol resta sur le carrelage aux joints noirs qu'aucun brossage ne pouvait plus récupérer, alors que l'eau était chaude et agréable.

Ils descendirent les derniers, juste à temps pour croiser les filles qui sortaient de leur dortoir par le rez-de-chaussée. Sol s'arrêta derrière Dom, comme saisi d'une timidité soudaine. Les filles le toisèrent, circonspectes.

Dom leva une main et la première du groupe lui répondit par un signe de la tête. Il éprouva un pincement de déception. Avant, il était aussi proche de Liberty que de n'importe lequel des garçons, même de Concord. Or, depuis le départ du Directeur, une fracture était apparue entre les filles et les garçons. On n'en parlait jamais, mais Dom avait parfois l'impression d'être abandonné à son sort sur le rivage, tandis que ses camarades dérivaient au loin.

C'était un matin semblable aux autres et en même temps très différent puisque, ce matin, Dom avait Sol. D'ordinaire, il s'installait avec ses trois meilleurs amis : Concord, Merit et Justice. Aujourd'hui, cependant, il s'assit plein de fierté au milieu de la longue table, Sol à sa droite, et s'appliqua à répondre aux interrogations. Happiness et Temperance servaient le petit déjeuner – porridge chaud avec un filet de miel.

Libby vint s'asseoir en face d'eux, ses épaisses boucles à peine contenues par des tresses serrées. Elle observait Sol pendant que les garçons le mitraillaient de questions. Que pensait-il de Ash House ? Aimait-il son nom ? Le dortoir n'était-il pas fantastique ?

La bouche pleine, Sol ne répondait que par de prudents hochements de tête. Alors, Dom intervenait pour développer.

— Il est là pour que nous lui apprenions les Obligeances, expliqua-t-il. Et il peut nous aider pour les corvées. Je pense que si ça se passe bien, le Directeur enverra de plus en plus de nouveaux.

— Ou de nouvelles, ajouta Libby.

— Il a beaucoup à apprendre sur les Obligeances.

C'était Concord qui venait d'apparaître derrière Libby, son bol posé en équilibre sur sa paume.

— C'est ce que je dis, insista Dom. D'après le Directeur…

— Je peux poser une question ? demanda soudain Sol.

Toute l'attention de la tablée se tourna vers lui.

— Si le Directeur est parti depuis trois ans, comment savez-vous ce qu'il veut que vous fassiez ?

Dom remua sur son siège. Personne n'aimait parler de l'absence du Directeur. Même Concord regardait ses pieds. Mais Dom se fit un devoir d'expliquer la situation.

— Il va bientôt revenir. En attendant…

— Quand ?

— Quand quoi ?

— Quand est-ce qu'il va revenir, exactement ?

Dom sentit les regards sur lui. Il prit une grande inspiration.

— Dès qu'il pourra. En attendant, il téléphone chaque jour pour parler à la personne de garde et nous communiquer nos corvées.

— Qui est de garde ?

Dom ne put s'empêcher de remarquer que, pour quelqu'un qui renâclait à répondre aux questions, Sol semblait en avoir un tas à poser.

— C'est moi, cette semaine, intervint Concord. On se relaie.

Sol cessa de racler la fin de son porridge.

— Donc… il n'y a pas d'autres adultes ici ? Pas de profs, pas de parents ? Juste nous ?

— Pa-rents, articula Libby.

Les têtes s'inclinèrent sur le côté.

— Vous n'avez pas de parents ?

— C'est quoi des parents ? demanda Dom.

Une inexplicable expression de terreur passa sur le visage de Sol. Ses yeux verts écarquillés, il précisa d'une voix suraiguë :

— Des parents… vos mères et vos pères ? Les gens qui vous ont faits, qui vous ont élevés et qui s'occupent de vous !

— Il parle du Directeur, déclara Concord, l'air dérouté.

— Mais d'où croyez-vous venir ? interrogea Sol.

— De là d'où vient le monde, répondit Libby. Des cendres.

— Des cendres.

Les mots se répétèrent dans un murmure autour de la table.

Sol posa sa cuillère. Dom lui trouva un air un peu nauséeux.

— Donc vous n'avez pas de familles ?

— C'est ça, notre famille, lança Concord.

— Et on a le domaine entier pour nous tout seuls !

Dom sentit qu'il s'était exprimé un peu trop fort, avec un peu trop d'enthousiasme, mais les questions de son nouvel ami allaient dans le mauvais sens et il voulait y mettre un terme.

— C'est merveilleux, n'est-ce pas ? lança-t-il aux autres avec un grand sourire.

— On est totalement seuls ? insista Sol.

— La solitude est une Obligeance, Sol.

Dom gloussa de ravissement à sa propre plaisanterie et le reste de l'assemblée l'imita.

En quittant le réfectoire pour se diriger vers le manoir de Ash House, Dom détailla la routine quotidienne à Sol. Le garçon marqua une pause devant le bâtiment pour lever la tête vers les murs fumants. À cet instant, un oiseau passa au-dessus d'eux en vrombissant et tourna en direction de la classe.

— C'est un drone ? interrogea Sol.

— C'est un oiseau.

Dom porta le cuivre froid de ses jumelles à ses yeux pour l'observer survoler le toit de la salle de classe et s'éloigner vers les terres.

— Il fait sa ronde habituelle, pour s'assurer qu'on va bien à l'assemblée. Il n'y a pas à s'inquiéter.

Sol regarda de tous les côtés pour en trouver d'autres, mais Dom l'entraîna à l'intérieur. Ils suivirent le groupe bruyant jusqu'à l'escalier qui descendait à la salle de l'assemblée, que Sol s'obstinait à appeler « la cave ».

— Il ne participe pas ? demanda-t-il en remarquant Concord assis sur le tabouret près du téléphone.

— Il doit attendre que ça sonne, expliqua Dom. Parce qu'il est de garde. Ça change à la fin de la semaine. Bientôt ce sera mon tour, mais peut-être que pour toi ça mettra plus de temps. Allez, viens.

Ils laissèrent la lumière du soleil derrière eux. Dans la salle de l'assemblée, les sièges alignés faisaient face à une petite estrade. Dom installa Sol à côté de lui, au premier rang. Assurément, Sol – de mémoire, le plus grand événement jamais survenu à Ash House – était là pour une bonne raison. En ce moment même, le Directeur devait être en train de révéler cette raison à Concord et, ensemble, ils lui enseigneraient les Obligeances.

Perdu dans ses pensées palpitantes, Dom fut le dernier à s'apercevoir que l'attente était plus longue que d'habitude. Trop longue. Les fesses gigotaient sur les chaises, les baskets frottaient par terre. Sol poussa un soupir agacé. Dom se retourna vers Libby. Elle, qui savait toujours quoi faire la première, se contenta de lui adresser un regard perplexe. De mémoire collective, personne n'avait jamais discuté aussi longtemps avec le Directeur.

Quand Concord descendit enfin l'escalier, les muscles contractés de son visage lui donnaient un air curieux. Dom eut l'impression qu'on lui avait plongé les mains et les pieds dans l'eau glacée.

— Il n'a pas appelé, croassa Concord à l'assemblée.

Durant les trois longues années de son absence, jamais, pas un seul jour, le Directeur n'avait omis de téléphoner à la Maison de cendres.

Chapitre 5

Sol

L'annonce de Concord fut aussitôt noyée dans un concert de voix enfantines. Les questions fusèrent. Certains avaient bondi de leur siège, les bras en l'air. D'autres, les mains plaquées sur la bouche, ouvraient de grands yeux ébahis. Dom se leva, puis se rassit aussitôt, une jambe repliée sous lui.

Concord fit taire le brouhaha.

— Je suis sûr qu'il appellera demain et que les choses rentreront dans l'ordre. En attendant, on a des corvées, des leçons, et des tas de choses à faire. Il voudrait que nous fassions comme d'habitude et que nous nous rappelions nos Obligeances.

S'ensuivirent des questions plus calmes, des ongles rongés et des hochements de tête. L'assemblée se leva à contrecœur quand Concord descendit de l'estrade. Son visage commençait à reprendre une couleur normale, mais il gardait la tête baissée.

— Je ne comprends rien, dit Sol à Dom qui restait assis, la jambe droite repliée sous lui et le menton posé sur son genou gauche, en se rongeant l'ongle du pouce.

— Le Directeur nous téléphone tous les jours. Il n'avait jamais oublié jusque-là.

— Il est peut-être en retard.

— Mais il téléphone toujours juste après le petit déjeuner.

— Il appellera peut-être au déjeuner.

Sol n'avait aucune idée de la raison pour laquelle il racontait ça, mais ses hypothèses semblèrent remonter le moral de Dom.

— Tu crois ?

— Bien sûr, pourquoi pas ? Il est peut-être occupé, ou alors il n'a pas de réseau.

— Pas de quoi ?

— De réseau. Tu sais... s'il est quelque part où ça ne capte pas, il ne peut peut-être pas appeler. Il est où, déjà ?

— On ne sait pas. C'est ça, le pire. Il lui est peut-être arrivé quelque chose. Et s'il n'avait plus de... de réseau, comme tu dis, ou s'il avait des ennuis, ou... ou s'il était malade ?

Si Dom se mettait à pleurer, il n'allait pas le supporter. Heureusement, Libby approcha en jouant avec le bout de sa tresse d'un geste nerveux et pressa l'épaule du garçon.

— Ça va aller, affirma-t-elle.

— Merci, Lib.

— Bien sûr que ça va aller, renchérit Concord.

Il était flanqué de Justice et Merit. Le premier, un garçon agité, nerveux, avait la peau pâle presque translucide à la lumière, tandis que Merit, lui, avait le teint plus foncé que Sol, des yeux bruns, de longs cils recourbés et une voix apaisante.

— La Maison nous protégera, leur assura Merit.

Concord posa un regard appuyé sur Sol.

— Si nous nous rappelons nos Obligeances.

Sol sentit son aversion pour le soi-disant meilleur ami de Dom atteindre son point culminant. Ce n'était pas parce qu'ils n'étaient pas partis du bon pied que Cord devait s'en prendre à lui à chaque occasion.

— Ce n'est qu'une maison, répliqua Sol. Une maison ne peut rien faire. Nous sommes seuls.

— Nous ne sommes pas seuls, insista Dom. Le Directeur nous téléphone. *Tous* les jours. Il veille sur nous et il va revenir très, très, très, très bientôt.

— Je ne vois pas ce qu'il peut faire par téléphone, rétorqua Sol. Et, trois ans, ce n'est pas ce que j'appelle « bientôt ».

Dom ouvrit et referma plusieurs fois la bouche. Les autres prirent le relais.

— Tu n'en sais rien du tout, lança Liberty.

Si elle lui avait paru distante au petit déjeuner, à présent, elle lui semblait clairement hostile.

— Personne ne t'a demandé ton avis, ajouta Merit.

— Tu viens juste d'arriver ! Tu ne peux pas comprendre...

Justice criait à moitié, mais Concord leva une main pour le faire taire.

— Tiens, c'est vrai, ça. Tu viens *juste* d'arriver.

Sol les regarda tour à tour avec nervosité. Dom gardait la tête baissée.

— Qu'est-ce que tu sous-entends ?

Concord lui décocha un regard noir. Le duvet incolore sur son crâne se confondait avec le mur derrière lui.

— Tu débarques de nulle part et soudain on n'a plus de nouvelles du Directeur. Quelqu'un d'autre voit le lien ?

Une bulle de silence se forma autour des sièges de Dom et de Sol.

— L'extérieur n'est pas une Obligeance, poursuivit Concord, mais tu es entré avec, portant on ne sait quoi sur tes chaussures, tes vêtements, ou même ta peau.

— Portant quoi ? Des maladies ? devina Sol. Je n'ai pas de microbes. Si quelqu'un devait en avoir, ce serait plutôt vous. Ça vous arrive d'aller chez le docteur ou chez le dentiste, au moins ?

Justice inspira bruyamment. Libby poussa un juron. Concord fit un pas vers Sol.

Dom se leva d'un bond en faisant crisser sa chaise.

— On va être en retard pour les leçons.

— Mais il a...

— Cord, laisse tomber. Il faut y aller.

Dom baissa les yeux sur Sol, l'air énervé pour la première fois.

Qu'avait-il dit de si insultant ? Il l'ignorait, mais à l'évidence, il avait franchi une limite à ne pas dépasser.

Concord grogna dans sa barbe et s'éloigna, emmenant la majorité du groupe avec lui.

— Ne refais jamais ce genre de blague, l'avertit Dom.

— Compris.

Dom inclina la tête comme s'il s'apprêtait à ajouter autre chose, mais finalement il haussa les épaules.

— Il faut qu'on y aille, marmonna-t-il. Oublie ça. Tu l'as dit toi-même, le Directeur va appeler bientôt. Tout rentrera dans l'ordre.

Sol le suivit dans l'étroit escalier.

— Oui. Si on peut parler d'ordre, ici.

La présence d'adultes ne semblait pas nécessaire à Ash House. Les enfants étaient réglés comme des horloges. Il n'y avait pas de sonneries, pas de cris, aucune autorité pour les faire passer d'un endroit à un autre. Ils obéissaient à une routine scrupuleuse, qu'ils jugeaient en fonction d'un cadran solaire placé devant le manoir, que Sol ne savait pas déchiffrer, mais dont ils avaient à peine besoin eux-mêmes. Ils étaient si accoutumés aux journées à Ash House que chaque déplacement était une habitude. À l'heure de manger, ils mangeaient. À l'heure des corvées, ils travaillaient. Et à l'heure de l'école, ils se rassemblaient devant le bâtiment principal avant de se diriger vers la vieille grange en face du réfectoire.

Sol suivait Dom. Il remarqua que chaque fois qu'ils sortaient, ce dernier s'arrêtait, les yeux plissés vers le ciel à la recherche de drones, parfois avec ses jumelles, ou seulement les mains en visière.

Le bâtiment où ils se rendirent paraissait avoir été installé là à la va-vite, des années plus tôt. Il était fait de tôle ondulée et d'un toit de métal et de plexiglas qui produisait un bruit assourdissant sous la pluie. À l'intérieur, une immense salle de classe accueillait des pupitres de bois à l'ancienne, alignés en rangs.

Sol hérita d'une table au fond de la pièce, avec pour seule compagnie le dos maigrelet de Dom devant lui. Il commença à se détendre pour la première fois depuis son arrivée à Ash House. Les salles de classe et leur fonctionnement, il connaissait. Il scruta le groupe, profitant de sa position pour l'observer sans regard braqué sur lui. Si Dom n'était pas le souffre-douleur de l'école, alors qui était-ce ? Ça semblait être Wisdom, dont les autres se tenaient à distance. La bande de Dom était constituée de Concord, Merit, Justice, plus trois filles : Liberty, Honesty et Sincerity. Honesty avait les cheveux coupés court ; avec Sincerity, elles portaient les mêmes pantalons et chemises que les garçons. Quand Libby s'assit à son pupitre, elle se retourna un instant et, surpris, Sol décela dans son visage l'ombre de celui de Dom : le sourire doux, les yeux en amande, les joues rondes. Mais, rapidement, la lumière changea, et il ne fut plus très sûr.

Ce petit groupe de sept était le plus bruyant de la salle. Assis sur son bureau, Concord avait posé les pieds au bord du siège de Dom et mâchonnait un crayon en fusillant Sol du regard.

On lui distribua quelques feuilles et un crayon, puis Honesty tira la grande porte et un projecteur s'alluma au-dessus d'eux. Une image apparut sur le mur devant les bureaux. Un film. Tout le monde se tut, assis bien droit sur sa chaise.

C'était une série de leçons de l'ancien temps. Le film avait dû être tourné longtemps avant leur naissance. L'homme qui s'adressait à eux arborait une cravate multicolore sur un affreux blazer marron. Sol étouffa un fou rire, mais autour de lui, les autres écoutaient attentivement, sans broncher.

Ce fut le cours le plus bizarre qu'il avait jamais subi. Le prof avait choisi la vérité comme Obligeance du jour, et ils l'écoutèrent pendant trente-cinq minutes disserter sur sa signification, son importance et la façon dont ils devraient se comporter pour acquérir cette Obligeance. Ensuite, il fut question des corvées et des tâches ménagères, puis ils apprirent la compassion, avant de passer aux principes du commandement et à la manière de fédérer un groupe pour résoudre un problème.

Sol se sentait mourir d'ennui. Chaque leçon était soit une longue conférence philosophique, soit un guide pratique pour le bon fonctionnement de Ash House qu'il avait du mal à suivre.

Les autres prenaient des notes avec une application zélée. De temps en temps, l'homme dans le film posait des questions et leur laissait le temps d'en discuter. Ils débattaient alors poliment entre eux. Quand les leçons s'achevèrent enfin et que le projecteur n'afficha plus qu'un carré de lumière jaune, Sol avait posé son crayon et observait les fines toiles d'araignées sur le mur.

Dom se retourna vers lui avec un sourire bête.

— Alors, comment c'était ?

— Je n'ai pas l'habitude de ça, répondit-il avec franchise. Vous avez des profs à part... lui ?

— Oui, on en a cinq.

— Ce sont tous des films comme celui-ci ?

— Des films ?

— Oui, des films.

Sol expliqua le mot en désignant le projecteur fixé au mur opposé.

— Oh ! Oui.

Puis, ravi, Dom répéta ce mot nouveau :

— Films.

Sol baissa les yeux sur sa prise de notes médiocre.

— Qu'est-ce qu'on fait maintenant ?

— Les corvées. Et demain, d'autres Obligeances, du commandement et de la survie.

— D'accord. Vous n'avez pas anglais, histoire, ou des trucs comme ça ?

— Histoire de Ash House ?

L'idée fit naître un sourire si grand sur le visage de Dom que ses joues menacèrent d'éclater.

— Histoire du monde, andouille.

— Eh bien, eh bien, intervint Concord qui se retourna à son tour, une main sur le dossier de la chaise de Dom. Regardez qui s'entraîne à devenir Directeur du monde.

Justice et Merit, à l'affût du moindre signe d'un début de bagarre, portèrent leur attention sur eux.

— Je voulais juste dire qu'« histoire de Ash House » n'est pas vraiment une matière qu'on enseigne à l'école, expliqua Sol.

— École, répéta Concord avec un rictus. Voilà qu'il invente des mots.

Concord et Dom rangèrent leurs notes et leurs crayons dans le casier sous leur pupitre. Sol observa autour de lui le mobilier fatigué, les murs crasseux et les grains de poussière qui dansaient dans la lumière du projecteur. Il ne découvrit les écritures peintes sur le mur du fond qu'en se levant.

— Qu'est-ce que c'est ? demanda-t-il même s'il l'avait déjà compris seul.

— C'est nous, répondit Dom qui semblait ravi de changer de sujet. Il faudra qu'on ajoute ton nom bientôt.

En effet, c'était une liste de leurs prénoms. Il y vit Freedom. Concord. Liberty. Ainsi qu'Amity, Reason, Calm, Joy, Patience, Prudence... C'était la même liste que celle gravée dans le panneau de bois de l'entrée du manoir. À un détail près.

— C'est quoi l'espace vide ? interrogea-t-il.

En haut de la liste, un nom avait été recouvert de peinture blanche. Il s'approcha et parvint à déchiffrer « Clemency » en dessous. Même s'il avait du mal à se rappeler les prénoms de tout le monde, il était certain de n'avoir entendu personne prononcer « Clemency » depuis son arrivée.

— Pourquoi c'est peint par-dessus ?

À côté de lui, Dom enroulait le cordon de ses jumelles autour de son cou. Il passa le doigt sur le nom de Clemency.

— Elle n'est plus là, déclara-t-il pour toute réponse.

Le silence était retombé derrière eux. Sol fit volte-face. Ceux qui restaient dans la salle regardaient le mur, perdus dans leurs pensées.

Ce fut Concord qui brisa le charme. Il escalada son pupitre pour poser une main sur l'épaule de Dom.

— Viens. On a des corvées à organiser.

Ils s'apprêtèrent à partir.

— Qu'est-ce que tu veux dire par « elle n'est plus là » ? insista Sol. Elle a eu le droit de s'en aller ?

— Elle... enfin, une fois...

Les joues d'ordinaire roses de Dom avaient blêmi d'un coup.

— Dom, comment est-elle partie ?

Concord passa un bras protecteur autour de son ami.

— Fiche-lui la paix. Viens, Dom, n'écoute pas sa Désobligeance.

— Comment ? Comment est-elle sortie ? Où est-elle allée ? Dites-le-moi !

— Tais-toi maintenant, lâcha Concord. Elle n'est *allée* nulle part.

Sol mit un instant à digérer les mots de Concord.

Il essaya de ne pas prêter attention à la moiteur soudaine de ses mains. Il avait besoin d'air.

— Qu'est-ce qui ne va pas, Sol ? demanda Dom.

— Hum…

La lumière commença à se dilater à la périphérie de sa vision. Une sensation qu'il connaissait bien. Quelques taches noires clignotèrent devant ses yeux. *Des mouches*, songea-t-il. *Ce ne sont que des mouches, ou de la poussière.*

Dom ajouta autre chose qu'il n'entendit pas. Concord se rapprocha.

— Il t'a posé une question.

— Désolé, répondit Sol en faisant le tour de son bureau. Je… j'ai juste…

Les points noirs se multipliaient comme des bactéries au microscope.

Concord lui bloquait le passage, Justice derrière lui, ses cheveux blancs mêlés à la lumière du jour qui filtrait par l'entrée. Si seulement les contours des choses – les murs de brique, la porte de bois, sa propre peau – pouvaient cesser d'osciller…

— Tu sais ce que je pense ? reprit Concord. Je pense que tu es un test. Le Directeur est en train de nous tester. Il veut que nous constations ton absence d'Obligeances. Tu n'as pas ta place sur ce mur.

D'un mouvement brusque et maladroit, Sol tenta de se rattraper à l'épaule du garçon pour ne pas tomber. Raté. Les points noirs enflèrent et engloutirent le visage de Justice, celui de Concord, la lumière du soleil, le monde entier.

Le picotement familier remonta le long de ses jambes comme une ligne de fourmis. Il se prépara à l'impact. Les décharges électriques frappèrent chacune de ses côtes et sautèrent de vertèbre en vertèbre, jusqu'à agripper ses omoplates et s'y enrouler. La douleur lui coupa le souffle. Sa nuque se figea. Une sensation qu'il avait déjà ressentie en bien trop d'occasions, pourtant, chaque fois, l'horreur dévorante le sidérait.

Il l'éprouvait jusque dans ses molaires, ses globes oculaires et même dans ses ongles. Son dos brûlait, se consumait, et rien ne pouvait l'empêcher. Il savait que son corps ne tarderait pas à s'éteindre pour lui épargner le pire, mais ça n'arrivait jamais assez vite.

Pourvu que le sol ne soit pas sale, songea-t-il. Pourvu qu'on ne se moque pas de lui.

Il perçut des bruits de pas, des voix, des raclements de chaise. Se trouvait-il encore dans une salle de classe ? Impossible que cette douleur qui lui transperçait les omoplates se produise dans un endroit si... banal.

Il entendit Concord crier :

— Je ne l'ai même pas touché !

— Il n'aurait pas dû parler d'elle, dit la voix calme de Libby.

Il ne voyait rien. Il essaya d'appeler Dom. Quand la douleur l'entraîna là où personne ne pouvait l'atteindre, il la laissa faire.

Chapitre 6

Dom

Après que Sol s'était effondré dans la salle de classe, Concord l'avait transporté jusqu'au dortoir sous le regard perplexe de Libby. Dom resta avec Sol pendant que les autres se rendaient aux corvées. Assis au bord du lit, il posa les coudes sur ses genoux et le menton sur ses paumes pour que le poids de sa tête empêche ses mains de trembler. De temps en temps, il entendait un oiseau bourdonner près du dortoir puis disparaître rapidement. Il espérait que l'oiseau n'observait pas de trop près.

Sol remuait à peine. Par moments, il semblait sur le point d'ouvrir les yeux, mais serrait les dents, grognait et se rendormait.

Après les corvées, Merit fut le premier à revenir au dortoir.

— Il est réveillé ? demanda-t-il en dégageant les feuilles qui voulaient s'emmêler dans ses cheveux.

— Non, répondit Dom.

Merit lui tendit une pomme, mais Dom n'avait pas le cœur à avaler quoi que ce soit.

— Tu n'es pas obligé de le surveiller.

— Si.

— Tu sais ce que je veux dire. Les autres arrivent.

— Préviens-les de ne pas faire de bruit en montant.

Il entendit Merit s'adresser aux garçons depuis le palier. Le lierre entrelacé sur les vitres au-dessus de sa tête plongeait son coin du dortoir dans l'ombre. C'était comme être assis dans un arbre. D'habitude, Dom se sentait en sécurité ici, mais avec Sol si malade, il lui était désormais difficile de se sentir bien où que ce soit.

Sans bruit, les garçons se rassemblèrent autour du lit de Sol.

— Il ne peut pas rester ici, décréta Concord. D'abord, le Directeur ne téléphone pas. Maintenant, le nouveau est malade. Il se passe quelque chose.

— On ne peut pas laisser une seule personne nous apporter le mal, approuva Justice.

— Les filles sont d'accord, ajouta Merit. Je sais qu'elles n'ont pas le droit de monter, mais on devrait tous avoir notre mot à dire.

— C'est vrai. Alors, c'est décidé ? demanda Concord.

— Non.

Le groupe se tourna vers Dom.

— Dom, s'il te plaît..., commença Concord.

— Mais je ne suis pas d'accord ! On ne sait même pas ce qu'il a. Si ça se trouve, ce n'est qu'exceptionnel. Vous savez... il est peut-être nerveux parce qu'il est dans un nouvel endroit. Ou alors, il n'a pas assez mangé au petit déjeuner ?

— Dom, on était là, lui rappela Merit. Il ne s'est pas simplement évanoui. Il a eu un genre de crise, ou quelque chose comme ça.

— Et s'il a une maladie et qu'il nous contamine ? insista Justice en triturant avec nervosité le revers de sa chemise. Qu'est-ce qu'on fait si on attrape une maladie de l'extérieur ?

— Il ne nous contaminera pas, soutint Dom. On ne sait rien de lui.

Il implora Concord. S'il arrivait à le faire changer d'avis, les autres laisseraient Sol tranquille.

— On ne sait pas ce que le Directeur veut faire de lui. Et s'il revenait et découvrait qu'on s'est débarrassés de Sol ? Il pourrait se mettre en colère.

Concord hésita, les autres aussi.

— Si ça recommence, on fera quelque chose, reprit Dom. Mais attendons au moins d'entendre ce que Sol dira à son réveil.

— Très bien, concéda Concord. On attend que le Directeur nous appelle. Demain, j'en suis sûr. Dom, quand il se réveillera, essaie d'en savoir le plus possible. Si tu crois que c'est contagieux, tu dois nous en faire part.

— C'est compris.

— Jure-le ! s'exclama Justice.

— D'accord. Je le jure.

Tous les garçons acquiescèrent derrière Concord. Dom sentit le poids de leur inquiétude sur ses épaules et le picotement d'une sensation qu'il tentait d'enterrer depuis longtemps : la culpabilité.

— Je ferai en sorte que rien de mauvais n'arrive à personne, leur promit-il.

Quand les yeux de Sol s'ouvrirent, ils se braquèrent sur ceux de Dom, écarquillés de terreur. Il mit un long moment à se lécher les lèvres avant de pouvoir parler.

— Vous n'avez pas appelé d'ambulance, hein ? demanda-t-il d'une voix éraillée.

— Appelé quoi ?

— Laisse tomber.

Sol voulut se redresser sur ses coudes mais retomba sur le fin oreiller.

— Pardon, ajouta-t-il.

Dom se rapprocha. La peau brune de Sol avait viré au gris. De profonds sillons s'étaient creusés sous ses yeux verts et ses mains étaient sales et éraflées à cause de sa chute dans la classe.

— Les autres sont venus voir comment tu allais.

Sol fit la grimace comme s'il ne le croyait pas.

— Je suis resté avec toi.

— Merci, grogna Sol. Tu veux bien… t'éloigner un peu ?

Dom s'aperçut qu'il était penché juste au-dessus de Sol, son visage à quelques centimètres de lui. Il se rassit correctement.

— Désolé. Et je suis désolé pour tout à l'heure, aussi. On ne voulait pas te faire peur.

— Tout à l'heure ?

— Quand tu es tombé.

— Ce n'était pas à cause de vous. C'est mon dos. J'ai… des problèmes de dos.

— C'est que tu étais en train de regarder nos noms et quand Concord a…

Sol se redressa, les mains plantées des deux côtés du lit pour se soutenir. Le feuillage du dortoir nimbait sa peau d'une teinte verte.

— On ne voulait pas te faire peur, répéta Dom. C'est vrai qu'on a peint par-dessus… ce nom…

— Clemency ?

— Ne le dis pas ! On ne doit pas prononcer son nom !

— OK, OK, du calme. Mon problème, c'est… ce n'est pas quelque chose que tu comprendrais, de toute façon.

Parler semblait lui demander un énorme effort. Des taches roses apparurent sur ses joues. Dom s'empressa d'aller chercher un linge frais qu'il lui appliqua sur le front, mais Sol écarta sa main.

— Fiche-moi la paix !

— J'essaie juste d'être Obligeant, protesta Dom.

— Je n'ai pas besoin que tu sois gentil avec moi.

— Si. Le Directeur affirme que rien n'est plus important que de se rappeler nos Obligeances.

— Qu'est-ce que vous avez tous ici avec cette histoire d'Obligeances ? marmonna Sol en sortant ses jambes du lit.

Il bougeait avec difficulté, comme si ses muscles s'étaient raidis.

— D'après ce que j'ai vu depuis mon arrivée, personne n'est si gentil que ça. Et ce n'est pas ton Directeur qui m'a amené ici. Je me suis amené moi-même.

— Les Obligeances ne sont pas uniquement de la gentillesse. Ce sont les choses qu'il faut être et avoir.

Dom prit une grande inspiration et se mit à chanter la chanson qu'ils connaissaient par cœur depuis leur enfance. Sachant qu'il ne chantait pas toujours juste, il essaya de compenser par son enthousiasme, parce que c'était la première fois que Sol l'entendait et que c'était important de bien la comprendre.

— Il y aaaaaaa Amitié, Calme et Charité, Concorde, Diligence et...

— Stop ! s'écria Sol en levant les mains. Pitié, tais-toi. Je ne vais pas pouvoir supporter ce... truc.

Il se frotta les yeux.

— Pardon. Je te la chanterai une autre fois. C'est un bon moyen pour se rappeler les noms de tout le monde. On peut y ajouter le tien maintenant.

— Concord a dit que mon nom n'avait pas sa place sur le mur.

— Je crois que Concord se trompe.

Dom se mordit la lèvre. Il trahissait son ami. Mais il n'avait pas peur de Sol, ni de la menace qu'il pouvait représenter. Il voyait l'Obligeance en lui, qui luttait pour s'exprimer. Sol ne voulait pas se montrer impoli, ou méchant. Quelque chose le forçait à agir de la sorte, il était comme un jouet abîmé. Et Dom était déterminé à le réparer.

Il regarda Sol faire des ronds de bras en serrant et desserrant les poings, puis agiter les pieds et plier les jambes.

— Qu'est-ce que je ne pourrais pas comprendre ? demanda-t-il. Tu penses que ce ne sont pas les noms qui t'ont fait tomber. C'était quoi ? J'ai besoin de savoir, même si tu crois que je ne comprendrais pas.

Sol affichait une expression indéchiffrable.

— Même si tu comprenais, tu ne pourrais pas m'aider.

— Je ne te ferais pas de mal non plus. Essaie de m'expliquer.

Sol hésita. Puis il prit une profonde inspiration tremblante et se mit à parler.

— Ils disent que c'est un genre de douleur chronique. Ça a commencé il y a quelque temps. J'ai cette douleur dans le dos et personne ne sait d'où elle vient. Il paraît que rien ne cloche chez moi. Mais j'ai des espèces de... crises. Violentes. C'est ce que tu as vu. Au début, tout devient flou ou brouillé. Et puis ça monte dans ma colonne vertébrale et ça se répand. En général, je m'évanouis. On m'a fait des tonnes d'analyses, on m'a posé un million de questions. Les différentes familles d'accueil que j'ai eues m'ont trimballé partout à la recherche du « remède miracle ». Ils ont commencé à raconter que c'était dans ma tête, mais la thérapie n'a eu aucun effet.

Il se frotta à nouveau brutalement les yeux avec ses manches.

— Enfin bref, la douleur empirait, alors je suis allé à l'hôpital. Ils ont dit que je devais attendre les résultats des analyses, le lendemain. Et puis, cette… cette infirmière – je ne sais pas qui c'était, je ne l'avais jamais vue –, elle m'a réveillé au milieu de la nuit et m'a expliqué qu'on allait m'emmener dans un endroit où on pourrait m'aider. Ici. Et là, toi, tu m'annonces que votre Directeur est parti depuis trois ans. Ils ont dû penser que c'était l'endroit idéal pour se débarrasser de moi. Je ne sais même pas ce que je ferais si je partais.

Il leva un regard triste vers le lierre et les vitres sales.

— Je n'ai nulle part où aller.

Crises. Violentes.

Dom se sentit blêmir. Il mit du temps à retrouver sa voix.

— Ça a l'air terrible.

— Ça l'est, admit Sol. Le pire, c'est de ne rien savoir. Et si c'était vraiment dans ma tête ? Sauf que je ne sais pas comment je le déclenche, donc je ne peux pas l'arrêter. Et puis je me dis que c'est impossible. C'est si réel. La douleur ne peut pas être imaginaire. Si ?

Dom fut pris d'une quinte de toux. Il baissa les yeux sur le matelas.

— Je suis sûr que si tu fais tout ton possible, tu arriveras à te maîtriser.

— Non, c'est là le problème...

— Sol, il *faut* que tu te maîtrises.

Il fallait que ses paroles se gravent dans le cerveau de Sol.

— Peut-être que Ash House te guérira, je ne sais pas. Mais tu dois garder ça pour toi. Quand le Directeur reviendra, tu ne dois surtout pas lui en parler. Il ne fait pas bon être malade ici.

— Mais je suis là *parce que* je suis malade.

— Il ne se passe rien de bon quand quelqu'un est malade !

Dom se leva d'un coup et lui agrippa les épaules si fort qu'il en eut mal aux doigts. Sol voulut se libérer, mais il tint bon.

— Je t'aiderai à dissimuler la douleur. Je te surveillerai. *Sans arrêt*. Je te promets que je ne te quitterai pas des yeux. Je te préviendrai et je te cacherai si...

— Lâche-moi ! Tu me fais mal.

— J'essaie de t'aider !

— Mais lâche-moi !

Dom desserra les mains.

— Il ne faut pas que les autres l'apprennent. On gardera le secret jusqu'à ce que tu ailles mieux. Je sais très bien garder les secrets.

Chapitre 7

Dom

Quand il apprit que Sol était malade, Dom sentit ses entrailles se transformer en glace. Heureusement, il avait le don de voir le bon côté dans chaque situation. Après tout, l'espoir était une Obligeance très importante.

Lorsque Sol se rendormit, il resta à son chevet pour réfléchir au problème. S'il devait cacher la maladie de Sol aux autres, il lui fallait faire confiance à Ash House pour l'aider à guérir avec le temps. Et avec un peu de chance (une autre Obligeance), au retour du Directeur, ce serait du passé. Peut-être était-ce la raison de la présence de Sol ici : qu'il puisse le protéger.

Une seconde chance.

Il disait la vérité en prétendant savoir bien garder les secrets. Mais parfois, les secrets nécessitaient que l'on mente, ce que Dom ne faisait jamais, ni à la légère ni de bon cœur. Les autres allaient vouloir connaître le problème de Sol, ils avaient vu sa crise de douleur. Dom avait beau tourner et retourner la question dans sa tête, tôt ou tard, ses amis voudraient se débarrasser de Sol.

Et il n'était pas prêt à les laisser faire.

Quelques jours plus tard, las de voir Sol faire la tête, jouer avec sa nourriture et ne répondre que par des grognements, Dom l'emmena à l'endroit où il se réfugiait chaque fois que ça n'allait pas.

— J'ai passé des heures et des heures dans cette salle de classe et je n'avais jamais remarqué ce truc, commenta Sol. Qu'est-ce qu'il y a dedans ?

— La bibliothèque, répondit Dom sans parvenir à dissimuler son énorme sourire.

— On dirait un placard.

Ils se trouvaient dans la classe, un jour morose où la pluie martelait le toit de tôle et où leurs chaussures laissaient des traces d'eau sombre par terre.

— Il y a une bibliothèque là-dedans ? demanda Sol.

— Oui. Un jour, le Directeur m'a expliqué que l'on pouvait trouver toutes les réponses aux problèmes de la vie dans les livres.

Dom ouvrit la porte. La faible lueur de la classe toucha les étagères encastrées derrière le placard. Les dos des livres abîmés avaient la même couleur passée, comme le reflet des nuages dans une flaque. Dans un coin, un seau recueillait l'eau qui gouttait du plafond. Des effluves de moisi, de papier humide et de terre flottaient dans l'air. Dom les huma. Sol recula d'un pas.

— Elle est superbe, n'est-ce pas ?

Dom entra pour lire les titres effacés par le temps.

— On a tout ici.

— Tu crois ?

Dom feuilleta les pages, libérant une odeur de chaussures abandonnées sous la pluie. Sol plissa les yeux pour parcourir les titres qui étaient à sa hauteur. Puis il examina les deux étagères du bas.

— Il n'y a que des contes de fées.

— Non, répondit Dom en lui tendant un exemplaire de *Dracula*. Celui-ci parle d'un genre de personnes appelées « vampires ».

— C'est un conte.

— Comment tu le sais ?

— C'est une invention.

— Les livres sont des inventions.

— Je veux dire que les vampires sont des inventions. Ça n'existe pas.

— Celui qui a écrit ça pense le contraire.

— Tu crois tout ce qu'on te raconte sur les monstres ?

— Les monstres existent, Sol, insista Dom en rangeant *Dracula*. Et si on en rencontre un, je serai bien mieux préparé que toi parce que j'ai lu les livres qui sont ici. Et plus d'une fois. Il y en a forcément un qui pourra nous aider.

— J'espérais trouver un ouvrage médical ou quelque chose comme ça.

Un petit nuage vint assombrir la bonne humeur de Dom.

— Je n'ai jamais vu de livre sur l'« ouvrage médical ». Mais il y en a de chouettes ici.

Il tira un gros volume de l'étagère du bas.

— Je lis celui-ci à peu près une fois par an. Ça parle des loups. Tu savais qu'on pouvait les dresser à croire que tu fais partie de leur famille ?

— Ah bon ? Si seulement ça marchait aussi pour les humains...

Dom l'ignora. Il se remémorait les hivers passés dans le dortoir, blotti sous sa couverture, pendant que la pluie tombait toute la journée sur le toit et les fenêtres. Mais il n'était pas dans son lit, non : il courait par les forêts avec les loups, libres d'aller où bon leur semblait. La nuit, les autres racontaient des histoires effrayantes sur les loups, mais Dom les avait toujours imaginés comme les créatures douces à la fourrure brune du livre, qui ne se souciaient que de nourrir leur famille et de se protéger des autres loups. C'était en partie pour cette raison qu'il avait été attiré par l'emblème sur l'insigne de Sol : le loup solitaire.

Sol réajusta le seau sous la fuite d'eau.

— Vous n'étudiez pas l'anglais, ni l'histoire. Vous n'avez que des contes de fées à lire. Et vous vivez ici depuis toujours. Dom ?

Dom, qui n'écoutait que d'une oreille, leva les yeux du livre.

— Que se passe-t-il quand vous grandissez ? demanda Sol.

— Que veux-tu dire ?

— Je veux dire, quand vous n'aurez plus besoin du Directeur, quand vous serez assez grands pour faire ce que vous voulez... qu'est-ce que vous ferez ? Où irez-vous ?

— Nous aurons toujours besoin du Directeur. L'apprentissage des Obligeances ne finit jamais. Mais il m'a aussi confié que... hmm, non. C'est bête.

— Quoi ?

Tout en triturant le livre, les yeux sur le mur au-dessus de la tête de Sol, Dom partagea avec lui l'un de ses plus précieux souvenirs. À voix basse d'abord, puis de plus en plus fort et de plus en plus vite, jusqu'à ce que les mots se bousculent.

— Une fois, le Directeur m'a avoué que si nos Obligeances deviennent suffisantes... alors peut-être qu'un jour nous pourrons devenir Directeurs. C'était il y a longtemps, mais j'y pense quelques fois. On pourrait avoir notre propre Ash House et des enfants à qui enseigner les Obligeances. Ce ne serait pas merveilleux ? On pourrait la diriger ensemble, toi et moi ? Je confectionnerais des tas de vêtements bien chauds pour l'hiver à mes enfants, je leur lirais des histoires de ma bibliothèque chaque soir et, en été, on nagerait dans le lac et aucun nom ne serait rayé de mes murs. Et notre bibliothèque, Sol… Imagine, elle serait *deux fois* plus grande que celle-ci peut-être ! Et je ne m'en irais jamais. Je resterais là-bas pour toujours, pour que mes enfants sachent où me trouver, je ne les quitterais jamais, jamais, JAMAIS !

Sol le regardait bouche bée. Dom se sentit mal à l'aise. Il ne s'était pas rendu compte qu'il parlait de plus en plus fort. Dans un silence gêné, ils écoutèrent les gouttes d'eau frapper le seau pendant un instant, puis, doucement, Sol murmura :

— Tu as le droit d'en vouloir au Directeur.

— Non. Et je ne lui en voudrai jamais.

Dom renifla et s'essuya les yeux contre son épaule. Il n'avait jamais révélé à personne son rêve d'avoir sa propre Ash House, un jour. Maintenant qu'il l'avait prononcé à voix haute, il comprenait à quel point c'était ridicule. Il ne pourrait jamais devenir un Directeur.

— Pardon. Je t'avais prévenu que c'était bête.

— Je ne trouve pas ça bête, marmonna Sol. Et je ne trouve pas ça juste non plus. Tu devrais avoir le droit de vouloir plus que ça. Tu n'as jamais pensé à partir ?

— Partir d'où ?

— De Ash House ! Écoute, Dom… (Sol regarda autour de lui comme s'il cherchait ses mots.) Tu n'es pas obligé de vivre comme ça !

Il désigna le seau mais Dom ne comprenait pas ce qu'il essayait de dire.

Puis, d'un coup, tout s'éclaira.

— Tu veux *t'en aller* ? demanda Dom.

— Je pense qu'il vaudrait mieux. Et, ce ne sont pas mes affaires, mais je crois que vous devriez y songer aussi. Allez voir la police, les services sociaux, ou je ne sais quoi. Ils pourront vous aider… Pourquoi tu fais cette tête ?

— Je… Je ne suis pas, je ne…

Dom secoua la tête, désemparé.

— Qu'est-ce qu'il y a, Dom ? Pourquoi vous ne partez pas ?

Il se mordilla la lèvre. Par où commencer ?

— Quand on passe la clôture…

— Il y a une clôture ?

— Quand on la franchit, on… meurt. Mais *mal.*

— Je ne savais pas qu'on pouvait mourir *bien*, plaisanta Sol.

— Ne rigole pas. Je veux dire *de la pire manière.*

— Qui est ? soupira Sol.

— D'après toi ?

— Je n'en sais rien, je viens juste d'arriver. Je ne suis pas allé jusqu'à la clôture. Qu'est-ce qui se passe, là-bas ?

— Eh bien, il se passe ceci. Quelle que soit ta pire mort possible, c'est comme ça que tu meurs. Toi, ajouta-t-il en enfonçant le doigt dans la poitrine de Sol, ce serait quoi ta pire façon de mourir ?

Sol réfléchit un instant.

— Parfois, je pense que… quand j'ai vraiment très mal au dos… j'ai l'impression qu'il va se casser. Mais pas juste en un ou deux morceaux, pas un glissement de vertèbre ou une fracture… plutôt que tous les petits os vont éclater en morceaux, que je vais faire une hémorragie interne et… voilà. Tu savais qu'on avait trente-trois os dans le dos ?

— Ça ferait pas mal de morceaux.

— Assez pour te tuer de l'intérieur.

Sol regarda une goutte tomber dans le seau.

— Mais je sais que ça ne peut pas arriver pour de vrai. Et pour toi, ce serait quoi la pire mort ?

— L'évaporation. Un instant tu es là, et une seconde plus tard tu n'existes plus. Et tout le monde t'oublie.

— Tu crois que c'est ce qui se passe quand tu franchis la clôture ?

— Il y a des histoires qui circulent. De gens brûlés vifs, enterrés vivants...

— Et si ton Directeur les avait inventées pour que vous...

Dom referma le livre des loups d'un coup sec et le rangea sur l'étagère.

— Sol, j'essaie de t'aider. Tu n'as peut-être pas remarqué, mais les autres ne t'apprécient pas beaucoup.

— Si, j'ai bien remarqué, rétorqua sèchement le garçon.

— Ash House fait partie du monde. Tu étais heureux là où tu étais avant de venir ici ?

Sol baissa les yeux.

— Voilà, reprit Dom. Moi, je t'assure que tu pourrais être heureux ici. Quand les cendres auront réparé ton dos.

L'espace d'un instant, il eut peur de l'avoir fait pleurer car le nouveau ne quittait pas le sol des yeux, mais au bout d'un long moment, il releva la tête sans la moindre trace de larme.

— D'accord. Mais les contes de fées ne risquent pas de nous être utiles. Il n'y a personne à qui s'adresser ? Pas d'adultes ?

— Il y en avait quand on était tout petits, mais ils ont fini par s'en aller. Depuis, il n'y a plus que le Directeur.

— Et le Directeur ne possède pas plus de livres ? Si c'est un prof, il doit bien avoir une autre bibliothèque quelque part.

— Je n'y avais pas pensé, avoua Dom.

En effet, c'était une possibilité. Le Directeur avait dû lire des centaines de livres.

— Si c'est le cas, ils ne sont pas dans son bureau, sinon je les aurais vus.

— Son bureau se trouve dans la Maison ?

— Oui.

— Alors allons y jeter un coup d'œil.

— Tu n'as pas le droit de monter à l'étage. Je suis le seul à pouvoir. Pour les corvées.

— Quoi ? s'étonna Sol, bouche bée. Ce manoir est immense. Vous vous entassez dans une vieille serre moisie, vous faites cours dans une grange, et tu m'expliques qu'il n'autorise qu'une seule personne à entrer, et uniquement pour les corvées ménagères ?

— On a le droit d'entrer, mais pas de monter.

— Qu'est-ce qu'il garde là-haut ?

— Surtout des statues, indiqua Dom sans comprendre la colère de Sol.

— Mais pour quoi faire, bon sang ?

— Je ne sais pas.

— Et dans les autres pièces ?

— Je ne sais *pas* ! À part le bureau, je ne suis entré que dans une seule chambre.

Ses mains tremblèrent à ce funeste souvenir.

Chapitre 8
Sol

Sol s'habituait à l'odeur de fumée sur ses vêtements, aux plantes gouttant sur lui dans son sommeil, à prendre des notes quand le type des films éducatifs le lui disait. Chaque matin, il descendait dans la cave de Ash House que les autres appelaient la « salle de l'assemblée » et attendait l'appel du Directeur. Mais les jours s'écoulaient et il n'appelait pas.

Malgré le malaise ambiant, les enfants continuaient de vaquer à leurs corvées. Mais ils passaient un peu plus de temps en messes basses, à regarder dans le vague au milieu de leurs tâches ménagères et même à essuyer des larmes quand ils croyaient que personne ne les voyait.

Ils étaient organisés en paires fille-garçon et chaque binôme avait une mission à remplir pour le bon fonctionnement de Ash House. Une fois par semaine, Merit et Sincerity empruntaient la longue allée, de plus d'un kilomètre et demi, pour aller récupérer une livraison – des cartons neutres remplis de vivres, de savons et parfois d'un vêtement neuf – et en distribuer le contenu aux autres. Personne ne sut dire à Sol d'où venaient ces colis, ils se matérialisaient simplement pendant la nuit.

Happiness et Temperance, armés de leurs sourires et de leurs bras solides, étaient en charge de l'immense cuisine glaciale à l'arrière du réfectoire. Pour le petit déjeuner, ils servaient porridge, tartines grillées avec du miel et des œufs des poules du domaine. Le reste des repas consistait en fruits et légumes, boîtes de conserve issues des mystérieux colis, et pain que Happiness confectionnait elle-même. La viande était rare et consommée le jour même. Libby attrapait des lapins et des écureuils, mais la vue de la fourrure accumulée sur le sol de la cuisine retournait l'estomac de Sol et il n'avait jamais d'appétit quand les tourtes au gibier arrivaient sur la table.

Joy et Delight se chargeaient de nettoyer les dortoirs, les salles de bains et toilettes, le réfectoire et la salle de l'assemblée, à l'aide de vieux chiffons et de serpillières. Le linge était lavé dans d'énormes machines antiques, logées dans un coin de la cuisine, par deux équipes – Grace et Earnest, Mercy et Wisdom – organisées en cycles infinis de lavages, séchages et pliages.

Justice et Honesty devaient veiller à ce que les torches devant la Maison brûlent jour et nuit. Sol remarqua la profonde superstition qui régnait autour de ce rite et qui expliquait peut-être la nervosité permanente de Justice. Leurs mains sentaient l'huile végétale à force d'en enduire les mèches et il découvrit qu'Honesty avait fini par se couper les cheveux court pour éviter de se les brûler.

Amity et Diligence étaient responsables de l'électricité. On les trouvait en train de changer des ampoules, tirer des fils des plafonds, des murs, ou encore bichonner le générateur derrière le réfectoire comme si c'était un cheval de course. Sol apercevait souvent Amity, une fille petite avec des cheveux noirs et raides, jouer avec un pochon de cuir contenant des bobines de fil brillant, des pinces et de minuscules ampoules de verre dont il n'aurait jamais su que faire.

Patience et Persistence, qu'on appelait Persy, se retrouvaient toujours maculés de boue puisqu'ils s'occupaient de l'immense potager, dont ils prenaient un tel soin que Sol n'avait aucune inquiétude quant à leur survie à long terme, même si les colis de vivres devaient s'arrêter aussi brutalement que les appels du Directeur.

On appelait Constance et Luck si quelqu'un se blessait. Tous deux avaient l'air de vivre dans la peur à cause de cette responsabilité.

Charity et Reason entretenaient la forêt. Ils s'y déplaçaient avec assurance et rapidité et connaissaient chaque spécimen d'arbre, d'arbuste et même d'herbe qui y poussait.

Resolve et Prudence veillaient sur les vieilles cassettes vidéo éducatives : ils les astiquaient après chaque leçon et les rangeaient avec soin dans des boîtes en plastique.

Love et Calm, une fille aux yeux rêveurs et un garçon à la voix douce, s'occupaient des animaux. Il y avait trois chèvres, que Love tentait de traire sans grand succès, une douzaine de poules, deux vieux moutons et un lapin que Libby avait piégé l'été précédent ; Dom l'avait sauvé de la cuisine parce qu'il aimait regarder les petits bouts blancs de ses oreilles s'agiter quand il écoutait le monde.

Puisque Sol n'avait pas de corvée assignée, Libby décréta qu'il l'assisterait.

— Mais je ne sais pas chasser, protesta-t-il.

— Tu m'aideras pour le reste.

— Quel reste ?

Il sentait bien que ses questions l'irritaient, et il ne comprenait pas pourquoi elle insistait alors qu'elle ne voulait pas de lui dans les parages. Il la suivit jusqu'à la cuisine où Temperance battait des œufs tandis que Happiness pétrissait une belle boule de pâte. Libby se saisit d'un seau près de l'antique réfrigérateur.

— Qu'est-ce qu'il y a là-de... oh !

Sol tressaillit à l'odeur. La chose dans le seau était morte depuis un bout de temps. Il souhaita de toute son âme que ce ne soit pas le dîner.

— Viens, ordonna Libby.

Ils firent le tour de la Maison. Les dortoirs et le réfectoire disparurent et, bientôt, ils se retrouvèrent sur un chemin goudronné, envahi de mousse, avec des ronces à leur droite et, à leur gauche, les murs gris du manoir. C'était le genre d'endroit qui ne voyait jamais la lumière du soleil.

Ici, l'odeur de brûlé piquait les narines et masquait celle, nauséabonde, qui émanait du seau, au grand soulagement de Sol.

Libby marchait devant lui en silence, les épaules un peu voûtées.

— Avec qui tu fais ta corvée, d'habitude ? demanda Sol.

— Concord.

— Pourquoi il n'est pas là ?

— Il ne s'occupe pas de cette partie.

Soudain, un grognement retentit, comme un roulement de tonnerre dans le lointain. Sol leva la tête. Le ciel était couvert, mais il n'y avait aucun signe d'orage.

Libby s'arrêta au milieu du chemin. Elle se retourna et lui tendit le seau qu'il saisit à contrecœur et en respirant par la bouche.

— Et maintenant ? On fait quoi ?

— Je t'ai dit que tu m'aidais à faire ma corvée.

Elle désigna le fossé qui s'étirait entre le chemin et la Maison jonché de feuilles mortes et de gros champignons beiges. Au fond, là où le fossé rencontrait le mur, on distinguait un espace sombre, bloqué par des barreaux métalliques.

— C'est l'heure du repas, ajouta-t-elle.

Il y eut un autre coup de tonnerre, sauf que cette fois, même si Sol savait que c'était impossible, le bruit provenait de sous terre. Libby regardait les barreaux avec une expression grave. Sol se sentit inexplicablement attiré par les ténèbres. Il ne s'aperçut qu'il avançait vers elles que lorsqu'il sentit l'herbe humide sous ses baskets.

— L'heure du repas...

Sa gorge s'assécha. Il passa sa langue sur son palais.

— Repas pour quoi ? voulut-il savoir.

— Fais attention, avertit-elle alors qu'il faisait un pas vers l'obscurité.

— Il y a quelque chose qui vit là-dessous ? Il peut sortir ?

— S'il le doit.

— Comment ?

— Il y a des moyens de se déplacer autour de la Maison.

— SOL !

Surpris, il lâcha le seau qui se déversa sur ses chaussures.

Derrière lui, Dom arrivait à toute allure sur le chemin en jetant des regards nerveux vers le manoir.

— Pourquoi tu as fait ça ? cria Libby à Sol.

Pétrifié, il n'osait pas baisser les yeux. Libby ramassa le seau et son contenu sans même une grimace.

— Désolé. Il m'a fait sursauter.

— Qu'est-ce que tu fais là ? demanda Libby à Dom.

Une fois de plus, Sol fut frappé par la ressemblance de leurs yeux gris.

— Je cherchais Sol. Concord a dit qu'il était avec toi.

— Il m'aide pour ma corvée, se défendit Libby.

— Je sais, c'est juste que…

Le regard de Dom passa entre eux avec toujours le même sourire nerveux plaqué sur le visage.

— Tu as déjà un partenaire de corvée.

— Cord ne les nourrit pas, tu le sais très bien.

— Nourrir quoi ? insista Sol.

Sa curiosité le disputait à son envie de quitter ce chemin macabre aussi vite que possible et de rincer ses baskets.

— Moi, je n'ai pas de partenaire de corvée, poursuivit Dom sans répondre à sa question.

Il agita ses jumelles sous le nez de Libby.

— Et alors ?

— Je me disais que Sol pouvait être mon partenaire.

— Non. Il ne peut pas.

Libby posa le seau et se planta devant Dom, les mains sur les hanches.

— Mais on est censés être en binômes, gémit Dom. Et vous, vous êtes trois.

— C'est le Directeur qui forme les binômes. Et puis c'est un garçon et une fille.

— Mais le Directeur est… On doit choisir nous-mêmes. Jusqu'à ce qu'il appelle. Ce n'est pas toi qui décides.

Libby lui lança un regard noir.

— Je n'ai pas besoin de ta permission, reprit Dom avec audace.

— Bon, très bien.

— Très bien.

Dom resta planté là, maladroitement.

— Alors, allez-y ! lança Libby.

— On va y aller. C'est juste que… euh…

— Quoi ?

— Eh bien... (Dom prit une grande inspiration et contempla ses pieds.) Il va avoir besoin de l'autre paire de jumelles.

Sol vit Libby blêmir et les larmes lui monter aux yeux. Ramassant le seau, elle jeta son contenu sur Dom qui poussa un cri de dégoût quand la charogne éclaboussa sa chemise. Puis elle bouscula Sol et s'éloigna en courant vers le dortoir.

Dom tenta de nettoyer sa chemise avec le revers de sa manche. L'odeur était insupportable.

— Qu'est-ce qui se passe, bon sang ? demanda Sol.

— Ne t'en fais pas pour ça. C'est ma faute. Je ne voulais pas qu'elle se fâche en découvrant que tu avais pris... Bon, écoute, c'est juste que le Directeur lui manque beaucoup.

La terre gronda de nouveau, plus fort qu'avant.

— Il vaut mieux qu'on y aille, reprit Dom.

— C'est quoi ta corvée, au fait ? interrogea Sol.

Alors qu'ils s'éloignaient, il se retourna une dernière fois vers les barreaux.

— Oh ! j'ai la meilleure, répondit Dom en frottant sa chemise. L'observation des oiseaux !

Jusque-là, Sol n'avait pas remarqué la petite cabane de bois. Au début, il crut qu'elle servait à stocker les outils de jardinage, mais en entrant, il découvrit un mur d'écrans qui affichaient des vues en noir et blanc de différents endroits de Ash House et de tout le domaine. Un vieux clavier d'ordinateur était posé sur une table et autour s'entassaient des piles et des piles de boîtes métalliques assez petites pour tenir dans une main.

Plusieurs araignées détalèrent quand les garçons refermèrent la porte derrière eux.

— Alors c'est à ça que servent les drones, comprit Sol. Ils nous filment ?

— Filment, articula Dom comme chaque fois que Sol prononçait un mot nouveau pour lui. Drones.

Il ne lui demandait jamais d'expliquer ces mots, il semblait seulement aimer leur son. Il s'assit dans le vieux fauteuil de bureau devant les écrans. Malgré sa maigreur, le siège s'affaissa un peu sous son poids.

— Dom ? Est-ce que c'est comme ça que les images apparaissent sur les écrans ?

— Ce sont juste les oiseaux.

— Tu veux dire les drones ? répéta Sol.

Il les apercevait chaque jour depuis son arrivée à Ash House, certains restaient statiques dans le ciel, d'autres les suivaient, d'autres encore les observaient de loin.

— Les *oiseaux*, insista Dom. C'est comme ça que le Directeur les appelle. Ils voient tout, et puis ils envoient des images ici. D'après le Directeur, ce sont leurs souvenirs, expliqua-t-il en montrant les images grises. Je les regarde, ensuite je les sauvegarde dans ces boîtes à souvenirs et je les apporte au Directeur à la Maison. (Il désigna la pile de disques durs la plus proche.) Si je vois quelque chose de très mauvais, j'appuie sur ce bouton.

Il tapota une télécommande à cinq boutons. Le bouton « mauvais » était marqué d'un bout de scotch rouge écorné.

— Mauvais comme quoi, par exemple ?

— Des gens qui ne devraient pas être là. L'un de nous qui fait quelque chose d'interdit.

— Et si *toi*, tu fais quelque chose d'interdit ?

— Les oiseaux le verront aussi.

— Mais tu pourrais l'effacer et ne pas le donner au Directeur.

— On ne peut pas effacer un souvenir, Sol. Et même si on pouvait, la malhonnêteté n'est pas...

— Une Obligeance... oui, je sais. Mais ce ne sont pas des souvenirs. Ce sont des enregistrements.

— Enregistrements ?

— Ils montrent ce qui s'est passé. Comme l'homme dans les leçons. C'est un enregistrement.

— Eh bien, oui, c'est ce que sont les souvenirs.

— Mais non.

— Quand on se souvient de quelque chose, c'est bien qu'on regarde un enregistrement dans notre cerveau, non ?

— C'est le truc le plus débile que j'aie jamais entendu. Les souvenirs sont différents de ce qui s'est passé en réalité.

Comme toujours, Dom resta imperturbable face à ses tentatives de le raisonner et se contenta de fixer les écrans. Sol alla ouvrir la porte de la cabane. Il leva les yeux vers les nuages qui se déplaçaient rapidement et les arbres vert foncé tout autour.

— Je trouvais bien qu'il y avait quelque chose de... je ne sais pas, de *calme*, ici, dit-il à Dom. Je n'arrive pas à le croire, mais je viens enfin de comprendre : il n'y a pas d'oiseaux.

Aucun mouvement dans les arbres, aucune petite silhouette sautillante dans l'herbe, aucune aile planant dans le ciel – rien que le vent, et les drones.

— Il y a des tas d'oiseaux, rétorqua Dom avec dédain.

Sol n'eut pas l'énergie de lui expliquer le fond de sa pensée.

— Est-ce que ça signifie que le Directeur nous observe grâce aux dro... enfin, aux oiseaux ?

Dom fronça les sourcils.

— J'imagine. En tout cas, je l'espère.

Sol ne partageait pas cet avis.

Il regarda Dom parcourir les enregistrements. Au bout d'un moment, il sentit un picotement dans ses omoplates. Ce n'était pas douloureux, un peu comme une décharge d'électricité statique quand on se brosse les cheveux. Or, c'était comme cela que démarraient les crises s'il ne faisait pas attention. Il prit une grande inspiration. *Un... deux... trois...*

Dom troubla sa concentration.

— J'avais bien cru l'apercevoir il y a quelques jours, mais je n'étais pas sûr. Maintenant si : un porc.

— Quoi ?

Sol s'approcha derrière le fauteuil sans savoir quel écran regarder.

— Ne t'inquiète pas. Je vais dire à Charity et Reason de s'en charger.

— Tu n'es pas censé m'apprendre le travail ?

— Si. Chaque chose en son temps.

— D'où a-t-il pu venir, ce porc ?

Sans répondre, Dom fit défiler les enregistrements de la veille. Sol vit leurs silhouettes floues apparaître de temps en temps, mais la plupart des oiseaux – non, *des drones*, se rappela-t-il – survolaient des prairies et une forêt inconnues. Il n'aurait pas su dire si elles faisaient partie ou non de Ash House. Tout cela était-il censé empêcher les gens d'entrer, ou de sortir ?

Le picotement dans ses omoplates s'intensifiait, mais il fallait qu'il l'ignore et se concentre sur ce qu'il venait d'apprendre.

— C'est gros, un porc, commenta-t-il. S'il a pu entrer, ça doit signifier qu'on peut sortir.

Dom appuya sur un bouton de la télécommande, et Sol appuya là où ça faisait mal.

— Il y a peut-être un trou dans la clôture. Que vont faire Charity et Reason de ce porc ? On pourrait le suivre et puis...

Sans prévenir, Dom écrasa ses deux poings sur le clavier. Le plastique vola en éclats. Sol leva les bras pour se protéger le visage, mais Dom baissa la tête. Son accès de colère avait aspiré le moindre bruit.

Puis, doucement, il déclara :

— Je sais où tu veux en venir, et autant te prévenir tout de suite : tu ne franchiras pas la clôture. Tu es mon ami, je ne permettrai pas que cela t'arrive.

— Mais admets au moins qu'il y a une chance pour que...

— J'essaie de veiller sur toi ! hurla Dom. C'est une Obligeance. Personne d'autre ne te fait d'Obligeance !

Sol se sentit le dos au mur, piégé entre le monde impossible de Ash House et les exigences impossibles de Dom.

— Dom, et si le Directeur n'appelle plus jamais ? Ou qu'il ne revient jamais ?

— Ne dis pas ça.

— Est-ce qu'on va vivre ici pour toujours ? Mourir de faim si les livraisons cessent ? On est livrés à nous-mêmes !

— Il ne le permettra pas, et nous ne le permettrons pas non plus. Tu prétends être venu ici pour trouver de l'aide parce que tu souffres. Mais tu ne vois même pas quand quelqu'un essaie de t'aider !

— Ça n'a rien à voir ! cria Sol à son tour. Tu ne sais rien de ma douleur. Tu ne sais pas ce que c'est que d'attendre qu'elle se manifeste, tous les jours. De n'avoir aucune idée de ce qui va se passer mais… mais…

Il serra les dents. Il ne pouvait pas empêcher les larmes de couler, mais il n'allait pas laisser suggérer encore une fois que son état pouvait s'arranger s'il changeait de comportement.

Dom se leva et poussa un long soupir las qui le vieillit d'un coup.

— J'ai d'autres chats à fouetter, déclara-t-il. Quand tu auras laissé tomber cette Désobligeance, cette stupide obsession de la clôture, je t'apprendrai l'observation des oiseaux. Et peut-être que nous t'aiderons.

— Je ne veux pas de votre aide. Je suis très bien tout seul.

Dom posa sur lui ses yeux gris lunaire.

— D'accord.

Il s'en alla.

Dans la pénombre, les images en noir et blanc se brouillèrent mais réapparurent lorsque Sol se fut suffisamment essuyé les yeux. C'était cela : son nouveau monde. Sur les écrans, il vit Dom courir vers le dortoir. Il vit Patience et Persy dans le potager. Il vit un coin des bois désert, et puis soudain, Libby. Comme surgie de nulle part. Elle regarda l'oiseau… et ses yeux se posèrent sur Sol.

Chapitre 9

Dom

Parfois, le dortoir de Ash House semblait vivant. C'était peut-être parce que la végétation progressait lentement et que la terre réclamait le bâtiment. C'était peut-être les corps endormis, qui ronflaient côte à côte. Ou les rêves qui tournoyaient dans l'air chaque nuit, s'effleurant les uns les autres, inspirés et soufflés par chacun. Ils avaient tous une théorie sur la question.

Garder pour soi ses secrets et ses opinions se révélait difficile ici. Chaque nuit, Dom entendait les pensées se murmurer dans la pièce, des conversations calmes, réservées, qui passaient de lit en lit. C'étaient ces pensées que Sol avait eu le courage de dire à voix haute :

Peut-être que le Directeur est parti pour toujours.

Le lendemain de sa dispute avec Sol, Dom emporta les boîtes à souvenirs jusqu'à la Maison. Il traversa le bureau du Directeur, s'arrêtant pour admirer les statues, prenant soin de ne toucher à rien d'autre qu'aux boîtes métalliques dans ses bras. Arrivé à la porte de la grande chambre forte, il tapa le code secret.

Il aimait la chambre forte. Il avait déjà de la chance d'avoir le droit de monter au bureau, mais c'était encore plus merveilleux d'être le seul à connaître cet endroit. Devant lui se dressaient des rangées entières de boîtes à souvenirs brillantes, organisées avec soin par Obligeances, puis chronologiquement. Il y avait une étagère par Obligeance, symbolisée par le même emblème que sur leurs insignes. Il avança dans la pénombre pour déposer chaque boîte à souvenirs à la bonne place.

Sa dispute avec Sol n'arrêtait pas de le tourmenter. Il avait cru retrouver enfin quelqu'un avec qui partager sa corvée, le fardeau de toujours observer, protéger tout le monde. Mais Sol se fichait bien de ça. Il ne pensait qu'à s'en aller.

Dom posa la dernière boîte et s'apprêta à sortir. Il marqua une pause devant l'étagère qui portait l'emblème du cœur en feu.

Il n'allait pas laisser quelqu'un d'autre le quitter.

Au rez-de-chaussée, il trouva Concord qui fixait le téléphone des yeux. Sans appel de la part du Directeur, ils ne savaient pas qui devait prendre sa relève, alors Cord avait conservé son poste.

— J'attends depuis des siècles, dit-il en apercevant Dom.

Il était agenouillé près de la petite table, occupé à essayer de décoller un vieil autocollant sur le côté de l'appareil.

Dom écarta doucement sa main pour l'en empêcher. L'autocollant portait l'écriture du Directeur. Il n'avait griffonné qu'une série de chiffres sans queue ni tête, mais c'était quand même un peu de lui, et Dom ne voulait pas qu'on l'abîme.

— Et ? demanda-t-il même s'il connaissait la réponse.

— Et rien. Viens. Assemblée.

— Juste une minute.

Dom plissa les yeux devant le téléphone en priant de toute sa volonté pour qu'il produise la voix qu'il aimait tant.

Concord croisa les bras. Quand la minute fut écoulée, il posa une main sur l'épaule de Dom.

— Ils nous attendent.

— D'accord.

Ils empruntèrent le corridor jusqu'à la salle de l'assemblée. Personne ne posa la question pour le téléphone : ils comprirent en voyant leur tête.

Concord monta sur l'estrade et passa en revue les corvées de la semaine à venir. Puis il s'écarta pour laisser Dom s'exprimer.

— Hum, oui, aucune nouvelle du Directeur, je le crains, commença celui-ci en prenant la place de Concord. Mais hier, j'ai aperçu un visiteur indésirable sur le domaine. J'ai suivi la réglementation et Reason et Charity s'en sont occupés. Il est près du lac. Je crois que nous allons avoir besoin de tout le monde, donc...

Concord s'avança de nouveau.

— Libby et moi dirigerons les opérations, aboya-t-il. Vous suivrez nos ordres. Lavez-vous les mains après. Nous nous y mettrons à la fin des corvées. Ce sera tout.

Le brouhaha s'éleva de nouveau et les chaises raclèrent le sol alors que les enfants s'apprêtaient à partir. Dom et Concord s'assirent au bord de l'estrade en tapotant le sol du bout des orteils. Merit sortit du groupe, ses yeux noirs remplis d'inquiétude.

— Alors ? lança-t-il de sa voix douce mais préoccupée. Aucune nouvelle du Directeur ?

— On vous l'aurait dit, rétorqua Dom.

Certains se rassemblèrent autour d'eux pendant que les autres se dirigeaient vers l'escalier.

Concord se leva et s'étira les bras pour prendre le plus de place possible.

— Peut-être reste-t-il à l'écart parce qu'il ne veut pas voir de *Désobligeances*.

Il agita la main juste au moment où Sol passait et essaya de l'atteindre au visage.

Sol esquiva.

— C'est celui qui le dit qui l'est, répliqua Sol avec un regard appuyé à Concord.

Dom se sentait partagé. La méchanceté de Concord envers Sol ne ressemblait pas à une Obligeance, cependant, il ne digérait pas la dispute dans la cabane. Le pardon lui semblait une Obligeance hors de portée. Il baissa les yeux jusqu'à ce que Sol ait disparu.

— Tu passes moins de temps avec ton nouveau meilleur ami, j'ai l'impression, commenta Concord.

Dom ignora le sarcasme.

— J'ai emmené Sol à la cabane hier. Il va faire l'observation des oiseaux avec moi. Mais il n'arrête pas de parler de franchir la clôture et de s'en aller. Je lui ai tout expliqué, mais il ne veut rien entendre. Il a dit qu'il n'avait pas besoin de mon aide.

— Tout ? interrogea Concord. Tu lui as parlé de...

— Il va nous falloir une bâche pour cet après-midi, les interrompit Justice, ses sourcils pâles froncés. Il va pleuvoir.

Après les corvées, ils se rendirent aux dortoirs pour enfiler leurs plus vieux vêtements. Dom exhuma l'une de ses chemises préférées de quand il était plus jeune, crème, avec un motif vert, trouée aux coudes et au col. En l'enfilant, il remarqua qu'elle était à présent trop juste au niveau des épaules.

En bas, les garçons retrouvèrent les filles qui avaient mis des jeans trop larges pour elles. Des écharpes abîmées et des bandes de soie leur servaient de ceintures. Dans la cour, ils croisèrent Sol, l'air désorienté.

— C'est par là, *Désobligeance*, grogna Concord.

Certains ricanèrent.

Ils n'avaient toujours pas confiance en Sol. Personne n'avait oublié l'évanouissement, même si Dom avait tenu sa promesse et ne leur avait rien révélé au sujet de ses douleurs.

Ils contournèrent les dortoirs et descendirent la pente d'herbes folles jusqu'au lac. Dom ne se retourna pas pour s'assurer que Sol suivait le groupe.

Le lac se trouvait dans la petite forêt qui entourait le domaine de Ash House. Près des vieux arbres, non loin du potager, on apercevait l'endroit où Love et Calm gardaient les animaux.

Charity et Reason marchaient en tête du groupe. Les fleurs et les fruits des arbres avaient disparu depuis longtemps. Il ne restait plus que quelques mûres dans les épais buissons de ronces, et de temps en temps une pomme écrasée par terre. De gros nuages stationnaient dans le ciel, annonciateurs de pluie, comme l'avait prédit Justice.

À quelques mètres de l'orée de la forêt, ils se rassemblèrent autour d'une forme massive dans l'herbe. Dom fut soulagé que la créature se trouve en plein cœur du domaine. Il n'avait pas la moindre envie de s'approcher de la clôture. Tous se hissèrent sur la pointe des pieds en tendant le cou pour l'apercevoir par-dessus les autres.

— Qu'est-ce que vous regardez ? demanda Sol.

Personne ne lui répondit.

Concord fendit aisément le groupe et Dom s'engagea dans son sillage.

Le cochon mort gisait au centre de leur cercle.

Il faisait deux, voire trois fois leurs tailles et poids. Il était mort depuis vingt-quatre heures. Sa peau rosée était devenue grise, boursouflée, molle comme du marshmallow, mais ses pattes restaient rigides. Ses yeux de cadavre, figés, étaient braqués sur les enfants. Il empestait.

— Oh, c'est pas vrai...

Sol porta une manche à sa bouche et voulut reculer, mais le mur d'enfants lui bloquait le passage, le forçant à regarder la dépouille.

— Il faut qu'on l'ait enterré avant la nuit, déclara Concord, imperturbable. Les pelles sont là-bas. On n'en a pas assez donc on creusera à tour de rôle. Je pense qu'il faut faire un trou profond. Et il va falloir le soulever à plusieurs.

— Grouin grouin, fit tristement Happiness.

En chemin, elle avait ramassé les pommes les moins pourries pour le dîner et les portait dans son pull tendu.

On alla chercher les pelles.

Concord planta des bâtons afin de délimiter la tombe.

— On va devoir le toucher ? s'inquiéta Sol.

Il se tenait aussi loin que possible et respirait à travers la manche crasseuse de sa chemise.

— Il ne va pas flotter jusque dans le trou, fit remarquer Merit.

— Vous avez déjà fait ça ? interrogea Sol avec horreur.

— Contente-toi de prendre une pelle, dit Dom.

C'était la première fois qu'il lui adressait la parole depuis la dispute de la cabane.

— La paresse est une Désobligeance, ajouta Merit.

Chapitre 10

Sol

La tâche était éreintante. Creuser, transpirer, entasser la terre en monticules précaires. Les pelles formaient des ampoules jaunâtres sur leurs mains. La pluie les détrempait et le vent était si glacial qu'ils étaient contents de prendre leur tour pour creuser car au moins cela les réchauffait. Deux drones, que les autres persistaient à appeler « oiseaux », vrombissaient au-dessus d'eux pendant qu'ils travaillaient. Sol effectua son premier tour dès le début. Il ne souleva pas autant de terre que Concord ou Justice, dont les cheveux clairs étaient devenus noirs à force de passer ses mains boueuses dedans. Mais il contribua à élargir et approfondir le trou. Quand il ne put plus creuser, Sincerity lui arracha la pelle des mains pour continuer à sa place.

Le trou fut terminé au crépuscule. Ils avaient relevé leurs jeans au-dessus du genou et retiré leurs chaussures. On ne voyait plus un centimètre de peau propre. L'averse avait cessé et le ciel commençait à se violacer par-dessus les arbres.

— Il est temps de le déplacer, ordonna Concord.

Même ceux qui n'avaient rien à faire se rassemblèrent pour assister au spectacle.

— Solitude, attrape la tête.

Sol venait juste de terminer son second tour. À bout de souffle, il inspirait avec difficulté l'air nauséabond. Si tout le monde avait eu du mal avec ce travail de force, cela avait été encore plus compliqué pour lui qui n'était pas habitué à ce genre de labeur.

— Quoi ?

— Attrape-la.

Concord organisait les enfants : certains devaient saisir les pattes, le dos volumineux, et d'autres s'assurer que les parois du trou n'allaient pas s'effondrer quand ils lâcheraient le porc. Le tas de terre noir et rougeâtre attendait près de la tombe.

— Je… je ne veux pas…

— Solitude, prends sa tête. Tout de suite.

Dom apparut à son côté, prêt à lui venir en aide.

— Comme ça, dit-il. Tu vois ?

Il passa les mains sous la chair poisseuse sans l'ombre d'une grimace.

— Ne le fais pas pour lui, Dom, lança Concord.

Sol eut un haut-le-cœur. Il se pencha, appuyé sur ses genoux. S'il craignait que le travail déclenche ses douleurs dorsales, le vrai problème, à cet instant, était son estomac.

Il compta jusqu'à cinq.

D'un geste lent, il tendit les bras pour agripper la tête. Plus lourde que prévu, elle lui glissa des mains et retomba par terre.

— Pas comme ça ! s'écria Concord.

Les autres étaient parfaitement organisés, chacun à son poste.

— Il va pleurer, ricana Justice. Il a peur du petit cochon.

— De quoi as-tu peur ? demanda Concord. Regarde !

Il ramassa un bâton pour piquer le cadavre avec.

— Il est mort ! Mort !

Sol tressaillit sans répondre et se pencha pour ramasser la tête, entrelaçant les doigts comme le lui avait montré Dom.

Quelques filles derrière imitèrent le cochon. Sol poussa un cri quand la tête lui échappa de nouveau.

— Ce n'est qu'un porc, Sol ! cria Concord.

— Tais-toi ! Ferme-la, ferme-la, ferme-la !

Les rires et les reniflements s'interrompirent. Les autres reposèrent le porc puis Concord approcha son visage à deux doigts de celui de Sol.

— Ne. Me. Crie. Pas. Dessus, menaça-t-il. Ce n'est pas une Obligeance.

Tous les yeux se fixèrent sur Sol dans les dernières lueurs du jour. Même ceux du porc.

— Pardon, murmura-t-il.

Il se sentait vide, et à la fois trop plein. Il aurait aimé vomir, mais il ne pouvait pas, parce qu'il n'y avait rien à l'intérieur de lui.

Sans un mot, chacun retourna au travail.

Le cadavre atterrit dans sa tombe avec un bruit sourd répugnant. Sol fut soulagé de ne plus avoir à creuser entre les hautes parois de glaise où le soleil rechignait à s'infiltrer.

Il n'y eut pas de prière, ni de minute de silence. Ils étaient affamés et épuisés.

Une pelle à la main, Dom s'approcha du monticule pour recouvrir le trou, mais Concord lui barra la route et lui arracha l'outil.

— Cord...

— Solitude va le faire.

Au bord de la tombe, Sol observait le porc d'un air grave. Surpris, il se tourna vers les garçons.

— Quoi ?

— Tu t'es plaint pour la première partie. Alors tu fais celle-là.

— Il ne peut pas le faire seul, intervint Dom.

— Je vais y passer la nuit, renchérit Sol avec un frisson. Je ne veux pas...

Mais il n'eut pas l'occasion d'expliquer qu'il avait peur du noir, le véritable noir, quand le soleil plongeait si loin sous l'horizon qu'on ne pouvait plus compter sur lui.

D'un coup violent, Concord lui enfonça la tête métallique de la pelle dans l'estomac. La respiration coupée, Sol se plia en deux, tituba en arrière et glissa dans le trou.

Personne ne rit. Concord contractait son visage pour réprimer un sourire.

— Tu es là depuis assez longtemps pour savoir que la paresse est une Désobligeance. Tu sais quoi d'autre est une Désobligeance ?

Pour seule réponse, Sol ne put que s'étrangler bruyamment.

— Vouloir franchir la clôture.

Le groupe haleta.

— Dom me l'a dit, reprit Concord devant leurs expressions choquées. Et les Désobligeances doivent être punies. N'est-ce pas ?

Personne ne répondit.

Même s'il manquait d'air, même si Concord se tenait au-dessus de lui, pelle à la main, Sol tenta d'escalader les parois de la tombe pour s'éloigner du porc coûte que coûte.

Ses ongles noirs se plantèrent dans l'herbe. Concord enfonça le bord de la pelle très près de ses doigts.

— S'il... s'il te plaît, balbutia Sol, étranglé de terreur. Aide-moi. Je suis désolé. Fais-moi sortir, fais-moi sortir.

Concord écarta l'outil, comme pour le laisser enfin tranquille. Mais non. Il prit une pelletée de terre qu'il lui jeta en pleine figure. Sol retomba en arrière en recrachant de la glaise. Il voulut parler, mais la terre lui recouvrait les cheveux, les yeux, les oreilles, le cou.

Il entendit la voix de Dom.

— Cord, ça suffit.

Silence. Au-dessus, les yeux se détournèrent avec réticence de lui pour se fixer sur le bras de fer entre les deux garçons.

— Nous sommes tous fatigués, reprit Dom. Finissons-en, puis allons manger et nous reposer.

— Certains n'ont pas travaillé assez dur, rétorqua Concord. Et travailler dur ensemble est une Obligeance, Dom. Comme ne pas se plaindre. Comme respecter la clôture. Nous savons ce qui arrive quand nous oublions nos Obligeances.

Sol ne voyait pas les visages, mais il entendit Dom répondre :

— Il y a d'autres Obligeances. Qu'il nous arrive d'oublier.

— Qu'est-ce que ça veut dire ? Où vas-tu ? cria Concord. Dom, reviens ! Dom ! Très bien... comme tu voudras, marmonna-t-il sans convaincre personne que le départ de son ami lui était indifférent.

Puis il réapparut au-dessus de Sol.

— Ça ne te plaît pas d'être ici ? demanda-t-il.

Il s'avança au bord du trou. Sa silhouette brandissait toujours la pelle.

— Tu n'aimes pas travailler ici, manger ici, ni dormir ici ? Alors tu n'as qu'à dormir avec le porc. Dans un trou. *Tout seul.*

Il ramassa de la terre et se mit à remplir la tombe.

Chapitre 11

Dom

Dom n'arrivait pas à trouver le sommeil. Il mit du temps à comprendre pourquoi. Il avait aidé à creuser un trou immense. Il était resté sous la douche brûlante plus longtemps qu'à l'accoutumée. Il était fatigué. Il aurait dû s'endormir rapidement.

Il ne devait pas être loin de minuit. Il se redressa dans son lit et frotta sans y prêter attention une feuille de lierre entre le pouce et l'index. L'oreiller vide de Sol gisait sur le lit voisin. Il se tourna vers la silhouette endormie et immobile de Concord à l'autre bout de la pièce. Concord avait pour responsabilité de se débarrasser du porc. Il avait fait ce qui lui semblait juste. Mais Dom ne se souvenait pas s'être jamais disputé avec lui.

Dom lâcha la feuille de lierre et prit une décision.

Il enfila son jean sale et sa chemise, puis traversa le dortoir à pas de loup, attrapant un manteau près de la porte au passage. Le vêtement, qui n'avait pas été porté depuis des mois, sentait le renfermé, mais tant pis.

Il marqua une pause au bas de l'escalier et tendit l'oreille. Aucun bruit dans le dortoir des filles. Il ne résista pas à la tentation de jeter un coup d'œil à travers les vitres, mais à part la forme ronde et pâle de son propre visage, il ne distingua rien d'autre que les contours sombres des plantes et des fleurs. Il n'aurait pas pu expliquer l'étrange sensation de manque qu'il éprouvait envers les filles, surtout envers Libby, alors qu'il les voyait tous les jours.

Dom se déplaçait avec facilité dans le noir, parce qu'il lui arrivait, avec Concord, Merit et Justice, de partir en expédition nocturne pour nager dans le lac durant l'été. C'était assez rare, seulement au changement de saison, quand cela devenait une nécessité, sans quoi ils seraient devenus fous tant le Directeur leur manquait. Ils n'auraient jamais osé le faire en sa présence.

L'herbe mouillée était glaciale. Les arbres bruissaient agréablement et l'odeur de brûlé, légère mais reconnaissable, flottait dans l'air. *Une nuit parfaite*, songea Dom en s'éloignant des dortoirs.

Dans la forêt, il trouva Sol assis près de la bosse de terre qui marquait la tombe. Il tremblait, les bras serrés autour de ses genoux. Sa chemise blanche était si noire, à présent, qu'elle se fondait dans l'herbe.

Dom s'arrêta à quelques pas. Sol avait dû l'entendre, mais il resta immobile.

— Tu es sorti, dit Dom.

— Pas grâce à toi.

Les mots de Sol bondirent entre ses claquements de dents.

Dom observa les arbres verts et bleu foncé dans l'obscurité. Quand il se retourna, Sol le fusillait du regard.

— Il a essayé de m'enterrer vivant et tu ne l'en as pas empêché.

— Il ne t'aurait jamais enterré vivant pour de vrai.

Sol haussa le ton.

— Tu es parti !

— Chut !

Dom jeta un coup d'œil par-dessus son épaule. On distinguait à peine les contours des bâtiments : le dortoir de verre cristallin, la Maison fumante, irréelle. Il les imaginait plus qu'il ne les voyait réellement.

Il s'assit à côté de Sol. La boue était froide et molle et on ne sentait plus du tout l'odeur du porc.

— Pourquoi il a fait ça ? questionna Sol.

— Je lui ai parlé de notre dispute dans la cabane, avoua Dom. Mais ce n'est pas pour cette raison. Pas vraiment.

— C'est parce que je suis nouveau ? Ou alors il croit que je t'éloigne de lui ? Parce que, si tu veux, tu peux lui dire qu'on n'est plus amis, toi et moi.

Dom réfléchit à cette option.

— Non, merci.

Sol renifla.

Que faire ? Les autres suivraient toujours Concord, où qu'il aille. Dom était le seul à avoir une quelconque influence sur lui. Il avait essayé de l'arrêter, mais ce soir, il avait découvert que cette influence ne suffisait pas. Il ne pouvait pas protéger Sol. Cependant, il y avait une chance pour que Sol puisse se protéger seul.

— C'est parce que tu es malade, lui révéla-t-il. Je ne leur ai pas parlé de tes douleurs, donc ils ne savent pas ce que tu as, mais ils le sentent. Depuis que tu t'es évanoui dans la classe, ils le sentent.

Sol posa la joue sur son bras et le regarda.

— J'aurais dû me taire.

— Tu es mon ami, reprit Dom. Je suis content que tu me l'aies confié. C'est juste que…

La peur lui remonta dans la gorge comme du vomi. Il se retourna vers la forme rassurante et trouble de la Maison.

— Ça va ? s'inquiéta Sol.

— Il faut que je te dise quelque chose.

— Quoi ?

— Mais il faut vraiment, vraiment, vraiment, que tu me croies.

— Est-ce que c'est encore à propos de la clôture ?

— Sol, promets-le !

— D'accord, d'accord, c'est promis.

Dom prit une grande inspiration. Il s'apprêtait à aborder le sujet dont on ne parlait jamais à voix haute. Ils n'en avaient pas besoin. Ils l'avaient tous vu et senti, mais pas Sol. Il fallait le mettre au courant. L'écœurante sensation de brûlure dans sa gorge ne le quittait pas.

— Sol, on n'est pas autorisés à tomber malades, ici. Jamais.

Sol s'esclaffa, mais c'était un rire suraigu, nerveux. Dom poursuivit :

— Il se passe de mauvaises, de *très* mauvaises choses quand quelqu'un tombe malade. Et on ne peut pas l'empêcher.

— Qu'est-ce qui se passe ? Dom ? Houlà, d'accord, du calme.

Dom sentit la panique l'envahir. Son souffle devint saccadé, mouillé. Sol passa un bras maladroit autour de lui et lui tapota l'épaule. Il tremblait encore mais son contact réconforta un peu Dom.

— Pardon, haleta-t-il.

— Ne t'en fais pas.

Sol retira son bras et ils restèrent un moment à regarder la nuit. On n'entendait que la respiration de l'un et les claquements de dents de l'autre.

Dom s'efforça de se reprendre. Il planta les mains dans la terre. Les cendres le protégeraient, se rappela-t-il. La terreur s'estompa.

— Est-ce que ça va ? redemanda Sol, au bout de quelques minutes.

Dom hocha la tête.

— C'est juste que ça fait peur.

— Je comprends. Alors... c'est pour ça qu'ils ne m'aiment pas ?

— En partie, admit Dom.

Il n'arrivait pas à se résoudre à expliquer l'autre partie, la raison pour laquelle personne n'appréciait l'idée de voir Sol occuper la deuxième chaise de la cabane, ou ajouter son nom à la liste sur le mur de la classe.

— D'habitude, Cord est très gentil, et avisé et...

— Oui, c'est ça, ricana Sol.

— C'est vrai !

— Excuse-moi d'avoir été méchant avec toi le jour où je suis arrivé, lâcha soudain Sol. J'ai cru... j'ai cru que ça pourrait m'aider... Tu sais, à montrer qu'il ne fallait pas s'attaquer à moi. J'imagine qu'on récolte ce que l'on sème, conclut-il en montrant sa chemise souillée.

— Je suis désolé aussi. Je n'aurais pas dû m'en aller quand Cord t'a fait tomber dans le trou.

— C'est vrai. Tu n'aurais pas dû.

— Il va continuer, marmonna Dom, plus comme une évidence que comme un avertissement. Si tu es malade,

Concord fera tout ce qui est en son pouvoir pour nous protéger.

Sol se leva d'un bond en projetant de la boue partout.

— Tu es censé m'aider !

— Hier à la cabane, tu as dit que tu ne voulais pas de mon aide.

— J'en veux pas.

— Si Concord le découvre, je ne pourrai pas te protéger.

— C'est pour ça que tu m'as conseillé de ne pas parler de mes douleurs ? Tu penses que s'il le découvre, il va... quoi ? Me tuer ? demanda Sol en ouvrant de grands yeux. Il... Il ne me tuerait pas *pour de vrai*. Hein ? Dom, hein ?

Dom regarda la silhouette de Sol se détacher devant la Maison plongée dans le noir. C'était comme si la fumée émanait de lui, comme si son for intérieur brûlait d'un feu invisible. Puis il baissa les yeux sur ses propres mains, à présent enterrées dans la glaise. Il ne savait plus de quoi était capable Concord.

Chapitre 12

Sol

Cette nuit-là, Sol rêva qu'on l'enterrait vivant. Il se réveilla avec le goût de la terre sur la langue et une douleur pire que jamais dans le dos. Il écouta les craquements du dortoir et le bruit des gouttes d'eau. Il aurait préféré que les plantes ne prennent pas autant de place. Sous la douche, la boue devenue grumeleuse sur le carrelage mouillé s'était collée sous ses pieds. Il avait le ventre rouge vif là où Concord l'avait frappé avec la pelle.

Au petit déjeuner le lendemain, personne ne lui adressa la parole, mais il sentit les yeux braqués sur lui en permanence, et surtout ceux de Concord. Il accueillit la fin des leçons comme une libération, car il put se rendre à la cabane avec Dom.

Ils marchèrent en silence. Alors qu'ils approchaient des arbres, Sol s'aperçut que la cabane ne se trouvait pas à l'endroit où il l'avait cru. Elle était plus à l'est, plus proche de la forêt. Cloisons, porte, toit, tout était tel que dans son souvenir. À l'intérieur, rien n'avait bougé. Est-ce que les cendres commençaient à lui embrouiller le cerveau ?

Le lendemain, la cabane s'était de nouveau déplacée. Elle était encore plus loin à présent, lovée sous un châtaignier, près de l'allée.

— Comment est-ce qu'elle…

— Bouge ? devina Dom. Je n'en sais trop rien.

— Est-ce que quelqu'un le fait pendant qu'on dort ?

— J'en doute, répondit Dom. Ce serait très étrange.

— Oui, et rien d'étrange n'arrive jamais ici, trancha Sol.

Un drone les suivit jusqu'à la cabane.

La douleur persistante de Sol semblait de plus en plus vouloir se muer en vraie crise. Il enfonça ses poings dans les poches de son manteau, le même que Dom portait quand il était venu le chercher à la tombe du porc. Il avait mal à la mâchoire et aux dents tant il les serrait. De temps en temps, la douleur déployait un tentacule le long de son dos, jusqu'à sa nuque et son crâne. Il l'imaginait prendre racine dans son cerveau et actionner les boutons qui déclenchaient à la fois sa peur, sa lassitude et sa fureur.

Enfin à la cabane, il ouvrit la porte à la volée et s'allongea par terre sans prendre garde aux éventuelles échardes, pour enfoncer ses poings dans le bas de son dos. C'était la seule position qui ne lui donnait pas envie de hurler à la mort. La sueur perlait sur son front, ses bras, et dans ses cheveux. Les tentacules s'enroulaient de plus en plus autour de ses omoplates.

Il ne ressentait plus la pénible gêne du début puisque Dom l'avait déjà vu dans cet état plusieurs fois. Mais plus que tout, il voulait de l'aide, même si c'était un de ces médecins inutiles qui lui administraient des antidouleurs sans aucun effet.

Pendant la crise, il se retira au fond de son esprit. Il eut vaguement conscience de Dom qui se déplaçait autour de lui et posait quelque chose de froid sur son front.

Au moment où les choses se calmaient, une douleur perçante lui vrilla le corps, au cas où il aurait oublié le pouvoir qu'elle avait sur lui, avant de se replier sur elle-même et de s'en aller, lui laissant d'effroyables courbatures. Il en était au point où cette raideur musculaire lui semblait la plus merveilleuse sensation au monde.

Son attention se reporta sur la pièce. Il remarqua le sol râpeux, les araignées sur les poutres au-dessus de lui, Dom qui tapait sur le clavier. Il se redressa. Un linge humide glissa de son visage sur ses genoux.

— Ça empire, nota Dom comme s'il parlait de la météo.

— Oui.

Même sa voix était rauque. Avait-il hurlé pendant sa crise ?

— On ne va pas pouvoir le dissimuler très longtemps.

— J'arrive à sentir quand ça va arriver.

— Même.

— Comment vont les oiseaux ?

C'était devenu plus facile d'utiliser le mot de Dom pour désigner les drones. Sol s'était même quelques fois surpris à oublier que c'étaient des machines et non des créatures.

— Bien, répondit Dom, les yeux sur les écrans, le menton posé sur le poing.

Sol détailla son reflet : l'inquiétude contractait son visage rond.

— En tout cas il n'y a pas d'autres porcs, poursuivit-il. Ce qui est une bonne chose.

Sol voulut hocher la tête mais il eut l'impression que sa nuque allait se briser. Il décolla le linge humide de ses jambes.

— Merci.

— Ce n'est rien.

— Pas que pour ça. D'être venu me chercher après l'histoire avec le porc. Personne d'autre ne l'a fait. C'était…

Il chercha comment expliquer à Dom ce que cela signifiait d'avoir un ami dans cet endroit sombre et bizarre.

— C'était une vraie Obligeance, Dom.

Dom le regarda, les yeux écarquillés. Le sourire le plus pur que Sol avait vu de sa vie lui fendit le visage.

— *Merci*, souffla-t-il.

Il descendit de sa chaise pour s'approcher de Sol par terre. L'espace d'un instant, ce dernier eut peur qu'il ne le prenne dans ses bras, mais il se contenta de rester accroupi en se balançant de gauche à droite.

— D'habitude, quand je ne sais pas comment me comporter, je n'ai qu'à me rappeler mes Obligeances. Mais ces derniers temps, c'est comme si elles se mélangeaient dans ma tête. Comme avec le porc... Concord avait raison sur certains points, mais... ça ne me *semblait* pas bien. C'était comme si on faisait une Obligeance et une Désobligeance en même temps. Je raconte peut-être n'importe quoi.

— Non, je comprends, assura Sol.

La culpabilité remplaça la douleur alors qu'un plan commençait à germer dans sa tête.

Avec un nouveau sourire, Dom retourna à ses écrans.

Sol attendit que ses forces reviennent. Il étira chacun de ses membres ainsi que son dos, et vérifia chaque muscle. La douleur avait régressé à l'état du picotement qu'il ressentait le matin. Il en profita pour laisser son plan se développer dans sa tête.

— En parlant d'Obligeance, reprit-il quand il put enfin se lever et marcher, je me demandais si tu pouvais m'en faire une autre.

— Oui, répondit Dom. Tout ce que tu veux.

— Je veux que tu me montres la clôture.

Dom pivota dans son fauteuil.

— Sol, non. La clôture n'est pas une Obligeance.

— Mais aider un ami, si, lui rappela-t-il. Et j'ai besoin de la voir. Juste la voir, c'est tout. Pour savoir où elle est. Après ça, je te jure que je n'en parlerai plus jamais.

— Non. Je te l'ai déjà dit. C'est hors de question.

Sol ressentit un mélange de culpabilité et d'étourdissement devant le pouvoir qu'exerçait le langage de Ash House sur Dom.

— Mais ce serait une véritable Obligeance. Pour moi.

La forêt était si broussailleuse qu'il était facile de se croire les premiers à y pénétrer. Au bout d'à peine quelques pas, les arbres se mélangeaient les uns aux autres, barrant la vue de la Maison et du terrain, mais l'odeur des torches enflammées et la brume légère ne les quittaient jamais. L'endroit rappelait le dortoir. Chaque plante vert vif, bordeaux ou or remuait ou scintillait pour qu'on n'oublie pas que tout, autour de soi, était vivant. Malgré le sol qui engloutissait le bruit de leurs pas, on entendait craquements et bruissements. C'était comme si, chaque fois que Sol tournait la tête, les arbres s'immobilisaient, puis ramassaient leurs racines pour le suivre dès qu'il se remettait en route.

Ils franchirent un cours d'eau peu profond qui filait dans les bois, en équilibre sur les rochers pour ne pas mouiller leurs chaussures. Selon Dom, c'était le point le moins large de la forêt et par conséquent le chemin le plus court jusqu'à la clôture. Il marchait vite mais marquait de nombreuses pauses, comme tiraillé entre l'urgence et l'envie de ne pas y aller du tout. L'idée que la cabane se trouvait juste là, derrière les arbres, même denses, était rassurante.

Au bout de plusieurs minutes de marche, Dom s'arrêta. Sol n'avait aucune idée de la distance qu'ils avaient parcourue, ni jusqu'où pouvait encore s'étendre la forêt. Il semblait impossible qu'il existe près d'ici des villages, avec des maisons et des voitures, la vieille cabine téléphonique qu'il avait aperçue en arrivant, et des endroits où les gens menaient des vies ordinaires dépourvues du goût de la fumée sur leur langue.

— Là, indiqua Dom.

— Qu'est-ce qu'il y a ?

Sol le dépassa de quelques pas. Aucune trace d'une quelconque clôture. Les arbres ici étaient identiques aux autres.

— On a tourné en rond ?

— Tu voulais voir la clôture. On l'a vue. Allons-nous-en.

Dom faisait déjà demi-tour, mais Sol lui saisit le bras.

— Attends ! Je ne vois rien. Ça ne peut pas être là. Il faut continuer à avancer.

Dom se montrait inhabituellement impatient et agressif. Il faisait les cent pas, se tordait les mains et se rongeait les cuticules en jetant des regards alentour, comme s'il était à l'affût de monstres. Il pointa un doigt au-dessus de la tête de Sol.

— Là !

Il désignait un fil barbelé. C'était un simple fil métallique, si propre et brillant qu'il avait l'air neuf. Tendu à plus de deux mètres au-dessus du sol, il s'étirait entre les branches sans que l'on puisse en distinguer ni le début ni la fin.

— Ce n'est pas une clôture, constata Sol.

Il n'observa aucun signe de piège, ni d'obstacle quelconque en dessous.

— Éloigne-toi ! insista Dom qui le retenait en arrière.

— Mais, Dom, ce n'est qu'un fil de fer ! On peut passer en dessous.

— Non, on ne peut pas. Et on ne va pas essayer.

— Est-ce que c'est un genre de clôture électrique ? J'en ai déjà entendu parler. Dom ?

Dom avait les yeux fixés droit devant lui, au-delà de la frontière, et secouait la tête. Sol suivit son regard sans rien voir d'autre qu'un mur de broussailles et d'arbres enchevêtrés.

— Dom !

— Quoi ?

— Que se passe-t-il si on franchit la limite ? Il y a quelque chose d'invisible, là ?

— Je... Je te l'ai dit... Non, chut ! Je t'ai expliqué ce qui se passe si tu la franchis.

L'attention de Dom dériva de nouveau. Il agrippait toujours fermement la chemise de Sol, mais ses yeux étaient rivés aux arbres, comme s'il voyait quelque chose.

Ou quelqu'un.

Il parlait à quelqu'un. Dans son agitation, il mélangeait ses mots. Il essayait d'avertir Sol tout en soutenant des fragments de conversation avec une autre personne.

— C'est très... attends... il faut qu'on... non, pas maintenant. Va-t'en ! J'ai dit, *va-t'en* !

Sol se libéra.

— Dom, il n'y a personne ! Écoute, je suis désolé, mais on ne peut pas rester coincés ici pour une histoire à dormir debout.

Il parvint à lui faire tourner la tête vers lui. Son expression horrifiée, quand il comprit ce que Sol sous-entendait, était effroyable.

— Menteur ! Tu as dit que tu voulais juste la voir !

Sol serra maladroitement Dom contre lui.

— J'enverrai des gens vous chercher, d'accord ?

— Sol, *NON* !

Sol s'écarta et voulut se mettre à courir. Dom ne le suivit pas, mais les arbres se liguèrent contre lui pour lui griffer le visage et le faire trébucher. Il n'y prêta pas attention, car il allait enfin échapper à cette odeur de cendre.

Dom cria son nom encore une fois. La clôture était là, à portée de main. Au moment de passer en dessous, Sol sentit un élastique géant lui enserrer la taille et le tirer petit à petit en arrière.

— Non ! s'étrangla-t-il.

Le fil barbelé était juste au-dessus de lui. Il l'avait presque dépassé. Dom se tenait loin derrière lui et il refusait de croire que les arbres puissent étendre leurs branches pour l'arrêter.

Il se tirait en arrière tout seul.

Son hésitation le tirait en arrière.

Il ne courait plus.

Il leva la tête vers les branches, vers le fil métallique et les nuages gris au-dessus.

Enterré vivant, brûlé vif, évaporé... Sol baissa les yeux. Par terre, une branche cassée commençait à pourrir, révélant ses fibres spongieuses sous son écorce gondolée. Il avait peur. Des larmes de frustration coulèrent sur ses joues. Impossible de faire un pas de plus. Il n'aurait su nommer la force qui le retenait. C'était plus que les histoires d'horreur que lui avait racontées Dom. C'était le dortoir de verre, la cabane mouvante, le poids rassurant des jumelles autour de son cou, sa place au réfectoire…

— Sol ?

Dom s'était approché. Il lui tendait une main.

— Je ne peux pas traverser, souffla Sol. Je n'ai nulle part où aller.

— Tu as Ash House.

— Je ne peux pas traverser, répéta-t-il.

— Je sais. Mais as-tu vraiment besoin de traverser ?

— Je ne peux pas vivre comme ça, dit Sol en se tournant face à lui. La douleur… je ne peux plus la supporter.

— Les cendres te guériront. Nous trouverons un moyen.

— Mais personne ne peut m'aider. Il n'y a pas de docteur.

Quelque chose passa sur le visage de Dom, comme un nuage dérivant devant la lune, si fugace que Sol ne fut pas certain de l'avoir vu.

— Nous trouverons un moyen, insista Dom. N'importe quoi plutôt que ça.

Ses yeux s'éloignèrent de Sol, comme si, une fois de plus, il s'adressait à quelqu'un derrière lui.

— On s'en va. Allez, viens.

Il tendit la main. Sol essuya ses larmes et la prit. Il ne la lâcha que quand les torches enflammées de la Maison furent en vue.

Chapitre 13

Dom

L'état de Sol était plus désespéré que Dom ne l'avait imaginé.

Cette nuit-là, il resta éveillé et, une fois tout le monde couché, il convoqua une réunion : il se déplaça de lit en lit pour secouer avec douceur les garçons, qui le suivirent dehors, en prenant soin de ne pas réveiller Sol. Le bruit de la pluie qui martelait le toit de verre et l'escalier de métal s'évanouit à mesure qu'ils s'éloignaient du bâtiment, et le monde s'apaisa.

Ils marchèrent vers le lac, près de la tombe du porc. Les traces familières gravées dans l'herbe révélaient les endroits qu'ils parcouraient régulièrement. Les journées ensoleillées, poussiéreuses, où ils jouaient à chat n'étaient plus qu'un lointain souvenir. Ils dépassèrent la tombe pour se diriger vers la forêt. Le sombre écran de pluie masquait la Maison.

Dom pensait à Sol qui dormait, bouche ouverte, en boule sur le côté pour que son dos ne touche pas le matelas, et il fut certain d'avoir pris la bonne décision. Une véritable Obligeance. Cette amitié nouvelle le rendait plus nerveux que jamais, mais lui donnait en même temps un but dont il était fier. Grâce à elle, il s'affirmait.

Les garçons se rassemblèrent autour d'un immense chêne un peu à l'écart de la forêt. Justice abaissa sa capuche. Il avait les cheveux aplatis sur le dessus et en bataille derrière. Leur blancheur de diamant ressortait devant le tronc de l'arbre trempé par la pluie.

— Les filles ne vont peut-être pas nous rejoindre, fit-il remarquer à Dom. Libby t'en veut encore d'avoir emmené Sol à la cabane. Elle pense que tu essayes de remplacer... tu sais...

— Je lui ai demandé, coupa Dom. Elles vont venir.

— Et si Sol se réveille et s'aperçoit que le dortoir est vide ?

— Ça ne lui déplaira sûrement pas.

— J'ai rêvé de ça une fois, déclara Justice. J'étais seul, toute la journée. C'était le lendemain du jour où le Directeur a arrêté d'appeler.

— Tu fais des rêves bizarres parce que tu as dormi dans le lit de Merit jusqu'à tes huit ans, grommela Concord.

Il tenait leur unique lampe torche, mais ce n'était qu'une précaution : ils savaient évoluer dans le noir.

— Dom, dis-nous ce que tu as à nous dire pour qu'on puisse retourner se coucher.

— On te voit à peine depuis que Sol est arrivé, gémit Reason, rejoignant la conversation.

— Ce n'est pas sa faute, se défendit Dom. Je dois passer plus de temps avec les oiseaux parce que le Directeur est parti.

— Il n'est pas *parti*. Ne dis pas ça, protesta Persy qui portait sa veste maculée de terre du potager.

— Pendant qu'il ne peut pas nous appeler, se reprit Dom.

D'un coup, Merit fit volte-face.

— Vous avez entendu ? murmura-t-il.

Tout le monde se tut. Quelque part, au-delà des dortoirs, un grondement sourd roula jusqu'à eux avant de se mêler au bruit de la pluie.

— C'est peut-être le tonnerre ? suggéra Dom.

— C'est ça, lança Concord. Dom, parle parce que je ne compte pas rester dans le coin si la Maison décide d'ouvrir ses portes ce soir.

Soudain, Wisdom pointa les dortoirs du doigt.

— Concord, regarde !

— Toi, ne me donne pas d'ordre, rétorqua Concord.

Les filles marchaient dans leur direction. Leurs silhouettes pâles se détachaient comme des fantômes dans l'obscurité. Une sensation de soulagement envahit Dom.

Love, la fille aux yeux rêveurs qui s'occupait des animaux avec Calm, arriva la première. Elle toucha doucement le coude de son binôme en s'approchant.

— Vous avez entendu ? demanda-t-elle, nerveuse.

— On a cru que c'était l'orage, dit Dom.

— *Tu* as cru que c'était l'orage, corrigea Concord. Moi, je sais reconnaître un Shuck quand j'en entends un.

— Où sont Libby et Sincerity ? voulut savoir Dom.

L'espace d'un instant, son moral se ternit. Il avait espéré voir Libby.

— Nous sommes là.

Dom sursauta et pivota. Libby portait son ciré ouvert qui voletait autour de sa chemise de nuit. Ses jambes étaient d'une blancheur d'os. Elles arrivaient de la mauvaise direction, comme si elles sortaient de la forêt.

— Comment avez-vous...

— Il vaudrait mieux commencer tout de suite, l'interrompit Sincerity.

Elle arborait un épais manteau de laine sur un pyjama à carreaux qui avait autrefois appartenu aux garçons.

— On a entendu des Shucks.

Les filles formèrent un grand cercle que les garçons rejoignirent. Dom ressentit la nostalgie d'être rassemblés dans la nuit, comme avant.

Quand ils étaient petits, ils dormaient à l'étage du dortoir, filles et garçons. Dom avait Concord à sa droite, et Libby de l'autre côté. Puis venaient Justice et Honesty, Merit et Sincerity, ensemble, soudés comme les doigts de la main. Combien de fois avait-il aidé Justice et Honesty à se débarrasser de l'odeur d'huile végétale sur leurs mains ? Combien d'après-midi avait-il passé avec Concord, à attendre que Merit et Sincerity reviennent avec les livraisons ? Tant d'années à discuter avec eux dans le noir, à regarder le clair de lune transformer leurs visages, à les écouter parler de leurs rêves, juste avant de se réveiller. Ils avaient tout partagé : vêtements, secrets, cauchemars.

Puis, peu de temps avant de s'en aller, le Directeur avait décrété que les choses devaient changer à Ash House. Les filles avaient été chassées de l'étage, bannies au rez-de-chaussée, dans les ombres impénétrables où même le clair de lune n'entrait jamais. Pendant un mois, Dom avait souvent cru entendre la voix de Libby dans son sommeil, mais ce n'était que le vent. Depuis, lorsqu'ils jouaient, c'était toujours les garçons contre les filles. Elles prenaient le petit déjeuner en groupes, semblaient faire des cachotteries et riaient ou chuchotaient entre elles. Les garçons inventaient des codes et des jeux dont ils ne leur expliquaient pas les règles. Cela n'amusait pas Dom et il savait que Libby non plus.

Il avait beaucoup de choses à lui dire, surtout depuis que le Directeur était parti et qu'elle lui en voulait sans arrêt, mais elle lui paraissait si loin. Quand il la vit ce soir, dans le noir, ses cernes violacés sous les yeux, elle lui manqua terriblement.

Une telle nuit pouvait changer cela, songea-t-il. Tout pouvait redevenir comme au bon vieux temps, tandis qu'ils étaient à nouveau réunis, dans la nuit. Or, il n'eut pas le temps de le suggérer parce que Concord le tira par le bras pour le faire avancer au milieu du cercle en lui intimant l'ordre de parler.

Le mot « Shuck » planait encore sur le groupe, pourtant, aucune lèvre ne bougeait. Un oiseau, invisible dans le noir, vrombit au-dessus d'eux.

— J'ai passé du temps avec Solitude, commença Dom.

— Ton nouveau meilleur ami, ricana Merit.

Dom l'ignora et haussa le ton pour qu'on l'entende par-dessus la pluie.

— Il m'a confirmé, en secret, que ce que nous pensions à son arrivée était exact : il est malade.

À cet instant, le bruit semblable au tonnerre retentit dans la direction de la Maison.

L'assemblée se retourna. Dom le maudit dans sa tête. S'ils pensaient qu'un Shuck était en liberté sur le domaine, ils refuseraient doublement de l'aider.

— Il vaudrait mieux rentrer, non ? suggéra Libby.

Dom détecta une nuance d'hésitation rare dans sa voix.

— Écoutez-moi, insista-t-il.

— Ça vient de la Maison, déclara Concord.

— Écoutez ! répéta Dom en tapant du pied. Pour Sol. Je crois que le Directeur veut que nous veillions sur lui.

— Ce n'est pas parce que tu observes les oiseaux que tu sais ce que veut le Directeur, rétorqua Libby.

— Eh bien, je ne *sais* pas... personne ne sait. Il est absent.

— À t'entendre, on pourrait croire que c'est *notre* faute, rétorqua Libby en désignant les filles.

— Mais non... Je n'ai pas dit ça !

— Alors arrête d'essayer de deviner ce que veut le Directeur, renchérit Honesty.

Elle frotta ses cheveux courts mouillés par la pluie.

— Si Sol est malade, il doit s'en aller, asséna Libby. Il ne faut pas qu'il reste ici.

— Hé, j'ai déjà tenté de le caser avec le porc, intervint Concord. J'ai fait mon travail.

Un ricanement s'éleva au-dessus du cercle.

— Ce n'était pas une Obligeance, lança Dom avec toute l'assurance factice dont il était capable.

Le rire cessa. Les regards passèrent nerveusement de Dom à Concord.

— Et se débarrasser de Sol n'est pas la solution, reprit Dom. Il faut lui donner une chance. Cord, quand tu as eu ta cicatrice, est-ce qu'on a essayé de t'enterrer ?

Concord lui jeta un regard noir, les yeux luisants, même celui sous la cicatrice.

— Nous t'avons aidé, et tu t'es rétabli. J'ai pensé à un moyen d'aider Sol pour qu'il aille mieux, lui aussi.

— Tu ne peux pas comparer la situation de Sol à ce qui est arrivé à Cord, commenta Libby.

— Sol est venu ici parce qu'il pensait que Ash House pouvait le guérir alors que personne d'autre ne le peut. Il ne sait pas de quoi sont capables les cendres. Demain, c'est la pleine lune. Le moment idéal. Je crois qu'avec notre aide, il guérira. Ça s'est déjà produit.

Il y eut un silence interminable tandis que tous échangeaient des regards en dansant d'un pied sur l'autre.

— Ça fait beaucoup de remue-ménage pour quelqu'un qui n'est pas des nôtres, conclut Concord.

Chapitre 14

Sol

Au matin, Sol trouva étrange la présence de flaques d'eau par terre dans le dortoir. Ce jour-là, tout le monde garda ses distances avec lui, même Dom. Au petit déjeuner, il eut l'impression qu'on l'observait, mais chaque fois qu'il levait les yeux de son porridge, personne ne semblait se préoccuper de lui. Dom traînait de nouveau avec Concord, Merit et Justice. Sol passa la journée seul en essayant d'attirer le moins possible l'attention sur lui.

Son dos le faisait tellement souffrir que, le soir venu, il se coucha épuisé. Il s'allongea sur le ventre en priant pour s'endormir.

Sans succès. Son esprit plongea dans un demi-rêve tortueux. Il marchait dans la forêt avec Dom, qu'il distinguait à peine. C'était au cœur de l'été, le soleil baignait les arbres d'une lumière que Sol n'avait jamais vue. Soudain, il n'entendait plus les pas de Dom. Il s'efforçait de le retrouver, mais la terre boueuse lui collait aux semelles. Il chancelait, trébuchait. Appelait Dom. Encore. Et encore. Il entendait une autre voix derrière lui, une voix de fille. Il se retournait, et une main immense lui écrasait un tas de boue en pleine figure. Il avait le goût de la terre dans la bouche.

Il se réveilla en sursaut au moment où son dos lui lançait une décharge électrique.

Des doigts d'une force irréelle lui agrippaient le visage. Ils sentaient la terre et la transpiration. Le visage impassible de Concord apparut dans les ténèbres. Les entrailles de Sol se tordirent de terreur. Les autres, en manteau par-dessus leur pyjama, faisaient corps derrière Concord.

Les horreurs qu'ils pouvaient lui faire subir lui traversèrent l'esprit. Ils allaient déterrer le porc et le jeter dans le trou une fois de plus. Ils allaient lui creuser une tombe fraîche. Ils allaient l'enfermer dans la Maison glaciale et inquiétante seul, la nuit entière.

Concord retira la main de son visage.

— On sort, souffla-t-il.

— Même moi ? demanda Sol, terrorisé.

— Oui. Manteau, chaussures. Tout de suite.

Sol quitta son lit et tituba jusqu'à la cloison près de la salle de bains. Le seul manteau qui restait sentait le moisi et lui déclencha une quinte de toux quand il l'enfila. Merit l'arrêta alors qu'il s'apprêtait à chausser ses baskets sales.

— Tu les mettras en bas, dit-il.

En effet, ils tenaient leurs chaussures à la main.

— Où... Où est Dom ?

Concord le fit taire et le poussa vers la porte.

Depuis le palier, Sol jeta un regard à la Maison. Ses fenêtres étaient plus noires que le ciel. La nuit était fraîche et sans nuages, la pleine lune nette et son éclat argenté refroidissait encore un peu plus le monde. Sol distingua une traînée sombre dans l'herbe. Quelqu'un les devançait.

Ils progressèrent avec prudence entre les grosses feuilles qui venaient de tomber et commençaient à sécher. Ils se dirigeaient vers le porc. Le souvenir noua l'estomac de Sol.

Il pria pour qu'on ne le jette pas de nouveau dans cette tombe. Mais les garçons déviérent vers une grande barrière d'arbres.

Puis Sol comprit où on l'emmenait.

— On va au lac ?

— Je ne te répéterai pas deux fois de te taire, rétorqua Concord.

Les autres parlaient souvent du lac avec révérence et affection, et même si l'observation des oiseaux avait appris à Sol où il se trouvait, il n'avait encore jamais eu l'occasion de s'y rendre. Un autre jour que celui-ci, il aurait peut-être été ravi d'y aller avec eux. Mais on était en pleine nuit, Dom restait introuvable et ses avertissements concernant les gens qui tombaient malades ici pesaient sur son esprit. Il n'y avait rien d'autre à faire que de poser un pied devant l'autre et de s'enfoncer dans la forêt.

Au bout d'un court instant, ils ressortirent des bois. Le lac se trouvait dans une clairière paisible, sa surface était lisse comme du verre et sombre comme la nuit. Ils se tenaient sur une rive de terre et de sable mélangés. Au grand soulagement de Sol, Dom les y attendait en compagnie des filles.

Elles avaient entassé leurs manteaux par terre et frissonnaient, les bras serrés autour de leurs chemises de nuit blanches. La lune jetait un rayon blanc au milieu de l'eau.

Dom et Concord échangèrent un regard et Sol se sentit effroyablement seul.

Ils savaient tous se diriger dans le noir.

Ils savaient tous ce que les autres ressentaient sans avoir à se parler.

Chacun était une planète dans le système solaire des autres, tandis que lui se sentait aussi petit et insignifiant qu'un grain de poussière.

Les garçons s'éloignèrent par petits groupes le long du bord, baissant la tête sous les branches basses et évitant les broussailles humides. Manteaux et chaussures furent laissés sur la rive pour rejoindre les filles.

Ils tressaillirent à peine en entrant dans l'eau.

Sol commençait à distinguer les nuages de son souffle dans le froid. Ne sachant s'il devait se joindre à eux ou non, il les observa, grelottant dans son manteau, à l'écart. On lui tapota l'épaule. Concord était resté aussi. Il lui fit signe de le suivre.

— Par là.

— Où va-t-on ?

— À la Vigie.

Ils contournèrent la rive jusqu'aux arbres. Sol le suivit à contrecœur. Concord avait essayé de l'enterrer vivant, en plein jour et en public, alors dans le noir, dans le sous-bois désert, il n'allait sûrement pas se retenir.

L'autre côté du lac était plus accidenté que la plage lisse où les enfants étaient entrés dans l'eau. La Vigie se situait au bout : un amas de rochers empilés les uns sur les autres, dont le plus haut surplombait l'eau. Depuis le sommet, on devait apercevoir le toit de la Maison ainsi que les dortoirs.

Concord commença à gravir les rochers, alors Sol l'imita.

Les cailloux glissaient et roulaient sous ses pieds, ses paumes s'égratignaient à force de s'agripper aux surfaces coupantes. Il s'imagina les atrocités que Concord pouvait avoir en tête. Il allait peut-être le jeter depuis le haut de la Vigie pour que son dos finisse enfin par éclater en mille morceaux. *Ce serait un soulagement*, songea-t-il. Il escaladait aussi vite que le tiraillement dans sa colonne le lui permettait.

Concord l'attendait au sommet. Sol avait raison : d'ici, on distinguait le reflet du toit de la verrière, et la forme grise du manoir derrière. On voyait aussi les têtes noires et les corps pâles des autres dans l'eau.

Concord les observa un instant, puis il dit :

— Ils sont tout pour moi. Surtout maintenant que le Directeur est parti.

— Je croyais qu'il devait revenir bientôt ?

— Je n'en sais rien.

C'était la première fois que Concord paraissait incertain.

— Et depuis que tu es arrivé… (Il se tourna vers Sol.) C'est une période étrange. Pour nous tous.

— J'imagine.

Sol n'avait jamais vraiment réfléchi à ce que son arrivée pouvait avoir d'étrange pour les occupants de Ash House.

Il y eut un silence, puis, n'y tenant plus, il déclara :

— Quoi que tu prévoies, je veux en finir le plus vite possible.

Concord le regarda. Dans le noir, on ne voyait presque pas sa cicatrice.

— Quoi ?

— Ce que tu comptes me faire… m'enterrer de nouveau, me noyer, me perdre dans la forêt…

— J'ai de plus grands projets que cela te concernant.

Sol se raidit, prêt.

— Je t'écoute.

— Je vais te guérir. Tiens, assieds-toi.

— Hein ? Co… comment tu…

Il croyait avoir dissimulé sa souffrance. Et quand bien même Concord l'aurait remarquée, jamais il n'aurait proposé de l'aider.

Concord s'assit au bord du rocher, les jambes dans le vide. Aucune trace d'agacement, aucun rictus sur son visage, il avait l'air pensif, peut-être même triste. Sol ne lui faisait pas confiance, mais il était curieux, alors il s'assit prudemment, les mains posées derrière lui, agrippées au rocher au cas où Concord tenterait de le pousser.

— Dom est mon meilleur ami, reprit Concord. J'essaie toujours de prendre en compte ses conseils. Il est très sage.

Sol pensa au sourire bête de Dom.

— D'accord.

— Il m'a fait comprendre que nous ne t'avions pas donné ta chance. Que tu étais peut-être venu ici pour une bonne raison.

Il y eut un silence que Sol ignorait comment remplir. Alors, Concord l'aida.

— Il faut que tu me parles de cette douleur.

— Oh. Dom te l'a dit.

— Il était obligé. Tu peux me faire confiance. Je veille sur tout le monde ici.

— C'est une longue histoire. Et depuis que je suis ici, mes souvenirs sont devenus… flous.

Concord hocha la tête.

— Essaie quand même.

— Alors…

Sol essaya de retrouver son souvenir le plus clair.

— Il y avait un hôpital… et une voiture. Ils m'ont assuré que j'irais mieux… tu sais, que la douleur s'en irait. Je pense qu'ils croyaient que le Directeur allait me soigner. Ils ne devaient pas savoir qu'il était parti.

— Mais pourquoi as-tu mal ? demanda Concord.

— Si je le savais, on ne m'aurait pas jeté ici. Peut-être que personne ne peut rien pour moi et que ce n'est qu'un moyen de se débarrasser de moi.

— Peut-être est-ce un moyen de t'amener là où tu es censé être.

C'était la chose la plus gentille que lui avait dite Concord et il était à l'évidence mal à l'aise de l'avoir fait. Il se racla la gorge et poursuivit :

— Le Directeur ne nous a pas appelés depuis si longtemps que je ne sais pas ce que nous sommes censés faire. Mais Dom a eu cette idée, et si ça ne marche pas, alors je saurai que tu n'as aucune raison de rester ici en mettant tout le monde en danger.

Sol frissonna de nouveau et cette fois ce n'était pas à cause du vent.

— Le Directeur veut que Ash House soit aussi autosuffisante que possible, reprit Concord. Nous faisons pousser la plupart de nos aliments. Nous cousons la plupart de nos vêtements. Et notre eau vient d'ici. Tu le savais ?

— Depuis le début, je bois l'eau du lac et je me douche avec ?

— Elle est filtrée, mais oui. Tu sais, j'ai été malade une fois. Mes amis m'ont sauvé. Dom, Clem…

Son visage se crispa quand le nom lui échappa.

— Qui est Clem ? Oh ! Sur le mur.

Sol se remémora le nom recouvert de peinture.

— Dom m'a expliqué qu'on n'était pas censés parler d'elle.

— C'est tout Dom, ça.

— Ils étaient vraiment bons amis ?

Concord hocha la tête une fois, puis se leva, alors Sol l'imita.

— Qu'est-ce qui lui est arrivé ?

— Elle n'est plus là.

— Où est-elle ?

Concord se tourna et leva le menton dans la direction du bout du domaine, au-delà du potager et de la forêt. Vers la clôture.

Il ne comptait à l'évidence pas s'étendre sur le sujet.

— Dom t'a fait une Obligeance en nous demandant de t'amener ici, dit-il. Mais si les cendres ne parviennent pas à te guérir, rien ne le pourra. Et tu devras t'en aller.

Sol resta planté là, les yeux sur l'eau noire.

— Si les cendres me soignent... je ne pourrai pas rentrer chez moi ?

Mais chez lui, où était-ce ? Il se remémora la force incroyable qui l'avait tiré en arrière à la clôture, le persuadant de rester.

— J'en doute, répondit la voix de Concord derrière lui. Mais tu pourrais être heureux ici, comme nous. Tu n'as pas envie d'être heureux ? Tu n'as pas envie d'avoir ta place quelque part ?

Sol opina du chef. Bien sûr qu'il en avait envie. D'après ce qu'il savait, c'était ce que tout le monde voulait. Il lui était difficile d'imaginer l'après, quand la douleur s'arrêterait, mais il espérait que quelque chose l'attende là-bas. Une Obligeance.

— Retiens ta respiration, reprit Concord.

— Quoi ?

Le poing de Concord s'écrasa contre sa poitrine, et il tomba.

L'eau claqua dans son dos et l'entraîna en dessous, recouvrant son crâne, ses oreilles, le fin pantalon qu'il portait. Il sentait son goût sur sa langue, bien qu'il fût certain de ne pas avoir ouvert la bouche. Il n'avait même pas crié dans sa chute.

Quand l'eau cessa de le tirer vers le fond, il demeura suspendu, en apesanteur, comme s'il n'était pas encore né. Le plafond du lac ressemblait au début d'un orage.

À présent il l'attirait vers le haut. Comment la lune pouvait-elle avoir une force de gravité là-dessous ? Ses muscles se relâchèrent et il comprit enfin pourquoi l'expérience était aussi agréable.

Le lac était tiède. La température d'un bain chaud qu'on avait laissé refroidir juste assez pour pouvoir s'y immerger. Voilà pourquoi les autres y étaient entrés aussi facilement.

Pour la première fois depuis très, très longtemps, son dos ne le faisait pas souffrir. Son cœur enfla. Il aurait voulu rester là pour toujours, mais, trop vite, il sentit des mains se resserrer autour de ses poignets. On le remontait à la surface.

Sol haleta, ne s'apercevant qu'à cet instant de la brûlure dans ses poumons. Un filet d'eau coula de sa bouche. Elle avait un goût de métal, proche du sang. Dom lui tenait une main, Libby l'autre. Ils souriaient. Les autres les entouraient.

— Freedom est une Obligeance, souffla Dom, répétant les paroles qu'il avait prononcées à l'arrivée de Sol.

Il pressa une main contre la sienne.

— Liberty est une Obligeance, enchaîna Libby.

Ils firent le tour du cercle, chacun répétant son nom et la phrase à voix basse. Quand le dernier nom fut énoncé, le silence retomba. Tous les yeux se posèrent sur Sol.

— Solitude est une Obligeance, murmura-t-il.

À la seconde où il prononça la phrase, il aperçut un minuscule fragment de lumière virevolter depuis le ciel. Il se posa sur l'eau devant lui et prit peu à peu une couleur grise.

De la cendre.

Elle tombait, plus discrète que la neige, de plus en plus drue, pour se poser à la surface du lac, comme portée par le vent depuis un feu voisin. Les yeux écarquillés, Sol regarda autour de lui. Partout les cendres luisaient. Chaque atome était une petite luciole brûlante, jaune orangé. Elles illuminaient l'eau jusqu'à la rive.

Sol rejeta la tête en arrière et éclata de rire, comme si chaque jour passé dans la peur de la douleur le quittait, perdant le pouvoir de lui faire du mal. Les autres rirent avec lui.

Concord se tenait toujours au sommet de la Vigie, bras croisés sur sa poitrine.

— Tu vois les cendres ? cria-t-il à Sol.

Ce dernier hocha la tête, frappé de mutisme. Il ouvrit les mains et découvrit que les cendres parcheminaient sa peau comme une coquille d'œuf. Quelque part dans le ciel, un oiseau passa en vrombissant, mais personne n'y prêta attention.

— Parfait.

Concord prit son élan et sauta dans le lac. L'eau explosa en gouttelettes incandescentes. Sol riait.

Concord reparut en s'essuyant le visage au milieu de la lumière, et nagea vers eux, laissant un sillage noir derrière lui.

Le reste du groupe exulta en tapant sur les épaules de Sol. Avec un cri animal, Dom lui mit la tête sous l'eau. Les enfants l'encouragèrent à recommencer. La cendre lui entrait dans les yeux, pas assez chaude pour le brûler. Elle était tiède et baignait le monde d'or et d'argent. Sol s'attendit à devoir justifier ses larmes, prétendant que c'était l'eau du lac, mais personne ne lui posa la question.

— Elle va te soigner, lui révéla Dom. La cendre.

— Comment tu le sais ?

— On l'a découvert quand Concord est tombé malade, il y a longtemps.

Dom avala une grande gorgée de l'eau du lac parsemée de cendres.

— C'est bon pour nous.

Sol hésita, puis l'imita. La cendre avait un goût amer au fond de sa gorge. Il l'imagina embraser ses entrailles et transformer son estomac en lac paisible et doré, comme celui dans lequel il flottait.

— Pourquoi tu ne m'en as pas parlé ?

— On n'était pas sûrs que tu sois l'un des nôtres, intervint Libby.

Elle flottait près de Dom, le visage encadré de boucles brillantes.

— Mais Dom a dit que tu méritais une chance.

Sol voulut répondre mais les enfants les plus proches du bord le firent taire avec empressement.

Il posa ses orteils sur le sol sablonneux. Tous les yeux étaient fixés sur la plage.

Au début, Sol ne vit rien. Quand il découvrit enfin ce que les autres regardaient, il eut envie de vomir l'eau qui s'était déposée dans son estomac.

Cela ressemblait à deux bougies – comme si quelqu'un en tenait une dans chaque main. Mais les lueurs étaient trop vertes pour des bougies. C'étaient bien des yeux. De la couleur d'une feuille à peine éclose.

Autour des yeux, il distingua une masse noire comme la nuit. La lumière des cendres dans le lac aurait dû éclairer un visage ou une gueule, mais c'était comme si la fourrure absorbait la lumière, rendant la créature plus obscure que l'obscurité. Dans l'eau, les cendres étaient devenues grises. La brume s'éleva de nulle part – non, pas de nulle part, de ses pattes – et se cristallisa à la surface de l'eau.

Près de lui, immobile, Dom ne quittait pas la bête des yeux.

— Dom, qu'est-ce que c'est ?

— C'est un Shuck, répondit Dom dans un souffle. Tu te souviens quand Libby t'a emmené...

— Chuuut.

Le Shuck les observait. Les enfants le regardaient.

Lentement, un par un, ils tendirent les bras devant eux, les paumes vers le ciel. Dom faisait des signes de tête pressants à Sol pour qu'il les imite. Il s'exécuta, en collant ses petits doigts ensemble, comme le faisait Dom.

Le froid avait envahi sa poitrine. Un jour, à l'hôpital, on lui avait posé une perfusion de sérum physiologique et c'était la même sensation, sauf qu'il se déversait dans son cœur pour être pompé dans son corps. D'épais nuages de condensation se formèrent devant son visage comme en plein hiver.

Le Shuck huma l'air et grogna. Malgré les ténèbres, Sol vit qu'il se mouvait avec grâce. Au bout d'un moment, la créature fit demi-tour et disparut entre les arbres. Il n'y eut aucun bruissement de feuille, aucun craquement de brindille.

Le groupe se détendit. Leurs mains plongèrent sous l'eau. Sol eut la sensation qu'il valait mieux ne pas parler le premier. Par chance, la voix de Concord s'éleva pendant que son cœur retrouvait un rythme normal.

— Tout le monde va bien ?

Hochements de têtes hébétés.

— Sol ?

— Je suis... je crois que ça va. Ma poitrine...

— Ça va passer, affirma Dom en frottant sa propre cage thoracique.

— Est-ce qu'il est parti pour de bon ?

— Il est retourné à la Maison, oui.

Sol resta interdit.

— Il vit dans la Maison ? Attends, la corvée de Libby...

— Elle nourrit les Shucks. Les trois, confirma Dom.

— Il y en a trois ?

Sol frissonna à l'idée de croiser six de ces yeux verts, et au souvenir de l'étrange sensation qui s'était emparée de lui quand il avait scruté l'obscurité derrière les barreaux métalliques de la Maison.

— Comment s'est-il échappé ?

— Il ne s'est pas échappé, expliqua Concord. C'est le Directeur qui les fait sortir.

— Mais il n'est pas là.

— Les oiseaux s'en chargent pour lui, répliqua Dom. Même quand il n'est pas là, il contrôle les Shucks. On n'est pas censés sortir de nos lits... mais il est parti, il a dû décider qu'on avait le droit pour ce soir.

— Tant que tu ne bouges pas et que tu fais ça, expliqua Concord en répétant le geste des mains, il ne devrait pas s'en prendre à toi. Si tu ne lui donnes pas de raison de le faire.

Sol hésita à poser sa question suivante, mais il savait qu'il ne pourrait jamais dormir sans connaître la réponse.

— Il a déjà blessé quelqu'un ?

Concord et Dom échangèrent un regard.

— Oui, confirma Concord.

— On peut s'en aller maintenant ? demanda Justice. C'est bon, il a bu les cendres.

Soudain, Sol se sentit vulnérable et sa confiance en l'eau s'affaiblit d'un coup.

— Qu'est-ce que ça va me faire ?

— Ça va faire revenir les choses comme elles étaient avant ton arrivée, rétorqua Concord avec de nouveau cet agacement dans la voix.

Sol sentit le moment passé avec lui sur le rocher s'éloigner rapidement.

— Et désormais, tu fais partie de Ash House, conclut Dom avec un sourire. Comme nous.

Le groupe nagea jusqu'à la rive et commença à enfiler péniblement chaussures et manteaux sur leurs corps mouillés.

Sol effleura la surface du doigt, traçant des motifs lumineux de chaque côté. Tout, dans ce lac, lui paraissait incroyable, mais rien autant que l'instant où il sortit son corps de l'eau.

La douleur avait disparu.

Chapitre 15

Dom

Les yeux fermés, Dom écoutait les grincements du dortoir. Il conservait sur son corps la sensation des cendres, une poussière chaude qui veillerait sur lui toute la journée. Il décida qu'il se doucherait le soir venu. Le Directeur disait toujours que la propreté était une Obligeance, mais un jour de plus ne pouvait pas faire une si grande différence.

Sur le plafond de verre, les feuilles qui commençaient à pourrir mouchetaient la lumière du matin. Il faisait maintenant assez froid pour sortir de plus épaisses couvertures et rapprocher les lits. En été, Dom aimait dormir par terre, mais en hiver, les enfants partageaient souvent les lits et restaient habillés sous les couvertures pour ne pas être gelés au réveil.

Quand il ne put ignorer le matin plus longtemps, il se redressa et constata que Sol n'était pas dans son lit. Son ami se tenait à l'autre bout du dortoir, occupé à regarder entre les branches de lierre. Il s'était enveloppé d'une couverture.

— Sol ? murmura Dom.

Il sortit du lit pour le rejoindre.

— Comment te sens-tu ?

— Bizarre, répondit Sol avec un petit sourire.

— Oh.

— Mon dos…

— Est-ce que tu te sens…

— Mieux. Je me sens *tellement* mieux.

— C'est vrai ?

— Tu ne peux pas savoir… tout ce temps à chercher des réponses. J'ai passé examens sur examens. À une période, j'ai même cru que c'était dans ma tête. Mais chaque fois que la douleur revenait, je savais bien que c'était impossible. Jamais je n'aurais pu imaginer vivre sans. Jusqu'à maintenant…

Une joie indescriptible envahit Dom. Sol continuait à regarder droit devant lui, les yeux brillants sous le soleil.

— La Maison…, commença-t-il.

— Oui ? demanda Dom.

— Les cendres. Dom, la Maison est faite de cendres.

La Maison se dressait majestueusement dans le matin froid.

— Elle est si belle, murmura Sol.

— Ça veut dire que tu ne veux plus t'en aller ?

Sol lui adressa l'un de ses rares et discrets sourires. Il avait les yeux de la couleur du lierre qui s'enroulait autour du dortoir.

— Je commence à me sentir chez moi ici.

Dom lui sauta au cou. Il avait réussi ! Il avait transformé un parfait étranger en une personne débordante d'Obligeances.

Au petit déjeuner, tout le monde ne parla que du lac. La bonne humeur de Sol était contagieuse. Même Concord se montrait agréable, passant la nourriture à droite et à gauche. Dom se remémora le premier jour et le garçon renfermé, en colère, qui était descendu de la voiture. Il espérait qu'en aidant Sol, il avait exaucé les volontés du

Directeur. Peut-être même en avait-il fait assez pour que celui-ci revienne.

Le soleil tapait sur la Maison. Les autres s'y dirigèrent pour l'assemblée, mais Dom et Sol s'attardèrent dehors, les mains autour de leur tasse de thé refroidi, les yeux sur les murs gris et brumeux, pour profiter un peu plus longtemps de la chaleur.

— On devrait aller au lac chaque nuit, suggéra Sol. Je n'ai jamais connu une telle Obligeance.

Dom eut l'impression que le bonheur de Sol l'irradiait. Soudain, un hurlement de panique retentit depuis la Maison.

— DOM ? *DOM !*

Des pas martelèrent les dalles et la porte de derrière s'ouvrit à la volée. C'était Concord, tout rouge, hors d'haleine.

— Dom !

— Quoi ? Que se passe-t-il ?

Dom posa sa tasse sur l'asphalte et se précipita à la porte. Concord avait l'air bouleversé. Il ne répondit pas. Arrivé sur le perron, Dom comprit pourquoi. Il y avait un bruit, qui provenait des entrailles de la Maison.

Le téléphone sonnait.

Il porta les deux mains à son visage, et fondit en larmes.

— Tiens-toi bien, ordonna Dom à Sol qui ne cessait de gigoter sur sa chaise. Si le Directeur revient, il ne faut pas que tu lui fasses mauvaise impression.

Le froid quitta peu à peu la salle souterraine, remplacé par les bavardages enjoués des enfants. Dom serrait ses mains entre ses genoux. Cela faisait si longtemps qu'il avait du mal à se représenter le visage du Directeur. Il devait fermer les yeux et commencer par les faits concrets : couleur de ses cheveux, couleur de ses yeux, forme de son sourire.

Concord descendit l'escalier d'un pas lourd. Puis il monta sur l'estrade. Les quelques minutes qu'il avait passé au rez-de-chaussée l'avaient métamorphosé. Il avait la peau grisâtre et striée de rides. Dom s'attendait presque à ce qu'il se froisse comme du papier en ouvrant la bouche. Il avait l'air malade. Il avait l'air fatigué, il avait l'air, s'aperçut soudain Dom, de quelqu'un sur le point d'annoncer une mauvaise nouvelle.

Comme Concord ne prononçait pas un mot, Libby le pressa :

— Alors ? Tu lui as parlé ?

— Est-ce qu'il revient ? demanda Justice.

— Ce, euh, ce n'était pas lui. C'était... Apparemment, il a dit qu'il était désolé. Il ne pourra pas rappeler pendant un certain temps. Très longtemps.

La joie que Dom ressentait quelques secondes plus tôt se vida de son cœur, et quitta son corps pour s'infiltrer dans le sol.

— Si ce n'était pas le Directeur, alors qui était-ce ? interrogea Sol. Qui d'autre a ce numéro ?

— Quelqu'un d'autre, répondit Concord, laconique.

Sol se penchait en avant sur sa chaise, sans s'apercevoir de la tension qui grimpait dans la pièce. Dom fit un gros effort pour évacuer ses inquiétudes. Après tout, le lac avait arrangé les choses. Mais ils n'avaient pas eu de visiteurs à Ash House depuis qu'ils étaient petits, et le Directeur était toujours là. Les rares personnes qu'ils avaient rencontrées depuis ce temps n'étaient jamais accueillies à bras ouverts.

— Qui ? insista Sol.

Concord s'humecta les lèvres.

— Le Docteur. Je viens de lui parler. Il est de retour. Il a dit qu'il nous avait observés par les oiseaux et il pense que nous avons besoin d'une visite.

Il baissa les yeux et prit quelques secondes pour rassembler ses esprits.

— Il sera là demain. Il examinera Sol en premier. Il a ajouté que le Directeur, comme toujours, voudrait que nous nous rappelions nos Obligeances.

Ensuite, Concord évoqua les corvées habituelles, les travaux de maintenance nécessaires, les Obligeances. Dom ne l'entendait plus. Il avait les mains glacées, anesthésiées entre ses genoux. Quand il leva la tête, il s'aperçut que tout le monde regardait par terre, chacun perdu dans ses sombres pensées. Tout le monde, sauf Sol.

C'était incompréhensible. Ils l'avaient pourtant emmené au lac. Ils l'avaient immergé dans les cendres. La confiance était une Obligeance, et Dom l'avait accomplie avec tout son cœur. Et maintenant elle le laissait tomber. La colère bouillonna en lui. Il déglutit. Il avait les mains moites.

À la fin des annonces, Concord quitta la salle d'un air sombre.

— Que se passe-t-il ? demanda Sol qui était le seul à parler.

— Le Docteur va venir, répondit Dom.

— Ça me va. Pour être franc, quand je suis arrivé ici, j'ai cru que vous n'aviez pas accès à la médecine. Dom ? Je suis désolé que le Directeur ne revienne pas encore. Mais au moins, maintenant, vous savez qu'il va bien. C'est juste que… écoute, ne pleure pas.

— Je ne pleure pas.

Dom n'osa pas porter sa manche à ses yeux. Il savait ce que les autres diraient s'ils le voyaient fondre en larmes : le courage était aussi une Obligeance.

Chapitre 16

Sol

Personne ne vit le Docteur arriver. Sa voiture était noire, lustrée, et n'avait pas de plaques d'immatriculation. Les enfants se rassemblèrent autour et regardèrent leurs reflets déformés dans sa carrosserie brillante. Des cendres éparses se déposaient déjà sur son toit.

— Est-ce qu'il saura ce que j'ai au dos ? demanda Sol.

— Ce n'est qu'une visite médicale, répondit Dom d'une voix morte.

— Il va peut-être t'examiner et s'en aller après, ajouta Libby.

— C'est vrai, acquiesça Justice comme si c'était ce qu'il espérait.

— Quoi qu'il en soit, je crois que je dois remercier Dom, déclara Sol.

Dom fit volte-face. Comme s'il venait de recevoir une gifle.

— Quoi ?

— Pour le lac, expliqua Sol. Tu as dit que si je buvais les cendres, la Maison veillerait sur moi et que tout irait bien. Je pense que la Maison a fait venir un docteur !

Puis, les bras plaqués contre ses flancs, il éclata de rire, sans pouvoir contrôler le mélange explosif de joie, de soulagement et d'incrédulité qu'il ressentait.

— Bon, puisque *Dom* s'occupe de toi, susurra Libby.

— Ce n'est pas moi ! s'écria Dom. Je n'ai pas appelé le Docteur. Je voulais seulement que tu ailles mieux.

— Ce n'est pas ce qu'il a voulu dire, intervint Concord en passant un bras autour de son ami.

Il n'avait plus prononcé un mot depuis l'assemblée, pas même pour lancer une pique à Sol quand il en avait eu l'occasion.

— Il doit savoir ce qui s'est passé, reprit Sol en levant les yeux vers les fenêtres de la Maison. Il pourra m'expliquer.

— On va bien voir, murmura Libby en lui posant une main dans le dos.

— Tu entres, tu montes à l'étage, tu tournes au coin et tu montes encore, expliqua Justice. C'est là qu'est son cabinet.

— On a le droit de monter pour une consultation médicale ? s'étonna Sol.

L'assemblée acquiesça.

— C'est le seul cas où nous sommes autorisés. Tu devrais y aller, reprit Libby en le guidant vers le perron.

Tout le monde le regarda gravir les marches. Il fit volte-face pour leur sourire. Dom se mordillait la lèvre. Libby ouvrait de grands yeux inquiets. Sol eut une hésitation, mais l'ignora, et entra.

La Maison était silencieuse, obscure, un endroit fait d'ombres. Sol avait l'habitude du bruit des autres. Il toucha l'insigne à sa poitrine et découvrit que la fraîcheur du métal l'aidait à y voir plus clair dans ses pensées.

Il dépassa le téléphone, la coupe, et, pour la première fois, s'approcha du majestueux escalier. Les marches avaient l'air en pierre mais étaient aussi douces que de la moquette sous ses baskets.

Le seul son audible provenait de sa paume qui courait le long de la rampe de bois lisse. Plus haut, il découvrit avec ravissement des photos encadrées aux murs. Il s'arrêta pour détailler les visages de ses amis, bien plus jeunes qu'aujourd'hui.

L'un des clichés ressemblait à n'importe quelle photo de classe. Les plus grands derrière, les plus petits assis, les mains posées sur les genoux. Sol l'examina avec attention. Il trouva rapidement le visage rond et souriant de Dom sous la coupe de cheveux la plus calamiteuse qu'il avait vue de sa vie. Puis venait une autre photo de Concord qui tenait la main d'une fille inconnue avec des taches de rousseur et des cheveux en bataille. Concord souriait de toutes ses dents, comme jamais Sol ne l'avait vu sourire, et il n'avait pas sa cicatrice en croissant de lune sur le visage.

Plus Sol montait, plus les clichés reculaient dans le temps. Il aperçut Libby petite fille, les bras autour de Patience et Charity. C'était comme tourner les pages d'un album de famille. Il s'attendait presque à voir une photo de lui-même au milieu, peut-être plus jeune, sur son lit dans le dortoir, ou jouant à cache-cache derrière un arbre du terrain, un jour enneigé.

Ses souvenirs d'avant Ash House s'estompaient un peu plus chaque jour. Sa poitrine se serra. Il n'avait rien, alors que ses amis partageraient toujours ces jours heureux.

Il aurait voulu savoir à quoi ressemblait le Directeur, mais il ne vit que les enfants. Pourtant, il aurait juré distinguer des rectangles plus sombres entre les photos, de la taille d'un cadre, comme si certains avaient été décrochés du mur.

Il atteignit le palier. À sa gauche, un couloir menait à une porte fermée du premier étage. Une lucarne laissait entrer un carré de lumière.

D'après les indications de Justice, le cabinet du Docteur se situait à l'étage au-dessus. Sol emprunta la volée de marche suivante. Il n'y avait pas autant de photos ici. Une en noir et blanc montrait trois énormes chiens noirs devant la Maison. Il s'arrêta. Quelque chose l'interpellait dans les yeux de ces chiens.

Il les observait toujours quand le Docteur le trouva.

D'abord, Sol vit ses chaussures, aussi noires et brillantes que sa voiture, qui descendaient l'escalier. Puis, de longues jambes, une chemise rentrée dans un pantalon à ceinture, et enfin, un visage souriant.

— Solitude ?

— C'est moi.

Du revers de la manche, Sol essuya la sueur qui perlait à son front.

— Par ici, je te prie.

Le Docteur s'exprimait de cette voix claire et assurée qu'on n'entendait qu'à la télévision. Il était d'une beauté intemporelle. Des cheveux gris coupés court, une peau bronzée, les yeux bleu clair. Pas de blouse blanche ni de stéthoscope. Il tenait un ordinateur portable fermé, un stylo coincé sur l'oreille et, à sa poitrine, un détail surprenant : un des insignes en métal. Il était sombre, gravé d'un bel oiseau à longs panaches de plumes, avec des flammes en dessous.

Il ne ressemblait à aucun des médecins que Sol avait rencontrés jusqu'à présent.

Ils entrèrent dans un petit bureau, vieillot et mal entretenu, comme la majeure partie de la Maison. Personne ne semblait avoir ouvert les fenêtres depuis des années. Malgré cela, Sol était content d'être là. Se trouver dans une vraie pièce, pas une serre ni une cabane, était un luxe. Une chaise rembourrée l'attendait devant l'antique bureau du Docteur. Par terre, des dossiers s'entassaient contre les murs. Sol déchiffra les étiquettes : observations médicales, états, historiques.

— Permets-moi de me présenter, lui dit le Docteur quand ils s'assirent. Je suis le Docteur de Ash House depuis son ouverture.

— C'était quand ? demanda Sol.

Il avait du mal à s'imaginer une époque où la Maison n'avait pas existé.

— Il y a longtemps, répondit l'homme avec un sourire. Je me souviens des premiers pas de l'ensemble de tes amis.

S'imaginer Dom, Libby et tous les autres bébés grandissant à Ash House lui procura une étrange sensation, comme quand il avait regardé les photos. Il aurait voulu être l'un des leurs. Ils étaient si forts et autonomes, mais ils n'avaient sûrement pas toujours été comme ça.

— Bien entendu, il y avait beaucoup à faire à l'époque, poursuivit le Docteur. On n'a plus autant besoin de moi, maintenant. Mais le Directeur m'a confié que je pourrais peut-être t'aider.

— Je n'ai jamais rencontré le Directeur.

— Je comprends. Son absence ne doit pas être facile pour vous. Mais avant de partir, il m'a tout raconté sur le petit nouveau qui rejoignait notre famille.

— Ah bon ? Il me connaît ?

— Bien sûr. Il sait tout ce qui se passe ici.

Il prit son stylo derrière son oreille et le tapota sur le bureau.

— Alors. Qu'est-ce qui t'amène, Solitude ?

Soudain, les avertissements de Dom, qui l'exhortait à ne pas évoquer son dos, l'empêchèrent de parler. Il avait confiance en Dom. Celui-ci avait essayé de le protéger, même s'il n'y était pas toujours parvenu. Ainsi, quand le Docteur posa la question, la bouche de Sol s'assécha.

L'homme leva les mains.

— On m'a dit que tu étais un cas intéressant, sans me donner plus de détails. Je peux t'assurer que le Directeur se repose sur moi en partie parce que j'ai un excellent diagnostic.

Sol éprouva un sentiment qui lui rappela son trajet tortueux jusqu'ici, la pluie martelant le toit de la voiture, le chauffeur qui serrait un peu trop fort le volant, sa timidité quand il avait aperçu Dom, perché en haut de la grille.

De l'espoir.

Il était venu à Ash House dans l'espoir que quelqu'un aurait les réponses à ses interrogations. Au lieu de cela, on ne lui avait donné que des mystères qui s'étaient peu à peu tissés dans sa nouvelle vie, une vie qu'il commençait à apprécier. S'il existait ne serait-ce qu'une chance sur mille que ce médecin soit capable de tout lui expliquer, il fallait la saisir. Et puis, il allait mieux. Ça n'avait plus beaucoup d'importance, maintenant.

— C'était mon dos, déclara-t-il.

— D'accord.

Le Docteur lui adressa un sourire encourageant et ouvrit son carnet.

— J'avais ces douleurs. Pas une douleur chronique. Des douleurs horribles, vraiment... vraiment très intenses.

— Je vois, répondit l'homme qui semblait préoccupé. As-tu déjà consulté un médecin pour ça ?

— Oui, des tas.

— Ont-ils fait des analyses ?

— Tous les tests que vous pouvez imaginer, je vous parie qu'on me les a faits.

— Et le diagnostic ?

— Syndrome de sensibilité centrale. Syndrome douloureux régional complexe. Syndrome de fatigue chronique.

La frustration et le ressentiment se remirent à bouillonner en lui tandis qu'il faisait la liste des impasses qu'on lui avait jetées au visage par le passé.

— Fibromyalgie. Trouble anxieux. Recherche d'attention. (Il haussa les épaules.) Ça dépend à qui vous vous adressez.

— En d'autres termes, toujours pas de diagnostic.

— J'imagine.

— Quand cela a-t-il commencé ?

— Ça fait un peu plus de deux ans.

Depuis Ash House, il avait perdu la notion des dates, mais il savait que ça avait débuté à l'automne.

— Y a-t-il eu une maladie, ou un accident avant l'arrivée des symptômes ?

— Certains médecins ont cru que c'était à cause de... Il y a eu un incendie. Mes parents ne s'en sont pas sortis. La plupart des docteurs se sont penchés là-dessus. Quand mes parents sont morts, on m'a trimballé un peu partout... dans des familles d'accueil, vous voyez. Et elles m'ont souvent emmené à l'hôpital et... Pardon, je ne me rappelle plus très bien depuis que je suis arrivé ici.

Le Docteur hocha la tête.

— Il est fréquent qu'un traumatisme émotionnel se manifeste par une douleur physique en...

— Non ! Ce n'est pas ça ! s'écria Sol. Ce n'est pas dans ma tête. C'est réel. C'est le truc le plus réel que j'aie jamais ressenti. Il n'y a qu'à me regarder quand ça arrive. Chaque fois, j'ai l'impression que je vais mourir.

— Nous allons tous mourir.

— De douleur, je veux dire.

— Ça a l'air terrible.

— Ça l'est, admit Sol, soulagé. C'est la pire sensation du monde. Et puis, une nuit, l'hôpital où j'étais m'a envoyé ici. Je crois qu'ils pensaient que le Directeur pourrait m'aider.

Le visage du Docteur restait impassible.

— Et le personnel de cet établissement connaissait le Directeur ?

Sol haussa les épaules.

— Je suppose que oui.

— Tu sais quel hôpital c'était ?

— Non.

Le Docteur se pencha en avant, ses cheveux gris reflétèrent la lumière.

— Réfléchis bien, Solitude. Te souviens-tu d'autre chose concernant ton arrivée ici ?

Son esprit se troubla, puis il sentit ses souvenirs se ternir.

— Non. Je suis désolé.

Le Docteur joignit les mains avec un signe de tête. La réponse de Sol semblait lui convenir.

— C'est bien.

Il nota quelque chose sur son carnet. Sol tendit le cou, mais le Docteur le tenait de telle manière qu'il ne put rien voir.

— Et comment trouves-tu la vie à Ash House ? Il n'existe rien de comparable, n'est-ce pas ?

— C'est sûr que non.

— Tes douleurs ont-elles perduré depuis ton arrivée ?

— Oui. Pendant un temps. Mais maintenant...

— Maintenant ?

— Depuis ce matin, je me sens mieux.

— Ah oui ?

— Oui. Bien mieux.

— Et pour quelle raison, à ton avis ?

— Je ne sais pas.

Son instinct lui dicta de ne pas parler du lac. Il ne voulait pas attirer d'ennuis aux autres en révélant qu'ils étaient sortis de nuit pour nager.

— Donc, cette douleur s'est aggravée sur une période de deux ans, mais aujourd'hui, tu te sens mieux, résuma le Docteur. Est-ce que tes amis s'occupent de toi ? Quand tu as ces crises ?

Ses yeux pâles étaient fixés sur Sol qui regarda par la fenêtre derrière lui. On ne voyait que du gris.

— Ils ne sont pas au courant, répondit-il automatiquement.

Il perçut que le Docteur s'enfonçait un peu dans son siège, comme si sa réponse l'avait rassuré.

— Tu dois te sentir seul.

— Ça va.

— Quoi qu'il en soit, je crois que nous devrions creuser la question, qu'en penses-tu ?

L'homme sourit. Des rides apparurent au coin de ses yeux quand il découvrit ses dents blanches, et Sol ressentit une chaleur, semblable à celle sur sa peau quand le soleil perçait les nuages.

Le Docteur lui posa des questions qu'on ne lui avait jamais posées auparavant. Ce fut fantastique.

Bientôt, Sol lui racontait les quelques souvenirs auxquels il s'était accroché. Une fumée noire qui enveloppait une maison. Une femme qui hurlait – il pensait que c'était sa mère, mais sans parvenir à se représenter son visage. Un essayage de nouveaux vêtements noirs. La première fois que la douleur était apparue, et qu'il avait été sûr qu'il allait mourir parce que son corps ne pourrait pas la supporter. Des lumières rouges et bleues. Et toutes les fois après celle-ci, où la douleur était revenue. S'allonger sur un tapis de bain, rouler sur le carrelage froid. Retirer son pyjama mouillé après une crise. D'autres chambres, certaines partagées, certaines où il était seul. Et pendant ce temps, la douleur, une douleur foudroyante, une douleur comme un brasier, comme un tsunami, une douleur capable d'engloutir le monde.

Puis il arriva aux moments un peu plus clairs dans sa tête, et à Ash House.

Ensuite, le Docteur écouta son cœur et sa respiration, prit sa tension, sa taille et son poids. Il lui demanda de retirer sa chemise et d'effectuer des mouvements de bras et de dos.

— Vous pensez qu'elle est vraiment partie ? voulut savoir Sol en montrant qu'il pouvait lever les bras au-dessus de sa tête. Juste parce que je suis ici ?

Le Docteur se frotta le menton, pensif. Posté derrière Sol, il observait ses muscles bouger sous sa peau comme s'il était devant un puzzle complexe.

— Non.

— Comment ?

— Je pense que ce n'est qu'un sursis.

— Mais je me sens tellement mieux.

— C'est cela, un sursis. Mais ce genre de problème ne disparaît pas du jour au lendemain, Solitude.

— Pourtant, Ash House a…

Le Docteur mit son pouce au milieu de sa colonne vertébrale et appuya.

L'électricité, le feu, la glace, le tremblement de terre dans ses nerfs se déclenchèrent dans tout son corps.

Il hurla. Il n'avait pas la bouche assez grande pour émettre ce cri.

En un clin d'œil, le monde devint noir, et il se retrouva un genou à terre, comme s'il prêtait allégeance à sa douleur, hors d'haleine.

— Qu'est-ce que… Comment avez-vous…

La douleur était repartie. Elle n'avait duré qu'un instant, mais c'était un instant d'agonie déchirante et il aurait préféré mourir que d'avoir à l'affronter encore.

Le Docteur lui tendit sa chemise.

— Comme je l'ai dit, un sursis. Elle est encore en toi.

— Mais… non, je ne peux pas… C'est forcément…

— Du calme, fiston.

C'en était trop. Il aurait voulu sortir de son corps, devenir un esprit, une pensée, un feu follet virevoltant à jamais autour de la Maison, ne plus posséder d'enveloppe corporelle.

— Je ne veux pas que ça redevienne comme avant !

— Je le sais. Et je ferai en sorte que cela n'arrive pas.

— Hein ?

— Je peux te débarrasser de ces douleurs. Pour de bon.

— C'est vrai ? demanda Sol en s'asseyant, tremblant, sur la chaise. Alors, vous ne croyez pas que c'est dans ma tête ?

— Beaucoup de médecins soignent l'esprit et le corps comme deux entités séparées, lui expliqua le Docteur. Comme si le cerveau n'était qu'une machine à l'intérieur d'une autre machine plus puissante : le corps.

— Mais pas vous ?

— Non. Je crois que le cerveau est la machine la plus puissante de toutes. Grâce à lui, nous pouvons créer des galaxies entières, des vies, par le simple pouvoir de l'imagination. Mais tu vas devoir me faire confiance.

Il y avait bien longtemps que Sol avait décidé de ne plus faire confiance à aucun médecin, mais cette proposition le fit réfléchir. Le Docteur était chaleureux, calme et amical. La présence d'un adulte responsable le rassurait. Or, celui-ci avait aussi fait revenir la douleur d'une simple pression du doigt. Comme s'il pouvait la contrôler... Il n'était pas seulement gentil et compréhensif. Il était puissant.

— D'accord.

Le Docteur leva les yeux de son carnet et lui sourit. Sol sentit une nouvelle vague de chaleur l'envahir. Du réconfort. Il ne se souvenait plus de la dernière fois qu'il avait éprouvé cela.

— Je vois que tu gardes espoir. C'est très sage. Mais tu vas avoir besoin de bien plus que cela. La voie de la guérison sera longue. Il est possible que ton état empire avant de s'améliorer.

— Mais je vais aller mieux ? Pour toujours ?

— Oui.

— Qu'est-ce que je dois faire ?

— Nous allons planifier une opération.

Le cœur de Sol se dégonfla un peu. Encore des blouses d'hôpital, encore des médecins. Il n'était pas sûr de pouvoir en supporter davantage, d'autant que cela signifiait sans doute devoir quitter Ash House pendant quelque temps.

— Je suis obligé ? demanda-t-il. Si mon dos commence déjà à aller mieux…

— Oui. D'expérience, je sais que ces douleurs reviendront, et pires qu'avant, comme nous venons de le voir. Ne sois pas si inquiet. C'est moi qui t'opérerai, ici, à la Maison. Tu seras entre de bonnes mains.

— Vous l'avez déjà fait ?

— Des procédures similaires, oui. La médecine expérimentale m'intéresse particulièrement, et cela va de pair avec les opérations qui repoussent les limites. Solitude, je ne ferais pas cela si je n'étais pas sûr à cent pour cent de pouvoir te guérir. (Il eut de nouveau ce sourire chaleureux.) C'est bien ce que tu veux ? Ce que tu veux vraiment, Solitude ? Veux-tu que la douleur cesse ?

Les larmes montèrent. Sol ne cligna pas des yeux. Il respirait à peine quand il répondit :

— Oui.

— Alors tu seras comme neuf au retour du Directeur. Merveilleux, n'est-ce pas ? Tu pourras le rencontrer, en parfaite santé, et le remercier de t'avoir laissé venir ici.

Le Docteur referma le capuchon de son stylo avec un clic.

— Est-ce qu'il revient bientôt ?

— Dans quelque temps, je crois. Juste assez pour que nous nous mettions au travail.

— On commence quand ?

— Très vite.

À la fin du rendez-vous, Sol se dirigea vers la porte sur un nuage, regrettant déjà la présence du Docteur. Il flotta dans les escaliers sans même jeter un coup d'œil à la photo des chiens noirs en passant.

Chapitre 17

Dom

Pendant le rendez-vous de Sol, Dom était censé se rendre à la cabane pour contrôler ce qu'avaient vu les oiseaux, mais il rechignait à s'éloigner de la Maison. Il s'était promis de veiller sur Sol, et il comptait bien tenir sa promesse. Il s'assit sur les marches du perron, les yeux sur l'allée qui s'étirait devant lui, en évitant de regarder la voiture noire.

Il n'entendit pas Sol arriver. Il ne sut que le rendez-vous était terminé que quand son ami manqua de trébucher sur lui en sortant.

Il se leva d'un bond.

— Tu vas bien ? demanda-t-il, tendu, prêt à se battre.

Sol rayonnait.

— Mieux que bien. Mieux que jamais !

— Oh. Pour de vrai ?

— Il va chasser la douleur pour toujours, lui annonça Sol. C'est ce qu'il a promis.

Dom le regarda sans broncher.

— Et il a ajouté que le Directeur allait revenir bientôt, ajouta Sol. Tu savais que le Docteur était aussi chirurgien ?

Sa façon de sourire, de parler de la promesse du Docteur ne lui disait rien qui vaille. Dom voulut changer de sujet.

— Il faut qu'on aille observer les oiseaux.

Il descendit du perron pour se diriger là où la cabane se trouverait sans doute aujourd'hui.

— Pourquoi tu ne m'as pas parlé de lui ? questionna Sol en le rattrapant. Il est sympa, en fait. Vous vous comportiez comme si… je ne sais pas. Et j'ai vu plein de photos de vous quand vous étiez petits. Accrochées aux murs.

— Ah, oui.

Dom essayait d'ignorer ces photos quand il montait à l'étage. Il avait l'impression de devoir éviter de les regarder, comme si c'étaient de minuscules soleils qui allaient lui brûler les rétines. Ses souvenirs d'enfance étaient précieux, et il n'aimait pas s'y attarder, de peur qu'ils ne perdent de leur magie. Il se rationnait soigneusement. Il ne voulait surtout pas qu'ils s'estompent comme ses souvenirs du Directeur commençaient à le faire avec les années.

Sol continuait de bavarder tandis qu'ils s'aventuraient sur le terrain, l'allée bordée d'arbres à leur droite. Il posa une question que Dom n'entendit pas.

— Pardon ?

— Qui l'a appelé ? répéta Sol. Tu as dit que ce n'était pas toi.

— C'est vrai. Je le jure.

— Alors qui ?

— Il a dû le découvrir d'une manière ou d'une autre. Parfois, je me demande…

Dom pensa aux oiseaux et porta les mains à ses jumelles. Les oiseaux avaient-ils vu quelque chose ? N'avait-il pas pris assez de précautions ?

Sol s'était arrêté.

— Bon, soit tu ne m'écoutes pas, soit tu es en train d'avouer que c'est ta faute. Alors ?

— Qu'est-ce qui est ma faute ? Le Docteur ? Non ! Sol, je ne l'aurais jamais… *jamais* fait venir ici.

— Exactement. Tu m'as vu souffrir tous les jours. Tu es le seul qui savait à quel point j'allais mal. Et tu n'as rien fait !

Dom s'aperçut de deux choses à la fois. D'abord, la joie de Sol s'était évaporée en marchant. Ensuite, il lui en voulait, à lui, pour une raison qui lui échappait.

— *Moi*, je n'ai rien fait ? s'insurgea-t-il en s'attrapant les cheveux. J'ai *tout* fait ! Tout ! Quand les autres ont découvert ton secret, je les ai convaincus de te laisser rester. Je les ai convaincus de t'emmener au lac. Je suis resté avec toi, j'ai veillé sur toi, je t'ai soutenu, j'ai, j'ai, j'ai...

— Mais tu n'as pas fait la seule chose qui pouvait m'aider à guérir : appeler un docteur !

Dom leva les mains pour parer la colère de Sol.

— Tu es fâché parce que je *n'ai pas* appelé le Docteur ?

— Tu n'as rien fait... comme la fois avec le porc !

— Tu détestes les docteurs autant que nous, lui rappela Dom. Tu as dit qu'avant d'être ici, ils ne faisaient qu'aggraver la situation.

— Aucun de mes docteurs n'était comme lui.

— Bien sûr. Il n'y a pas pire que lui, grogna Dom.

— C'est quoi ton problème ? demanda Sol. Tu es censé être mon ami.

— Je suis ton ami... j'essaie de te protéger ! Et puis, le lac t'a soigné, tu n'as pas besoin de son aide. Quoi qu'il te raconte, ne l'écoute pas. Attends que le Directeur...

— Hors de question ! s'écria Sol. J'en ai marre d'attendre. Ça fait des années que j'attends. La douleur pourrait revenir à n'importe quel moment, il me l'a montré. Il dit qu'il peut pratiquer une simple opération qui...

— Non ! cria Dom à son tour. Tu ne dois pas accepter son aide !

Sol plissa les yeux et parla à voix basse :

— Je croyais que tu étais mon ami, mais apparemment je me suis trompé. Le Docteur va me guérir et ensuite, je partirai d'ici. Pour de bon.

Dom continua son chemin jusqu'à sa cabane – cette fois, elle était à la lisière de la forêt, si près des arbres qu'une branche tapait contre la vitre. Il passa le restant de la journée les yeux sur les écrans, sans vraiment les regarder. Il crut apercevoir du mouvement dans les arbres mais n'eut pas la force de rembobiner pour examiner cela de plus près. Il avait envie de pleurer, pourtant sa gorge et ses yeux étaient secs comme du papier de verre. La cendre qu'il n'avait pas rincée ce matin devenait poudreuse et le grattait sous ses vêtements. À la tombée du jour, il n'alluma pas la lumière dans la cabane et manqua le dîner. Il était furieux que personne ne soit venu le chercher et vérifier qu'il allait bien.

La chanson des Obligeances tournait dans sa tête, comme chaque fois qu'il était triste ou en colère.

— Chance… Indulgence… oui, Indulgence.

Présenter ses excuses à Sol serait une Obligeance. Mais ça ne suffisait pas. Il fallait que Sol comprenne la vérité au sujet du Docteur. Il devait regagner sa confiance. Les bonnes Obligeances pourraient l'y aider. Il poursuivit :

— Patience… Paix… Persévérance… Oui. Indulgence et Persévérance.

Il se concentra sur ces deux-là et, quand il les sentit ancrées dans son esprit, il reporta son attention sur les écrans. Tout le monde était couché, sauf Concord qui discutait sur le seuil du dortoir, sans doute avec une des filles.

Puis, dans un sursaut, Dom s'aperçut avec effroi que le lit de Sol était vide.

Il gravit l'escalier quatre à quatre, enfonça la porte d'un coup d'épaule et traversa le dortoir en comptant les silhouettes de ses camarades dans leurs lits. Ils étaient tous là, sauf Sol. Il s'imagina que l'arrivée de Sol avait été un rêve. Au petit déjeuner, il raconterait à Concord qu'il avait rêvé qu'un nouveau garçon aux yeux verts les avait rejoints à Ash House, et les autres riraient et le taquineraient au sujet de cette idée ridicule.

Égoïstement, il pria pour que ce scénario soit vrai.

Pas de Sol, pas de visite du Docteur.

Dom passa la tête derrière la cloison de la salle de bains. Personne.

Il songea à se coucher. Il n'avait pas mangé et toute cette tension et cette colère l'avaient exténué. Il voulait enfiler ses grosses chaussettes et se glisser sous sa couverture. Mais il en était incapable. Il attrapa un manteau et une paire de gants qui traînait par terre et ressortit en fermant la porte derrière lui.

Il avait à peine fait quelques pas vers la Maison qu'une voix sortie des ombres le fit sursauter de frayeur.

— Qu'est-ce que tu fais ?

Il fit volte-face. Libby était assise à même le béton devant le dortoir. Derrière elle, le verre sombre dissimulait les silhouettes des filles couchées dans leurs lits.

— Libby. Tu m'as fait peur.

Elle portait un gros manteau sur sa chemise de nuit d'où dépassaient ses chevilles maigres. Ses joues et son front brillaient au clair de lune.

— J'ai dit : qu'est-ce que tu fais ?

Son souffle se matérialisa autour d'elle en petits nuages.

— Ça ne te regarde pas.

Dom lui tourna le dos et continua son chemin, déterminé.

— Tu ne peux pas entrer, lui lança-t-elle. C'est la nuit.

Il hésita.

— Je le sais. As-tu vu Sol partir ? demanda-t-il en lui faisant face.

Elle acquiesça.

— Quand ?

— Il n'y a pas longtemps. Il ne m'a pas vue. Il était avec le Docteur.

— Qui est là ? appela une voix en haut de l'escalier.

Dom leva la tête vers la silhouette de Concord.

— Libby et moi. On discute, retourne te coucher.

— Il veut aller chercher Sol, le trahit Libby sans broncher.

Dom la fusilla du regard et resserra son manteau. Il faisait trop froid pour rester immobile.

Concord dévala les marches sans se préoccuper de réveiller les autres.

— Il est avec le Docteur, dit-il. Tu ne peux pas y aller.

— Ça n'a peut-être pas encore commencé.

— Tu dois laisser tomber, Dom, insista Libby.

— Tu ne peux rien y faire, renchérit Concord. C'est sa faute. Il ne nous écoute pas, alors on ne l'aide pas, point.

Les trois amis se tournèrent vers la Maison comme ils l'avaient fait de si nombreuses fois dans leur enfance. Les fenêtres étaient plongées dans l'obscurité.

— Je vais juste aller jeter un coup d'œil, reprit Dom avec toute la fausse confiance dont il était capable.

Concord lui agrippa le poignet.

— Tu remontes avec moi.

Ses doigts lui tordirent la peau.

— Il a raison, Dom, intervint Libby. Tu ne peux plus rien faire maintenant.

— Non ! Il ne recommencera pas ! s'écria Dom.

— De quoi tu parles ? cracha Libby tandis que Dom se débattait.

— Tu sais de quoi je parle !

— Oh, je vois. Sol est spécial à tes yeux, hein ? Tu es incroyable. Cord, ramène-le à l'étage.

— Lâche-moi !

Dom se débattit comme un diable, mais Concord lui bloqua les épaules d'un bras. Il pouvait à peine bouger la tête. Il lutta, cependant Concord avait toujours été plus grand, plus fort, plus déterminé que lui.

— Laisse-moi !

— Tu ne vas pas là-bas.

— Tu ne peux pas m'en empêcher.

— C'est pourtant ce que je suis en train de faire. Dom, tu te comportes avec une pure Désobligeance !

— Non, je suis une Obligeance ! Je suis Indulgence et Persévérance. Indulgence et Persévérance !

— Quoi ?

— Je suis Indulgence...

— Tu es Freedom !

Dom tenta de lui mordre la main. Concord serra plus fort, l'empêchant de respirer. Les contours gris du bâtiment se brouillèrent.

— C'est pour ton bien, souffla Concord, hors d'haleine. Je te protège.

— Je… n'ai… pas besoin…

— Dom, arrête d'être aussi *Désobligeant* ! lança Libby.

Il y eut un bruit fracassant. Ils se pétrifièrent.

Une porte venait de claquer quelque part.

Ils se tournèrent vers la Maison. Concord relâcha un peu son emprise. Personne n'apparut. Aucune lumière ne s'alluma.

Profitant de la diversion, Dom se libéra. Sa détermination à leur prouver qu'ils se trompaient éclipsa sa peur. Il se précipita vers la Maison en ignorant son nom – la douce Obligeance réconfortante de son nom – que Libby et Concord imploraient derrière lui.

Ils n'oseraient pas le suivre.

La frontière entre la nuit et la Maison n'était pas nette. Dom aurait voulu que les cendres s'illuminent pour lui montrer le chemin, mais alors il aurait été découvert. Il trouva la porte de derrière, qu'ils empruntaient chaque jour, fermée. Il tâtonna à la recherche de la poignée, mais quand il la saisit, elle ne bougea pas.

Puis il entendit les machines.

Il y eut un grincement de manivelle, un cliquètement métallique, un ronronnement qu'il n'aurait pas pu entendre depuis le dortoir. Ça venait de la salle de classe.

Il ignorait si le bâtiment était ouvert ou non. Personne ne le verrouillait jamais, et personne ne s'y rendait de nuit non plus. Pour quoi faire ? Il n'y avait rien là-bas que des tables et des livres en état de décomposition.

Les bruits de machinerie s'accentuèrent à son approche. Une lignée de lumière se dessinait en pointillé sous la porte, telle une parade de fourmis incandescentes. Faire coulisser cette porte, même d'un centimètre, ferait trop de bruit. Si le Docteur se trouvait à l'intérieur, il l'entendrait. Mais Sol devait y être aussi.

Quoi qu'il se passe là-dedans, Dom devait à tout prix y mettre un terme. Heureusement, il connaissait une autre façon d'entrer.

Les ronces agrippaient son pantalon alors qu'il tentait d'éviter les épais massifs d'orties. Il n'y avait aucun sentier à l'arrière du bâtiment, et de toute façon, il n'aurait rien pu voir dans le noir. Il se guidait en gardant la main plaquée sur le mur de parpaings rugueux. Quand il jugea qu'il était arrivé à l'endroit qu'il cherchait, il piétina les ronces et tâtonna jusqu'à tomber sur le carré de verre recouvert de toiles d'araignées. La lucarne donnait dans la bibliothèque, il l'avait souvent ouverte pour dissiper l'odeur de moisi des livres.

Serrant les dents, il plongea la main dans les orties et trouva un bâton qui lui sembla suffisamment long et solide. Au bout de quelques tentatives maladroites, il parvint à écailler assez le ciment pour pouvoir passer le bout des doigts sous la saillie en bois, tirer la fenêtre vers lui et caler le bâton pour la maintenir ouverte. Puis il s'appuya sur le rebord et inspira l'odeur de papier humide.

Son corps oscillait comme une balançoire ; il n'y avait rien pour se rattraper. Le vrombissement métallique était plus fort ici. Le bord étroit de la fenêtre lui sciait les hanches alors qu'il se tortillait. Il voulut se rattraper au cadre, mais son poids l'entraîna en avant et il s'écrasa sur le sol de béton avec un grognement étouffé.

Il resta là, à l'affût, et ne se releva que quand il fut certain qu'on ne l'avait pas entendu.

Puis il plaqua une oreille contre la porte. D'une main tremblante, il commença à tourner la poignée. Il marqua une pause, décida de s'agenouiller. Il se sentait plus en sécurité près du sol, plus petit. Il leva sa main qui brûlait des piqûres d'orties au-dessus de sa tête et saisit la poignée. La peur d'ouvrir la porte lui donnait la nausée, mais ce n'était rien comparé à ce qui arriverait s'il ne l'ouvrait pas.

Il l'entrebâilla. La lumière se déversa autour de l'encadrement.

Il ne vit pas les pupitres, seulement un coin de drap bleu dont l'odeur s'infiltrait dans la bibliothèque. Des pas bruissaient dessus. Il perçut un bruit qui évoquait une pompe rouillée.

Il poussa d'un autre centimètre. Toujours le drap, et un pied de table.

Un autre. Des tuyaux emmêlés sur le sol jusqu'à la table.

Encore un. Une tête aux cheveux noirs et bouclés posée sur la table.

C'était trop tard.

Chapitre 18

Sol

À son premier réveil après l'opération, Sol se crut au milieu des bois et eut l'impression que les arbres lui parlaient. La pièce où il se trouvait était humide, verte, et seul un mince filet de lumière parvenait à s'infiltrer à travers le feuillage. Puis sa vision se fixa sur la vitre trouble. Il était dans le dortoir. Et les murmures venaient des autres garçons.

Depuis son lit au bout de la pièce, Sol regardait dans la direction de la Maison. Il était allongé sur son flanc gauche et aurait voulu se mettre sur le dos, mais il savait que ça ferait mal. Il songeait toujours à se retourner quand le sommeil lui retomba dessus.

Il ignorait combien de jours il passa à remonter à la surface avant de replonger de nouveau. Son monde ne consistait alors qu'en un goût bizarre dans la bouche, une lourdeur dans les bras et des murmures qui allaient et venaient.

Quand il se réveilla enfin complètement, sa tête l'élançait, mais il avait l'esprit plus clair que depuis des jours. Dans le dortoir, le silence régnait et la lumière du milieu de l'après-midi éclairait ses jambes. Il leva la tête, marqua une pause dans l'attente d'une douleur perçante ou d'une brûlure dorsale, mais rien.

Dom était assis à son chevet.

— Salut, souffla Sol.

— Bonjour.

— Je t'ai vu, dit-il à Dom.

C'était le dernier souvenir net qu'il conservait : un croissant du visage de Dom, un œil gris dans l'entrebâillement de la porte de la bibliothèque.

— Je sais.

— Tu venais pour empêcher l'opération ?

Dom ouvrit la bouche, puis la referma en acquiesçant.

Sol passa le bras dans son dos. Il avait l'impression qu'on lui avait attaché une brique au poignet. Il ne portait pas de chemise, seulement un bas de pyjama. Ses doigts effleurèrent une épaisse couche de pansements.

— J'ai l'impression que ça va mieux. Il a dit que ça irait mieux.

— Il dit beaucoup de choses.

Dom semblait hésiter entre la tristesse et la colère.

— Doucement, lui conseilla-t-il. Ne remue pas trop.

Sol se redressa sur les coudes. Il avait un gros hématome sur le bras, comme si on lui avait posé une perfusion, de même qu'à l'hôpital, mais que ça n'avait pas été très bien exécuté.

— Ça fait mal ? demanda Dom.

— Ça fait bizarre.

Sol s'assit et observa ses pieds.

— Je peux t'apporter à manger dès que tu auras faim, proposa Dom.

— Merci. Je...

— Et puis, quand tu seras en forme, je t'aiderai à descendre. Tu dois avoir besoin de prendre l'air. Peut-être un peu de lait...

— Dom, je...

— Quoi ? Tu ne veux pas de lait ?

Une terreur, bien pire que n'importe quelle crise de douleur, menaça de le submerger.

— Je ne peux pas bouger les jambes, chuchota-t-il.

Puis, il hurla si fort que tous ceux qui se trouvaient dans les environs du dortoir durent l'entendre.

— DOM, QU'A-T-IL FAIT À MES JAMBES ?

Le pire était leur gentillesse, comme s'ils avaient su ce qui allait se passer depuis le début et jouaient la modestie en évitant de lui jeter : « Je te l'avais bien dit. » Ce n'était pas parce qu'ils l'appréciaient qu'ils lui faisaient cette Obligeance. C'était parce qu'ils étaient navrés pour lui.

Le deuxième jour, Concord lui apporta son déjeuner. Il s'assit sur l'un des lits et lui fit la conversation en lui parlant du niveau élevé du lac et des corvées avec le changement de saison. Le Docteur s'était enfermé à la Maison, personne ne l'avait plus vu depuis la nuit de l'opération, cependant sa voiture était toujours dans la cour et les cendres continuaient de moucheter sa carrosserie brillante.

Sol se brûla en buvant sa soupe et voulut que Concord s'en aille, mais se sentit instantanément coupable.

Dom l'aidait à se rendre à la salle de bains. Il le soulevait pour le déposer sur une couverture qu'il traînait dans le dortoir. Sol refusait toujours que les autres le fassent à sa place.

Le jour suivant, ce fut Justice qui lui apporta le déjeuner. Les autres étaient au réfectoire. Sol s'imagina le brouhaha habituel, sans soupçonner que, ces derniers temps, les enfants déjeunaient dans un calme morose.

— Tu as besoin d'aide... euh...

Justice fit le geste de mettre de la nourriture dans sa bouche.

— Mes bras fonctionnent, lança Sol.

Il posa son plateau en équilibre sur ses jambes inutiles. Il éprouvait quelques sensations, un vague picotement de temps en temps, mais elles ne pouvaient même pas tressaillir. Il étala du beurre sur son pain et se mit à boire sa soupe en conserve.

— Je croyais que c'était Dom qui m'apportait mon repas, reprit-il à l'intention de Justice.

De la vapeur lui sortait par la bouche quand il parlait.

— Il a dit qu'il viendrait plus tard. Il est avec Libby.

Justice s'était assis au bout du lit voisin, là où Dom se trouvait quand Sol s'était réveillé. Il était si blême qu'on aurait pu dessiner chaque veine de son cou.

— Que font-ils ?

— Il essaie de lui remonter le moral, je crois. Elle est assez bouleversée.

— Elle ne m'a même pas vu.

— Je sais, répondit-il en s'adressant surtout à ses chaussures. Mais avec tout ce qui est arrivé à Clem…

— Clem ? Oh.

Sol se remémora la conversation avec Concord à la Vigie.

— Clemency. Concord m'a parlé d'elle.

— Ah bon ? Et tu as quand même voulu te faire opérer ?

— Je… quoi ?

— Dom a dit que tu voulais te faire opérer.

Sol pensa à l'espace entre les noms sur le mur de la salle de classe, les lettres encore visibles sous la peinture blanche. Son couteau et sa cuillère retombèrent sur son assiette avec un bruit métallique. Il ouvrit la bouche, la referma. Il n'avait jamais pensé que cela avait déjà pu se produire auparavant.

— Bonjour, vous deux.

Justice avait laissé la porte ouverte, si bien qu'ils n'avaient pas entendu Dom entrer.

Ils ne répondirent pas. Sol fixait sa soupe.

— Je t'ai apporté une pomme, reprit Dom. Qu'est-ce qui ne va pas ? demanda-t-il en s'approchant des deux garçons.

— Rien, prétendit Justice.

— Je rapporterai le plateau si tu veux, lui proposa Dom.

— D'accord.

Justice se leva d'un bond et sortit du dortoir à vive allure, visiblement soulagé.

— De quoi parliez-vous ? questionna Dom.

Sol repoussa son plateau.

— Tout le monde était au courant pour le Docteur, sauf moi. Personne ne m'a prévenu.

— On l'a fait.

— Non. Non, vous ne l'avez pas fait. Personne ne l'a fait ! Je croyais qu'il allait me guérir. Je suis allé le voir.

Dom leva les mains en l'air.

— Que veux-tu que je te réponde ? J'ai essayé de t'avertir !

— Tu n'as pas beaucoup essayé !

— Il n'aime pas que nous parlions des mauvaises choses qu'il fait, murmura Dom. Même si je te l'avais dit, tu m'aurais pris pour un menteur. Le Directeur nous surveille par les oiseaux, mais le Docteur aussi, quelques fois. Si nous sommes malades, il vient nous voir. J'essayais de te protéger. Je *t'ai* protégé. Au moins un petit peu.

Son regard se posa sur les jambes de Sol.

Le silence retomba jusqu'à ce que Sol reprenne sa cuillère.

— Écoute, je suis désolé d'être parti après ton rendez-vous, ajouta Dom. La colère est une Désobligeance. Je l'ai laissée s'emparer de moi.

— Moi aussi, admit Sol. Tu crois que...

Il s'interrompit. Dom avait levé une main et regardait la porte. Sol l'entendit aussi : le claquement des chaussures de luxe sur les marches métalliques.

— Donne-moi ça.

Dom saisit le plateau du déjeuner et chercha un endroit où le cacher. Il le glissa sous le lit où il était assis et rampa à sa suite juste au moment où le Docteur franchissait la porte.

— Solitude ! Tu es réveillé.

Sa chemise élégante et ses chaussures brillantes paraissaient déplacées dans le dortoir en décrépitude. Il s'avança le long des lits d'un pas souple, avec le lierre qui lui effleurait le crâne.

— Je n'ai jamais fait de consultation ici, déclara-t-il en posant sa mallette noire près du lit.

— Quoi ?

— Le Directeur trouvait que vous aviez besoin de votre espace, j'ai donc toujours exercé mon art dans la Maison.

Le Docteur chercha une chaise. Quand il comprit qu'il n'y avait pas un tel luxe, il s'assit au pied du lit de Sol.

— Comment te sens-tu ?

C'était son sourire, comprit Sol. Il l'avait envoûté, lui faisant douter de toutes les affirmations de Dom, et à présent il était de retour, au bout de son lit de malade, pour lui refaire le coup.

Les interrogations vrombissaient comme des mouches dans sa tête. Qu'était-il arrivé à ses jambes ? Et, plus important, était-il guéri ? Il n'avait plus senti un seul élancement dans son dos depuis l'opération. Il souffrait, mais pas de ce raz-de-marée de douleur abrutissante. Ses jambes étaient peut-être le prix à payer, mais dans ce cas, le Docteur l'aurait forcément prévenu. Ce n'était pas un marché qu'il aurait conclu à la légère.

— Comment... Comment croyez-vous que je me sente ?

Il prit soin d'arborer un air curieux et pas agressif. Il avait besoin de savoir ce que le Docteur comprenait de la situation.

— Un peu fatigué et endolori, j'en suis sûr. Le mal de dos est parti ?

— Oui.

L'homme ouvrit de grands yeux et se pencha en avant.

— C'est vrai ?

Il paraissait ne pas croire au résultat de son propre travail. Comme s'il n'avait aucune idée de ce qui allait arriver.

— Euh. Oui.

Sol ne parvenait pas à soutenir son regard. Ses yeux tombèrent sur sa couverture. Il n'osa pas jeter de coup d'œil à la cachette de Dom.

— Voilà qui est extraordinaire.

Le Docteur fouilla dans sa mallette. Il avait quelque chose de différent, remarqua Sol. Il avait perdu ce calme charmant qu'il avait avant l'opération.

— Je savais que j'en étais capable, bien sûr. *Bien sûr* que je pouvais le faire, mais parfois, ce genre de choses... Eh bien, nous en avons la preuve, n'est-ce pas ? Un petit garçon sans défense perclus de douleurs mystérieuses, et qui le sauve ? Qui le sauve, Solitude ? Moi. Moi tout seul. Et aucun des autres docteurs que tu as vus.

Il se parlait à lui-même, frénétique. Il ne s'arrêta que lorsqu'il sortit une seringue.

Sol eut un mouvement de recul et s'agrippa au bord du lit.

— Qu'est-ce que c'est ?

— C'est pour la douleur.

— Je vous l'ai expliqué, je ne sens plus rien.

Le Docteur baissa sa seringue, perplexe.

— Je voulais dire la douleur de l'opération. Ça t'aidera à pouvoir bouger un peu plus vite. Quelque chose ne va pas, Solitude ?

Sol transpirait à grosses gouttes, pris au piège comme jamais il ne l'avait été.

— Je ne veux pas de piqûre.

Le Docteur le regarda d'un air inexpressif. L'espace d'une seconde, Sol pensa qu'il allait l'ignorer et le piquer de force. Ses yeux bleus étaient indéchiffrables.

Puis, lentement, calmement, il rangea la seringue dans sa boîte en plastique et referma celle-ci.

— Quelque chose ne va pas, commenta-t-il, d'un ton anodin. Et si tu ne me révèles pas ce que c'est, je ne peux pas t'aider, n'est-ce pas ? Cela a-t-il un rapport avec les autres enfants ? T'ont-ils raconté des choses...

— Non, répondit Sol un peu trop vite. Non, c'est, euh... mes jambes.

— Tu as mal dans les jambes ?

— Non. Je ne peux plus les bouger. Depuis que je me suis réveillé de l'opération.

Un sillon se creusa entre les yeux du Docteur.

— Ah.
— C'est normal ? Pour l'opération que j'ai eue ?
— Je n'en ai aucune idée.
Le Docteur se frotta le menton puis il découvrit les jambes de Sol, toucha un orteil.
— Tu sens ça ?
— Non.
— Et ça ?
— Non.
— Rien du tout ?
— Hier, celle-ci m'a gratté, reprit Sol en désignant sa jambe droite. Comme un picotement.
— Je vois.
— C'est bon signe ? Ça signifie que la sensation va revenir ?
— Je n'en ai aucune idée, répéta-t-il.
— Comment ça, vous n'en avez aucune idée ? Vous êtes docteur ! Non ? ajouta-t-il après une pause.
Le changement d'attitude du Docteur fut si soudain qu'on aurait dit qu'il était possédé. Son attention se reporta sur le visage de Sol.
— Bien sûr que je suis docteur, espèce de morveux ! lui postillonna-t-il à la figure.
— Pardon, pardon, je sais…
Sol attrapa la couverture pour se protéger.
En un clin d'œil, le Docteur retrouva son comportement posé. Il s'essuya la bouche et lissa ses cheveux d'une main tremblante.
— Même les hommes de science n'ont pas toutes les réponses, Solitude. Nous ne sommes que des êtres humains.
Sa voix douce, raisonnée, était revenue.

— Oui. Je sais. Pardon.

— Ça ira comme ça. Mais voilà un mystère qui a besoin d'une clarification. Je pense que la meilleure chose à faire est que tu te reposes un jour de plus. Puis nous te rouvrirons pour voir ce que nous trouvons.

— Me… m'ouvrir ?

Le Docteur avait rangé la boîte de la seringue dans son sac et sorti un carnet et un stylo. Il se mit à griffonner à vive allure.

— Vous voulez dire, une autre opération ? questionna Sol.

— Oui, oui, oui. Je vais voir ce que je peux réparer là-dedans.

— Je ne suis pas une voiture.

Le Docteur eut un petit rire, comme s'ils bavardaient bien tranquillement. Sol tenta de se rapprocher pour attirer son attention.

— Docteur. Je ne veux pas d'autre opération. Vraiment, *vraiment* pas.

— Tout ira bien, marmonna-t-il au carnet.

— Ce n'est pas dangereux ? Si tôt ? Surtout si vous ne savez pas…

Les yeux bleu pâle l'arrêtèrent net.

— Si je ne sais pas quoi ?

— Rien.

— Fais-moi confiance, Solitude. Je vais te remettre à neuf. C'est plus que ce que les autres médecins ont fait pour toi.

Il referma son carnet d'un coup sec.

Sol n'arrivait pas à croire qu'il avait mis autant de temps à comprendre. Cet homme n'était pas médecin. Il le considérait comme un cobaye, un rat de laboratoire, rien de plus.

Sol ignorait jusqu'où pourraient aller ses expérimentations, mais une chose était sûre : il ne comptait pas le découvrir.

Après le départ du Docteur, Dom sortit de sous le lit, avec une trace de soupe sur la joue.

— Ça va ? demanda-t-il.

— Je ne peux pas me faire réopérer, Dom, il ne *faut* pas. Ce type ne sait pas ce qu'il fait. Ça pourrait complètement dégénérer ! Est-ce que c'est un vrai médecin, d'abord ?

— C'est ce que pense le Directeur, répondit Dom en s'époussetant. Je n'aime pas imaginer qu'il puisse se tromper sur quoi que ce soit... mais peut-être a-t-il tort au sujet du Docteur. Ce n'est pas la faute du Directeur, précisa-t-il aussitôt. Mais c'est pour ça que nous l'évitons quand il vient.

Sol se sentit piégé comme un insecte sous un microscope. Dom ramassa le plateau. Avant de partir, il posa une main sur l'épaule de Sol.

— Nous ne le laisserons pas te réopérer.

— Vous ne pouvez pas l'en empêcher. Je ne peux pas m'enfuir. Je ne peux même pas marcher !

— J'ai une idée.

— Je ne crois pas que les cendres puissent sauver qui que ce soit, Dom.

— Si... elles font des choses incroyables ! Je connais quelqu'un qui peut le prouver.

— S'il te plaît, ne mêle pas Concord à ça.

Les joues de Dom devinrent écarlates.

— Oh ! ne t'en fais pas, ce n'est pas lui. C'est... enfin, c'est quelqu'un d'autre.

Chapitre 19

Dom

Dom dépassa le potager pour se diriger vers la forêt. Dans la lumière déclinante, le brouillard se déposait sur la pelouse, comme si le monde entier se préparait à se coucher. Dom avançait avec détermination, marmonnant des Obligeances dans sa barbe. Il passa devant les enclos des animaux, la tombe du porc, et puis le lac, où il ralentit.

Une fois dans la forêt, pressé par l'anxiété, il réfléchit à d'autres moyens d'aider Sol : cachettes, pièges pour le Docteur, ou même proposer de prendre sa place. Rien ne fonctionnerait. Il savait que, malgré tout, il n'aurait jamais le courage de faire le moindre mal au Docteur. La situation était sans issue.

Ces pensées qui tournaient en boucle le poussèrent jusqu'à la clôture. Ça, et le souvenir des yeux du Shuck qui se reflétaient dans le lac, la nuit. Il n'aimait pas l'idée que l'un d'eux soit lâché en liberté pendant que lui-même se trouvait dans la forêt, seul dans le noir.

Au-dessus de lui, le fil de fer brillait comme un fil d'araignée. *Enterré vivant, brûlé vif, évaporé.* Comme ce serait facile d'avancer et de ne plus exister – n'avoir jamais existé, n'avoir jamais eu de problèmes, parce que son être entier aurait été dissous. Il essaya de ne pas trop y songer.

Il s'arrêta à quelques mètres de la limite.

— Hé ho ? appela-t-il.

Il n'y avait aucun bruit, pas même une brise pour faire murmurer les feuilles.

— Hé ho ? répéta-t-il, les bras serrés autour de lui. Je sais que tu es là.

Un peu plus loin à sa droite, une brindille craqua et il y eut un bruissement qui s'interrompit d'un coup.

— Je ne peux pas rester trop longtemps, enchaîna-t-il.

Le silence s'étira. Il s'apprêtait à faire demi-tour, quand le bruissement recommença, si proche cette fois qu'il ne pouvait pas le mettre sur le compte des bruits de la forêt.

Un visage apparut entre les branches enchevêtrées. Un sourire.

Cheveux en bataille. Taches de rousseur.

— Clem, souffla-t-il.

Quand Dom acheva son récit, il faisait presque nuit dans les bois. Il était assis sur le sol humide, adossé à un arbre, et arrachait de petits bouts d'écorce pour les regarder se recourber comme du parchemin.

— Et maintenant le Docteur veut le réopérer. Je ne peux pas le laisser faire. Sol est mon meilleur ami.

— Et Cord ?

Clem avait escaladé une grosse branche basse pour s'y allonger comme un chat. Elle avait des feuilles et des brindilles emmêlées dans ses cheveux. Ses ongles étaient noirs et sa peau maculée de suie et de cendre. De temps en temps, elle bâillait et puis toussait un petit nuage de fumée noire. Pour Dom, elle était aussi rassurante que terrifiante.

— Ah oui, Cord aussi ! s'exclama Dom en déchirant un bout d'écorce en deux. Les choses ont beaucoup changé, tu n'en croirais pas tes yeux.

— Qu'est-ce qu'il en dit ?

— Il dit que Sol ne devrait pas être à la Maison. Qu'il nous met en danger. Qu'il nous a *déjà* mis en danger. Le Docteur est là maintenant. Tu crois que Cord a raison ? demanda-t-il après une pause.

Clem fronça le nez.

— Tu sais ce que je pense du Docteur. La question, c'est : qu'est-ce que *toi*, tu crois ?

La regarder était difficile. Parfois elle était solide, et nette, pourtant il y avait des instants où, du coin de l'œil, Dom avait l'impression qu'elle était faite de fumée et de cendre, comme la Maison. Un instant plus vive que la vie, le suivant plus brumeuse qu'un souvenir.

Il baissa les yeux tandis que la réponse se formait dans son esprit.

— Je crois… Je crois qu'il y a de l'Obligeance dans tout ça. Quelque part. Je la sens. Mais je n'arrive pas à la trouver.

— C'est Sol l'Obligeance.

— Oui.

— Tu dois le sauver.

— *Oui.*

— Parce qu'il vous sauvera tous, le moment venu.

— Quel moment ?

Allongée sur le dos, Clem contemplait la canopée d'un air rêveur. Ses paupières s'abaissaient comme si elle luttait contre le sommeil. Elle enroula un doigt dans l'air enfumé pour créer des motifs dans la pénombre.

— Est-ce que le Directeur est revenu ? demanda-t-elle.

— Non.

— C'est bien ce que je pensais.

— J'ai besoin d'aide. Comment dois-je m'y prendre pour sauver Sol ?

— Les oiseaux pourraient t'aider.

Dom n'y avait pas pensé. Il se mordit la lèvre.

— Les oiseaux ? Peut-être. Comment ?

— Ils se souviennent de tout.

Elle se redressa en position assise et balança ses jambes dans le vide. Ses cheveux brillaient comme si chaque mèche était incandescente.

— Nous devons nous souvenir. Et les autres doivent voir. Ils doivent croire.

— Croire quoi ?

— Ce qui est arrivé. À moi. À nous tous. Tu sais de quoi je parle. Une vieille boîte à souvenirs, d'il y a longtemps.

— Elles sont dans la Maison.

— Ces souvenirs causeront la perte du Docteur.

— Mais ils sont *dans la Maison*, insista Dom. Je ne peux pas...

— Tu peux.

Les pupilles sombres de Clem grossirent et grossirent jusqu'à ce que ses yeux deviennent entièrement noirs. Un froid glacial envahit Dom, comme si un Shuck l'avait effleuré.

— Mais tu ne le fais pas.

— Ne te fâche pas contre moi ! gémit Dom. Tu ne comprends pas. Ce n'est pas facile. Je n'ai jamais voulu voir... le Directeur m'a obligé. C'est ma corvée, à moi seul, et personne d'autre ne comprend ce que c'est de tout voir ! Je devrais pouvoir protéger les autres, mais je ne crois pas en être capable !

Le visage de Clem s'adoucit. Les volutes de fumée noire se dissipèrent.

— Pauvre Dom. Ça fait beaucoup pour toi.

En parlant, elle effleurait son insigne du bout des doigts. Il était plein de suie, mais Dom savait qu'elle sentait encore le symbole gravé dessus. C'était un cœur, comme l'insigne de Love, mais avec des flammes autour.

— Mais tu n'es plus seul maintenant. Quelqu'un d'autre t'accompagne dans ta corvée.

— Sol.

Au-delà de la clôture, Clem voyait parfois les choses d'une manière dont lui s'avérait incapable, mais là, elle suggérait une solution impossible. Cette boîte à souvenirs en particulier était enfermée à clé au cœur de la Maison. Et même s'il mettait la main dessus, qu'était donc censé en faire Sol ?

Un filament de fumée vint lui lécher la chaussure. Il leva brusquement la tête. La fumée enveloppait Clem.

— S'il te plaît, ne t'en va pas tout de suite, supplia-t-il.

— Ce n'est pas moi qui décide.

— Mais je ne sais pas quoi faire !

— Si, tu le sais, Freedom.

— Attends !

Il toussa et la seconde où il ferma les yeux suffit à la fumée pour engloutir Clem. Elle flotta dans les airs sans bouger jusqu'à ce qu'une légère brise, aussi douce qu'un soupir des bois, la disperse. La branche où s'était allongée Clem était vide.

— Tu me manques, murmura Dom aux arbres tachés de suie. Tu nous manques à tous.

— C'était ton idée, Dom. Si tu ne comptes pas nous aider, pourquoi on s'embête ?

Justice tapait dans ses mains gantées pour faire circuler son sang. Ils étaient sur la pelouse devant le dortoir. Les vitres étaient d'un vert profond et luisant sous les nuages pâles.

— Il faut bien que quelqu'un fasse le guet..., se défendit Dom.

Le Docteur était monté rendre visite à Sol.

— Arrête de râler et fais ce qu'on te dit, lança Concord à Justice.

Si le Docteur venait parler de la prochaine opération à Sol, Justice, Concord, Libby et Dom, eux, avaient d'autres projets.

Ils avaient apporté un antique landau, une bicyclette démembrée et l'une des chaises du réfectoire. Assise sur une bûche trempée, Libby bricolait une roue à l'aide d'une vieille clé à molette rouillée qui lui laissait des traces orange sur les manches, pendant qu'à son côté, Justice cousait une housse destinée à couvrir un vieux coussin, tout en soupirant à grands bruits pour signifier à ses amis ce qu'il en pensait. Agenouillé sur une bâche en plastique, Concord maintenait la roue pour aider Libby.

— Et si on rentrait ? suggéra Justice.

— Non, rétorqua Concord. Ne sois pas bête.

— Hé, ce n'est pas moi qui me décarcasse pour quelqu'un qui a rendez-vous chez le Docteur.

Concord se leva et brandit un tournevis dangereusement près de l'œil de Justice.

— Bon. Tu n'as rien fait d'utile depuis ton arrivée, alors si tu attendais le jour où toi et moi on aurait la même cicatrice, tu vas...

Justice voulut esquiver et tomba dans les herbes hautes. Le rire de Libby sonna dans l'air, c'était la première fois qu'on l'entendait depuis des jours.

— Vous pouvez arrêter, tous les deux ? intervint Dom.

Concord jeta le tournevis et aida Justice à se relever.

— Plus vite on aura fini, plus vite on pourra rentrer se réchauffer.

— Cette partie est presque terminée, les informa Libby. Justice, passe-moi le coussin. Il faut assembler les pièces.

— Je pense que c'est bon, annonça Justice qui tenait le coussin grumeleux par un coin. Ça ne va pas être très utile pour les escaliers...

— Quelqu'un pourra l'aider, coupa Dom. Au moins là, il pourra faire des choses.

— Quel genre de choses ? demanda Concord.

— Tu sais, des corvées, les repas, tout ça.

Les autres échangèrent un regard.

Concord s'approcha de Dom pour lui tapoter l'épaule.

— Dom, quand le Docteur veut vraiment soigner quelqu'un, alors...

— Quoi ? voulut savoir Dom. Alors quoi ?

— Alors on ne peut pas y faire grand-chose.

— On ne veut pas que tu te le reproches si ça se passe mal, enchaîna Libby.

— Tu as essayé d'être une vraie Obligeance pour lui, ajouta Justice.

— Tu l'avais prévenu, confirma Concord.

Dom regarda leurs visages pâles et inquiets et baissa les yeux sur ses chaussures recouvertes de suie.

Soudain, Justice dit :

— La porte s'ouvre.

Quand ils furent certains que le Docteur était retourné à la Maison, Dom, Concord et Justice portèrent leur construction à l'étage. Sol était au lit, il n'avait pas quitté le dortoir depuis qu'il s'était réveillé de l'anesthésie. Dom aperçut sa couverture tire-bouchonnée. Il les observa qui passaient la porte dans un fracas métallique, déposaient le fauteuil sur ses roues et le poussaient vers lui.

— Qu'est-ce que c'est ? interrogea-t-il.

— C'est un cadeau, répondit Dom. Chacun a aidé. C'est Libby qui en a fait le plus... Elle est douée pour fabriquer des trucs. Je sais qu'il est un peu encombrant... Je vais essayer de l'alléger.

Dom gara le fauteuil roulant près du lit, l'air fier. Sol regarda Concord et Justice.

— Vous aussi ? leur demanda-t-il.

Ils firent signe que oui.

Sol contempla les roues, le siège brillant, les poignées robustes. Il se tourna ensuite vers les garçons. Et son visage se décomposa comme des feuilles d'automne.

— Merci, murmura-t-il.

— Oui, bon... Tu ne vas pas rester au lit toute la journée, grogna Concord.

Sol enfouit sa tête dans ses mains en hoquetant devant les garçons mal à l'aise. Concord fixait résolument le plafond de lianes. Dom tapota l'épaule de Sol.

— Ça signifie que tu vas t'en servir ?

Celui-ci acquiesça en s'essuyant les yeux et le nez.

— Allez, reprit Dom. Essaie-le.

Il passa le bras de son ami autour de son cou, surpris par le contact de sa peau glacée. Puis il glissa un bras sous ses genoux et le souleva pour le déposer avec douceur dans le fauteuil.

— Alors ? s'enquit Concord avec raideur.

— Je n'arrive pas à croire que vous ayez fabriqué ça, s'émerveilla Sol en caressant les roues sales. Merci.

— Libby a dit qu'elle te ferait une paire de gants, aussi, ajouta Justice.

— On t'aidera à descendre les marches, lui expliqua Dom. Amenons-le au rez-de-chaussée pour l'essayer.

Dom porta Sol tandis que Justice les suivait avec le fauteuil. Il le laissa racler sur chaque marche si bien que Dom s'inquiéta pour la structure. Derrière eux, les mains dans les poches, Concord ne proposa pas son aide. Libby les attendait en bas, frissonnant dans son manteau de laine bleu, en se balançant d'un pied sur l'autre.

— Il te plaît ? demanda-t-elle.

— Oui.

— Comme ça tu n'es plus coincé là-haut avec ces vilains garçons. Je t'ai aussi apporté...

Elle fouilla dans sa poche et en sortit une paire de jumelles qu'elle lui tendit.

— Tiens.

— C'est vrai ? s'étonna Sol.

Il les tourna et essuya avec précaution une des lentilles avec sa manche.

— Tu observes les oiseaux. C'est normal que tu les aies, déclara Libby tout en regardant Dom.

— Merci, lui murmura-t-il.

— On a des corvées à faire maintenant, déclara brutalement Concord. On ne peut pas être en retard pour les nourrir.

Il les dépassa sans cérémonie et se dirigea vers la Maison.

— Je croyais qu'il ne nourrissait jamais les Shucks, lança Sol.

— En effet, répondit Libby.

— Pourquoi ?

— Je vais vérifier les torches, annonça Justice en s'élançant à la suite de Concord.

Dom déposa Sol dans le fauteuil. Il remarqua qu'il grimaçait au contact du dossier avec ses pansements.

— Prends-en soin, lui conseilla Libby en désignant les jumelles. Elles sont fragiles.

— C'est promis.

Il les passa autour de son cou et sourit à Dom.

— Regarde ! Maintenant on fait la paire !

Dom sentit son cœur sur le point d'imploser de joie.

Chapitre 20

Dom

Dom lui expliqua de son mieux tout ce qui changeait quand le Docteur était là. Ils devaient observer le plus possible les oiseaux pour savoir où chacun se trouvait. Si quelqu'un était soudain appelé pour un rendez-vous avec le Docteur, ils devaient avertir les autres. Si le Docteur sortait se promener sur le domaine, ils devaient aussi alerter les autres. Personne ne devait sortir seul. Concord et Libby récapitulaient les événements de la journée chaque soir dans leurs dortoirs. Ils avaient la responsabilité de surveiller la voiture et de les prévenir à la seconde où elle s'en allait.

Dom raconta cela à Sol dans la cabane. Son ami s'entraînait à rouler et faire pivoter son fauteuil à côté de lui pendant qu'ils observaient les images en noir et blanc. Le vent soufflait entre les murs de planches.

— Je n'arrive pas à savoir si c'est un fou qui fait semblant d'être docteur en ayant appris par lui-même, dit Sol à Dom, ou si c'est un vrai docteur qui serait devenu fou.

— Je n'ai jamais compris pourquoi le Directeur le laissait venir ici, répondit Dom. Quand on était petits, on ne le voyait presque pas. Mais ensuite de plus en plus souvent. Et puis l'œil de Cord…

Sol rapprocha son fauteuil.

— Oui ?

— C'est là qu'on a compris qu'il n'était pas doué du tout pour soigner les gens. Cord a failli perdre la vue.

— Qu'est-ce qui s'est passé ? D'où vient cette cicatrice ?

— C'était il y a des années. En été. Tu adoreras l'été ici, Sol. Le monde ralentit et devient chaud et jaune. Cord nourrissait les Shucks, mais il y a eu un problème. Tu as vu les barreaux qui les empêchent de sortir de la Maison ?

Sol hocha la tête. L'estomac de Dom se nouait à la pensée de ces événements.

— Eh bien, la grille s'est ouverte, on ne sait pas comment. L'un d'eux a bondi et l'a attaqué. Libby était là, mais elle n'a pas pu l'arrêter, bien sûr. Le Docteur a entendu le vacarme et est arrivé en courant pour les faire rentrer dans leur cage, mais le visage de Cord était touché. C'était très grave.

— Alors c'est pour ça qu'il n'aide pas Libby à les nourrir, comprit Sol.

— Il n'est presque plus jamais retourné là-bas. Le Docteur a recousu la plaie. Mais elle s'est infectée et a mis trop de temps à cicatriser. Cord a eu de la fièvre. Chaque fois que le Docteur essayait de l'aider, ça ne faisait qu'empirer. Alors on l'a caché et on a affirmé au Docteur qu'il allait bien. Libby lui apportait à manger et de l'eau du lac. Il a commencé à se remettre, mais la cicatrice… (Dom désigna son œil.) Constance et Luck savent soigner les gens, pour de petites choses, comme des coupures ou de la fièvre. C'est le Directeur qui leur a appris, ça a toujours été leur corvée. Ils disent que le Docteur n'applique pas du tout le protocole. Il ne sait pas soigner les gens. En fait, c'est un peu le contraire.

— Tu sais, quand j'ai parlé à Justice ? Il, euh… il a sous-entendu que quelque chose comme ça était arrivé à Clem aussi.

— Comment ? couina Dom. On ne doit pas prononcer son nom !

— Concord m'a expliqué que c'était toi qui avais inventé cette règle. Que lui est-il arrivé ? Le Docteur s'en est pris à elle ?

Le cœur de Dom battait la chamade. Il parvint à hocher la tête affirmativement, une fois.

Il ne savait pas si quelqu'un d'autre était au courant que Clem était toujours là, à errer à la lisière de Ash House. Si c'était le cas, personne n'en soufflait mot. Elle était son secret. Il avait souvent pensé qu'il devrait en parler à quelqu'un, peut-être à Libby, ou à Concord, mais chaque fois il trouvait une excuse pour ne pas le faire. Pour lui, Clem était fragile, irréelle. Il éprouvait cet étrange sentiment, comme si un rien, un mouvement brusque, pouvait la faire disparaître à jamais.

— Elles lui appartiennent, n'est-ce pas ? demanda Sol en soulevant ses jumelles. Elle observait les oiseaux avec toi.

Dom déglutit. Il caressait le métal gris et lisse d'une boîte à souvenirs qu'il tenait sur ses genoux. Pendant presque toute sa vie, ce que Dom avait vu, Clem l'avait vu aussi. Chaque Obligeance et Désobligeance, chaque secret que les oiseaux leur montraient. Il avait toujours eu quelqu'un avec qui les partager. Il n'avait jamais dû prendre de décision sans elle. Et puis, soudain, les secrets n'appartenaient plus qu'à lui seul. À présent, il avait Sol ; mais seul, il en avait beaucoup trop vu. L'envie de tout lui raconter était si forte. Sol lui avait confié ses secrets, pourtant, Dom n'arrivait pas à faire de même. Le silence s'étira douloureusement entre eux.

— Tu as dit que tu allais parler à quelqu'un qui saurait quoi faire pour le Docteur, reprit Sol. Tu as une piste ?

— Non.

— Qui est-ce ?

— Je ne dois pas en parler, marmonna Dom.

— Tu peux m'en parler, à moi. C'est une des filles ?

— Non, ce n'est pas l'un d'entre nous.

Il se concentra sur les écrans pour ne pas avoir à affronter son regard.

— Qu'est-ce que tu... Dom, est-ce qu'il y a quelqu'un d'autre ici ?

— Pas ici exactement...

— Dehors ?

Sol gigotait comme s'il allait sauter de son fauteuil.

— Je n'arrive pas à le croire... Tu peux parler à quelqu'un *de l'extérieur* ? Qui est-ce ? Il ne peut pas nous faire sortir d'ici ?

— Non ! Elle a eu cette idée...

— Elle !

— Mais c'est impossible. Il va falloir réfléchir à autre chose.

Il y eut un long moment de silence durant lequel Dom essaya de faire comme si cette conversation n'avait pas lieu. Sol, lui, était trop ébahi pour parler.

— Regarde, les feuilles sont presque toutes tombées, déclara enfin Dom.

— Autre chose ? Dom, il n'y a rien d'autre ! Si tu connais quelqu'un qui peut nous débarrasser du Docteur, il faut accepter son aide. Où est-elle ? Qui est-elle ? Est-ce que tu peux lui téléphoner ?

Dom triturait son insigne.

— Pas vraiment. Elle est au-delà de la clôture.

— La *clôture* ? Mais tu détestes la clôture. Tu as assuré que tu n'y allais jamais.

Dom rougit. Il savait ce que Sol penserait de ses conversations secrètes avec Clem : qu'il était fou, bête, qu'il avait des hallucinations, qu'il rêvait de choses impossibles.

— C'est un miracle, murmura Sol. Quelqu'un, dehors, sait que nous sommes là ! Et toi, tu ne me disais rien ! Argh, c'en est trop !

Il s'agrippa les cheveux.

Chaque mot qu'il prononçait rendait Dom un peu plus nerveux.

— Sol, s'il te plaît, *s'il te plaît*, n'en parle pas aux autres.

— Mais elle peut aller voir la police !

— Je ne sais pas ce que c'est, répondit-il.

Il détestait quand Sol utilisait ses mots de l'extérieur, lui rappelant qu'il n'avait pas grandi à Ash House, qu'il n'était pas vraiment l'un des leurs.

— Ce sont des gens qui peuvent nous aider ! hurla Sol. Des gens qui devraient savoir qu'on est ici !

— Mais il faudrait accomplir l'impossible, marmonna Dom. Ce n'est pas juste.

Sol oscilla vers lui, pas encore habitué à son fauteuil.

— Dom, déclara-t-il d'une voix grave. Écoute. Tu n'es pas obligé de me révéler qui c'est. Mais qu'a-t-elle dit ?

Comme il restait silencieux, Sol l'agrippa par les épaules.

— S'il te plaît, rappelle-toi ce qui va m'arriver si on ne fait rien.

Dom déglutit. *Voilà pourquoi les secrets ne sont pas une Obligeance*, se rappela-t-il.

— Il y a une boîte à souvenirs. C'est ça, le problème. Il faudrait que nous la volions.

— Ce n'est pas difficile. On a toutes les boîtes à souvenirs.

— Non, c'est une plus ancienne. Elle est dans le bureau du Directeur.

— Tu as le droit d'y entrer.

— Mais je n'ai pas le droit de prendre les boîtes à souvenirs. C'est du vol.

— D'accord, mais…

Sol se recula dans son fauteuil, grimaça, et se redressa de nouveau.

— Mais il n'est pas là. Il n'en saura rien.

— Il le saura quand il reviendra et qu'il verra qu'il manque une boîte à souvenirs, insista Dom.

— Qu'est-ce qu'il y a dedans ?

— Je ne sais pas.

— Dom !

— Le Docteur…

— Des souvenirs du Docteur ?

Sol resta perdu dans ses pensées un instant.

— En quoi ça nous aiderait ? demanda-t-il au bout d'un moment.

— Exactement. Ça ne nous aiderait pas, répondit Dom en se décontractant.

— À moins que… Eh bien, ça dépend de ce qu'il y a dedans. Dom ?

— Oui ?

— Et si les oiseaux avaient vu quelque chose ?

— Comment ?

— S'ils savaient ce que le Docteur a fait de mal ? persista Sol de plus en plus agité. S'ils se souvenaient ? Si ces souvenirs étaient sauvegardés sur un disque dur quelque part ?

— C'est une boîte à souvenirs, marmonna Dom.

— C'est une *preuve* ! Dom, il faut qu'on la trouve et qu'on l'apporte à la police.

— On ne peut pas faire ça ! On ne peut rien faire du tout ! Elle est enfermée à la Maison. Le Docteur nous en empêchera. La clôture nous tuera. Nous ne reviendrons jamais ! Clem se trompe !

Il se mordit la langue jusqu'au sang.

— Clem ? répéta Sol, perplexe. Que vient-elle faire là-dedans ?

— On est censés surveiller les écrans, d'accord ? Les corvées sont une Obligeance très importante. Arrête de poser des questions.

Il essaya d'esquisser un sourire d'encouragement, mais Sol regardait ses mains d'un air furieux.

— Je te promets qu'on va réfléchir à quelque chose d'autre, Sol. On trouvera une solution, conclut-il.

Chapitre 21

Sol

Attendre que les autres s'endorment se révéla facile pour Sol. Ils se couchèrent avec la tension de ces derniers jours lisible sur leurs fronts, dans leurs cernes, et ils finirent par tomber dans un sommeil agité. Sol regarda les coins du ciel entre les lianes virer du bleu au noir avec la tombée de la nuit.

Quand il fut certain que tout le monde autour de lui rêvait, il se redressa. Dom avait laissé son fauteuil près de la porte. C'était le premier défi.

L'après-midi lui avait donné le tournis. Il ne savait plus à quel saint se vouer. Dom connaissait-il réellement quelqu'un derrière la clôture ? Était-ce quelque chose que Clem lui avait dit avant de partir d'ici ? Ça semblait impossible… On leur aurait envoyé des secours depuis des années. Mais quand même, Dom semblait sûr de certaines choses : il connaissait les boîtes à souvenirs et le fonctionnement des oiseaux. C'était une possibilité. La seule que Sol possédait pour le moment. Ash House était une toile d'araignée tissée de règles et d'habitudes auxquelles les enfants se pliaient depuis toujours. Mais il n'était pas comme eux. Il n'avait pas peur du Directeur.

Dom pouvait bien garder ses secrets, Sol aurait les siens.

Il allait trouver cette boîte à souvenirs.

Non sans difficulté, il se fit glisser de son lit par terre et atterrit sur les fesses. Puis il tira les couvertures sur ses jambes et se dirigea à reculons vers la porte.

Il essaya d'être le plus discret possible, mais son pantalon frottait par terre et ses paumes heurtaient le sol en rythme tandis qu'il progressait. Il évita de penser à la saleté, aux cheveux et aux peaux mortes du dortoir qui lui collaient aux mains.

Arrivé au fauteuil, il éprouva un élan d'affection pour l'objet grossièrement assemblé, confectionné par les premiers véritables amis qu'il avait depuis des années.

Il tira sur plusieurs manteaux pour les faire tomber en grimaçant au bruit des boutons cliquetant par terre. Il les coinça, ainsi que ses couvertures, autour du fauteuil. Il protégea les roues, enroba de tissu la structure et les accoudoirs. Une fois qu'il eut terminé, le fauteuil ressemblait à un curieux cadeau de Noël. Il ouvrit la porte en priant pour que le souffle d'air glacial ne réveille personne, et tira le fauteuil après lui.

Il rampa dans l'escalier gelé en traînant l'engin encombrant mais pas trop lourd, dont le rembourrage sommaire amortissait le bruit. Quand il arriva en bas, il avait les marques des marches gravées sur les paumes. Il fit une pause et souffla des nuages de condensation dans l'obscurité. Il avait encore mal à cause de l'opération et la Maison lui semblait se dresser à une distance intimidante. Ses pieds le picotaient. Pourvu que ce soit bon signe.

Quand il retrouva une respiration normale, il retira les couvertures et tenta quelque chose d'inédit : monter seul sur son fauteuil. Ses bras et son dos protestaient à chacun de ses mouvements maladroits. Il pria pour qu'aucune des filles ne se réveille et l'aperçoive dans cette posture, brisé et misérable.

Après une dernière poussée sur ses bras, il réussit à s'asseoir. Il tira une des couvertures sur ses jambes et se mit en route vers la Maison.

L'étape de la porte se révéla plus difficile que prévu. Il dut rouler d'avant en arrière plusieurs fois pour l'ouvrir le plus doucement possible afin qu'elle ne grince pas. Pour finir, il attacha la couverture à la poignée et tira. Une fois à l'intérieur, Sol décida qu'il était plus sûr de monter l'escalier sans le fauteuil, malgré l'inutilité de ses membres inférieurs. Le bruit alerterait le Docteur qui, d'après ce qu'il savait, dormait quelque part en haut.

Il leva les yeux vers l'étage sombre. Ses pieds picotèrent de plus belle.

Descendre seul du fauteuil se révéla aussi plus compliqué qu'il ne l'avait pensé. Il glissa vers l'avant mais perdit l'équilibre et s'écrasa par terre.

— Abruti, marmonna-t-il dans sa barbe.

Il s'était fait mal à la hanche, et aux mains. Malgré le froid, il transpirait à grosses gouttes.

Dire que quelques jours plus tôt il avait gravi ces marches sans même y penser, la tête remplie de ce qu'allait lui raconter le Docteur. À présent, c'était une montagne intimidante qu'il avait à escalader. Une vague de colère le submergea, qui renouvela la force de ses bras.

Il posa un coude sur la première marche, et amorça son ascension.

Après les premiers instants de lutte, il trouva une technique efficace. Coude, coude, pousse, tire une jambe, tire l'autre jambe, repos. Il aurait peut-être été plus facile de tourner le dos aux marches pour progresser, mais il ne voulait pas quitter l'étage des yeux, au cas où une lumière s'allumerait.

À mi-hauteur, il s'arrêta plus longtemps. Il essuya la sueur de son visage avec sa manche. Puis il recommença son cycle.

Coude, coude, pousse, tire une jambe, *crac*.

Sol se pétrifia.

Avait-il bien entendu ? Le bruit semblait trop lointain pour venir de l'escalier. Il leva la tête : pas de lumière, aucun autre bruit.

Il continua à ramper avec une lenteur éprouvante.

Il arriva sur le palier avec une sensation d'extase proche de celle qu'il avait ressentie en flottant dans le lac. Les autres lui avaient dit que le Docteur logeait au dernier étage de la Maison. Sol tendit l'oreille, mais rien n'indiquait qu'il l'avait entendu. À sa droite, la volée de marches menait à son cabinet. À sa gauche, un petit couloir débouchait sur une porte fermée. Le bureau du Directeur.

Il rampa en imaginant être un serpent, un phoque, un ver de terre, sans arriver à déterminer s'il était héroïque ou pathétique, et traversa le carré de lune projeté par la fenêtre. Une fois au bout du minuscule couloir, il poussa la porte et entra dans le bureau.

Celui-ci occupait toute la largeur de la Maison. Le clair de lune argenté s'enroulait en étranges motifs dans la pièce, se reflétant sur le lambris des murs et les toiles d'araignées du lustre. Le bureau était organisé comme une fascinante bibliothèque, avec des étagères infinies, des vitrines et des tables d'exposition. Sauf qu'à la place des livres, se trouvaient des oiseaux. De vrais oiseaux, pas des drones. C'était donc la fameuse « collection de statues » du Directeur dont Dom avait parlé.

Les oiseaux empaillés s'alignaient sur les murs, les étagères, et fixaient Sol où qu'il se tourne : une chouette des neiges avec une souris dans le bec, des sansonnets suspendus en nuée au plafond, trois mésanges bleues côte à côte sur une étagère, avec leurs têtes plates cobalt. Des moineaux et roitelets aux grands corbeaux soyeux, tous étaient figés dans le temps, sur leurs pattes filiformes. Une chouette hulotte lui jetait un regard noir depuis le sommet d'une bibliothèque. Le garçon aurait voulu pouvoir la caresser.

Un peu plus loin dans la pièce, il vit des paons, des flamants rose pâle, des perroquets aux yeux vitreux, ainsi que des piles et des piles de papiers contenant des croquis d'oiseaux et de bâtiments. Il y avait des vases aussi gros que le torse de Sol, remplis d'une eau trouble et fermés par des bouchons de verre.

Il se traîna sur le tapis poussiéreux. Au bout de la pièce, un établi dégageait une odeur de métal. Sol s'assit bien droit et leva la tête vers les outils : un burin, des pinces et un assortiment de couteaux, ainsi que des disques métalliques lisses, qui ressemblaient à l'insigne épinglé à sa chemise. Il frôla la tête de loup gravée sur le sien. Il avait fini par éprouver une étrange affection pour cet objet. Comme les autres enfants, il ne le retirait même pas pour dormir.

Du côté des fenêtres, les ombres s'accentuaient, comme des cartes noires levées devant une lampe. Un énorme bureau donnait sur le domaine, complété par un fauteuil pivotant au cuir vert craquelé. Le fauteuil du Directeur. Sol tendit la main pour le toucher et récolta de la poussière. Depuis combien de temps personne ne s'était assis dedans ?

Et où était le fameux disque dur dans cette pièce immense ? Dom avait dit que la boîte à souvenirs était enfermée à clé. Sol jeta un coup d'œil autour de lui et découvrit dans un coin une grande plaque métallique dans le lambris, à la place de ce qui avait dû être une double porte.

Il rampa jusqu'à elle et chercha une serrure ou une poignée. Rien, à part une centaine de noms gravés. Des Obligeances.

Cela lui rappela la coupe de l'entrée d'où Dom avait tiré son nom, sauf qu'il y en avait beaucoup, beaucoup plus. Le Directeur devait avoir de plus grands projets pour Ash House que Sol ne se l'était imaginé. Il y avait des noms qu'il n'avait pas encore eu le temps d'attribuer.

À côté de chaque nom se trouvait un minuscule cran, comme un bouton. Sol en pressa un – Zèle. Il y eut un cliquetis, semblable à celui d'une serrure à code. Ce devait être une chambre forte, songea Sol. Et, pour l'ouvrir, il fallait un code... un code d'Obligeances.

Mais comment le trouver ? Quelle combinaison d'Obligeances aurait choisi le Directeur ? Sol n'avait pas la moindre idée de comment entrer dans la tête d'un homme qu'il n'avait jamais rencontré.

En haut, il y avait un bouton sans nom. Il s'étira et appuya dessus. Aussitôt, le bouton près de Zèle ressortit, remettant le puzzle à zéro.

Sol retourna au bureau, approcha le fauteuil de cuir grinçant de la chambre forte, et il se mit au travail.

Agitant les doigts, il se remua les méninges. Clic après clic, il essaya les noms des filles, ceux des garçons, puis tous ensemble. Il tenta plusieurs combinaisons d'enfants qui auraient pu être les préférés du Directeur. Puis les noms qui n'avaient pas encore été donnés. Il ferma les yeux et essaya de se rappeler l'ordre des noms peints sur le mur, mais ça ne fonctionna pas non plus.

De frustration, il donna un coup dans le métal. C'était impossible. Le nombre de combinaisons potentielles était sans doute infini.

Réfléchis, s'encouragea-t-il, *réfléchis. Tu es dans son bureau. Apprends à connaître ce type.*

Il glissa du fauteuil, qu'il ramena au bureau avant de s'y hisser à nouveau. Il y avait des tiroirs de chaque côté, de petites étagères et des piles de papiers poussiéreux bien rangées partout. Les tiroirs du haut contenaient des stylos, trombones, fournitures encore emballées. D'autres regorgeaient de dessins et de peintures faits par les enfants. Sol les feuilleta jusqu'à ce qu'il en trouve un étiqueté : « Freedom – 6 ans ». Il se prit à sourire en posant avec soin le dessin sur le bureau.

Parmi les papiers, il dénicha les plans de construction de Ash House. Apparemment, à un moment, le Directeur avait prévu de faire construire un véritable dortoir, ainsi qu'une école et même une cour de récréation. Il y avait des factures, des préparations de cours et des lettres. Le Directeur n'avait pas toujours été seul, comprit Sol. Des gens avaient dû l'aider à créer Ash House. Où étaient-ils à présent, et que croyaient-ils qu'il avait pu se passer après leur départ ?

Il déroula plusieurs plans de la Maison et du terrain sur le bureau. On voyait le lac, les bois qui s'étalaient au-delà des bords des cartes. L'une d'elles était striée de lignes vertes. Sol s'arrêta dessus. Les lignes reliaient le dortoir, la Maison, le potager et divers points du domaine. Que pouvaient-elles représenter ?

Au fond d'un autre tiroir, il découvrit une liste de noms, de vrais noms, pas les Obligeances qu'on leur avait attribuées. Il n'en reconnut aucun. Il soupira. Avait-il fait tout cela pour rien ?

Puis son regard tomba sur une photographie posée sur un coin de la table. C'étaient les enfants petits, rassemblés sur la pelouse, bras dessus, bras dessous. Le Docteur se tenait derrière eux, rayonnant. Sol frissonna.

Soudain, il eut un flash : c'était forcément ça ! Il avait dû se tromper la première fois. Le Directeur les aimait tous autant les uns que les autres. Dom lui répétait toujours ce genre de trucs. Dom devait savoir qui le Directeur aurait choisi.

Puis, un autre flash : Dom lui avait peut-être déjà donné la solution.

Il retourna avec difficulté devant la chambre forte et chantonna à voix basse la chanson que Dom essayait de lui apprendre depuis son arrivée pour se rappeler les noms de chacun et les Obligeances.

— Il y a Amitié, Calme et Charité...

Il pressa chaque bouton un par un avec l'impression qu'ils s'enfonçaient plus facilement cette fois. Pourvu que ce ne soit pas son imagination.

Arrivé au dernier, Sagesse, qui correspondait à Wisdom, il s'arrêta et tendit l'oreille. L'épaisse porte ne produisit aucun bruit. Il essaya de glisser ses doigts dans la fente au bord, mais rien n'y fit.

Il poussa un juron.

Il regarda de nouveau la photo. Qu'est-ce qui lui échappait ? Il n'y avait pas de bouton pour le Docteur, donc ça ne pouvait pas être lui. Puis il se frappa le front. Mais bien sûr ! Il était nouveau. Il connaissait une nouvelle version de la chanson. Mais le Directeur était parti trois ans plus tôt. Quand Clemency était encore à Ash House.

D'une main tremblante d'excitation, il répéta la chanson en appuyant avec soin sur Clémence, après Charité.

Rien.

Sol jeta un regard désespéré sur les noms. Abattu, il appuya sur le bouton de remise à zéro. Il allait devoir rentrer au dortoir, faire semblant de dormir le restant de la nuit en se repassant l'horreur de sa prochaine opération en boucle dans la tête. Il ne pouvait pas le supporter. Il observa son propre nom avec amertume. Solitude. C'était tout à fait ce qu'il ressentait.

Sans trop savoir ce qu'il faisait, ni pourquoi, il appuya sur le bouton correspondant à son nom.

La porte émit un bruit suivi d'un tas de cliquetis et de vrombissements, puis un grondement lugubre. Une fente de ténèbres apparut entre le métal et le mur.

Bouche bée, Sol tira pour l'ouvrir un peu plus.

Puis une main se plaqua sur ses yeux, une autre sur sa bouche, et on le tira du fauteuil.

Sol voulut hurler, mais la main était plaquée si fort contre sa bouche qu'elle repoussait l'air en lui, faisant gonfler sa poitrine à la limite de l'explosion.

Il s'agrippa de toutes ses forces aux bras qui le maintenaient.

Au moment où il allait s'évanouir, on le relâcha. Il s'effondra violemment par terre et entendit la porte de la chambre forte claquer. Même dans l'obscurité, il voyait des points noirs voler devant ses yeux.

Son agresseur le plaqua face contre terre, un genou planté dans le dos pour que sa cicatrice lui fasse souffrir le martyre.

— C... Concord ? balbutia Sol contre la moquette.

— Non, c'est moi.

Une voix que Sol connaissait bien.

— Dom ? Dom ! Pousse-toi. Lâche-moi !

— Tu n'as pas le droit de voler le Directeur.

— Tu pleures ?

— Je ne peux pas te laisser faire, souffla Dom à son oreille. Tu vas tout gâcher.

Sol parvint à se tortiller sous Dom qui desserra sa poigne.

— Tout gâcher ? J'essaie de mettre un terme à ce cauchemar ! C'est notre seul espoir.

— Je n'arrive pas à croire que tu aies fait ça. Je n'arrive pas à croire que je doive enfreindre les règles pour venir t'arrêter !

— Dom, il faut qu'on récupère le disque dur, insista Sol.

— C'est une *boîte à souvenirs* ! Et tu ne l'auras pas, alors tais-toi avec tes mots Désobligeants de l'extérieur.

— C'est toi qui es Désobligeant là !

La lutte fut aussi brève que féroce. Dom l'agrippa par les cheveux, mais cette fois, Sol était prêt. Il le repoussa d'une main en lui griffant la figure de l'autre. Cette bagarre n'avait rien d'équitable : Dom se servait de ses genoux et de ses pieds comme des armes tandis que Sol n'avait que ses deux bras pour se battre et se mouvoir. Dans leur rage, ils oublièrent la présence du Docteur à l'étage. Dom tenait des propos inintelligibles au sujet des Obligeances et Sol l'insultait.

Finalement, Sol trouva assez d'élan pour faire levier et envoyer Dom rouler sur la moquette jusque dans une des vitrines, qui vacilla. Une pie empaillée tomba par terre avec un bruit sourd.

— C'est ridicule.

Sol se hissa sur le fauteuil pivotant avec un grognement de douleur.

— Emmène-moi au bureau.

— Pourquoi ?

— Fais-le, c'est tout.

— C'est le bureau du Directeur, marmonna Dom, plus pour lui-même que pour Sol, en s'exécutant. Le Directeur s'assoit ici.

— J'ai trouvé ça, dit Sol en lui montrant son dessin.

Dom ouvrit la bouche et réprima un cri. Il saisit la feuille d'une main tremblante.

— Il l'a gardé. C'est moi qui l'ai fait et il l'a gardé !

— Je sais que le Docteur est un tordu, mais ton Directeur semble vous aimer. Regarde cette photo. Je ne l'ai jamais rencontré, mais je ne pense pas qu'il voudrait vous laisser ici, à la merci du Docteur.

Dom lui prit la photo des mains. Le clair de lune peignit la moitié de son visage d'argent. Sans lâcher ni le dessin ni la photo, il examina les autres papiers : les cartes, les relevés de comptes, la liste des noms.

— Je ne connais pas ce langage.

— Ce sont des noms, lui expliqua Sol.

— Je n'ai jamais vu de tels noms.

— Ils sont très courants à l'extérieur. Dominic. Elizabeth. Connor… je crois que…

Sol regarda la liste avec l'impression qu'un souvenir remuait au fin fond de son esprit, mais chaque fois qu'il tentait de l'attraper, il lui échappait.

— Dom, tu avais un autre nom avant d'arriver ici ?

— Avant d'arriver ici ? répéta-t-il comme si ça n'avait pas le moindre sens. J'ai toujours été ici.

— Tu en es sûr ? Et si c'était nos noms ?

— Je ne vois pas Freedom.

— Ce que je veux dire c'est...

La fenêtre s'éclaira.

C'était comme si on avait allumé une petite lumière dehors qui se reflétait dans la pièce.

— Qu'est-ce que c'est ? chuchota Sol.

— C'est la lumière de l'étage, s'alarma Dom en regardant par la fenêtre. Je la vois sur l'herbe. Il faut qu'on s'en aille !

— Mais...

Ils entendirent des bruits de pas au-dessus de leur tête.

— Allez, vite, vite ! souffla Dom.

Il fourra les papiers dans les tiroirs et souleva Sol. Titubant un peu sous son poids, il s'élança vers la porte. Depuis le seuil, ils aperçurent une faible lueur jaune dans l'escalier qui montait.

S'ils ne partaient pas tout de suite, ils ne sortiraient jamais d'ici. Sur la pointe des pieds, Dom descendit les marches avec Sol dans les bras, jusqu'au fauteuil roulant qui jetait une ombre étrange sur le mur.

Chapitre 22

Dom

Les enfants passèrent d'un pas lourd du petit déjeuner à l'assemblée, en prenant soin de ne pas se séparer, comme chaque fois que le Docteur était dans les parages. Dom était encore plus nerveux que d'habitude. Il frotta le bleu que le coude de Sol avait laissé sur sa poitrine. Il avait mal depuis qu'il s'était levé. Et il se faisait un sang d'encre.

Il avait décidé d'ignorer Clem et de ne plus jamais retourner à la clôture. Rien de bon n'était ressorti de ses conseils. Il n'aurait jamais dû raconter à Sol ce qu'elle avait dit. Il avait de la chance d'avoir pu sortir du bureau du Directeur à temps et de l'avoir ramené au dortoir sans que le Docteur ne les trouve.

En attendant que l'assemblée prenne place, Dom regarda autour de lui. Était-il le seul à être jamais monté à l'étage ? Ou enfreignaient-ils aussi les règles de temps à autre, sans jamais se le dire, de peur des retombées ? Peut-être qu'au retour du Directeur il pourrait lui glisser l'idée d'effectuer quelques changements. Plus de visites du Docteur. Plus de boîtes à souvenirs. Peut-être même un voyage à l'extérieur. Pour rencontrer la police, ces gentilles personnes que Sol voulait aller voir.

— Aïe ! s'exclama Sol quand Dom fit taper le fauteuil roulant dans la dernière rangée.

— Désolé.

— J'ai encore mal à l'épaule, grogna Sol.

— Chut ! Je me suis déjà excusé, souffla-t-il.

— Et j'ai déjà répondu que tu étais un idiot.

— Et on a *tous les deux* dit qu'on n'en parlerait à personne, donc tais-toi.

Dom s'assit à côté de Sol. Merit et Justice s'installèrent devant eux. Ils essayèrent d'inclure Dom dans leur conversation à propos du dortoir pendant l'hiver, mais il était trop fatigué pour se concentrer. Et puis, ce n'était qu'une distraction pour ne pas penser à combien de temps encore le Docteur resterait.

Sans trop d'espoir, ils attendirent que le téléphone sonne au rez-de-chaussée. Ensuite, Concord descendit et leur parla de l'organisation hivernale et des nouvelles corvées nécessaires. C'était un jour comme les autres. Jusqu'à ce qu'ils entendent le claquement des chaussures de luxe sur les marches.

Le Docteur observa l'assemblée avec un grand intérêt. Concord ne se pressa pas. Il passa en revue chaque sujet. Seules ses oreilles rouges trahissaient sa nervosité. À la fin, il adressa un signe de tête au Docteur et retourna s'asseoir.

Le silence absorba tous les bruits. Dom sentit Sol se raidir à côté de lui.

— Les enfants, j'ai de mauvaises nouvelles, commença le Docteur en montant sur l'estrade.

Ses yeux bleu glacé se posèrent sur chaque visage tour à tour, s'attardant pesamment sur Sol dans son nouveau fauteuil. Quand ils atteignirent Dom, il sentit ses cheveux se dresser sur sa nuque.

— J'ai des raisons de croire qu'il s'est produit une grave infraction au règlement de Ash House.

Dom remarqua que Sol essayait d'attirer son attention, mais d'expérience, lui et les autres savaient qu'il valait mieux garder un visage impassible quand le Docteur s'adressait à eux.

— Et puisque notre Directeur est toujours absent, il m'incombe de faire la lumière sur cette affaire.

Les mains dans le dos, le Docteur se balançait d'avant en arrière.

— Il se trouve que ce matin, je suis entré dans le bureau du Directeur. Et il semblerait que quelqu'un ait essayé d'y dérober quelque chose récemment.

— Quoi ? tonna la voix de Concord au-dessus de leurs têtes.

Il y eut un sursaut collectif. Personne n'ouvrait jamais la bouche quand le Docteur parlait.

L'homme fixa ses yeux sombres sur Concord et le silence retomba. Dom regretta d'être assis derrière lui et se recroquevilla dans son siège. Comme Sol lui donnait des coups de coude, il risqua un regard d'avertissement furieux qui découragea son ami.

— Quelqu'un a fouillé dans les affaires du Directeur, poursuivit le Docteur. Mais qui ? Et pourquoi ? Il y a plusieurs possibilités. Peut-être notre Directeur est-il revenu brièvement avant de repartir pendant la nuit.

Dom eut du mal à supporter l'espoir qui illumina les visages de ses camarades.

— Ou alors, quelqu'un, présent en ce moment dans cette pièce, a décidé d'y entrer. Les enfants, il se trouve que je sais de source sûre que le Directeur n'est pas revenu.

Le regard du Docteur dérivait dans la salle avec la froideur et la lenteur d'un glacier. Le bras de Sol effleura celui de Dom.

— Je voudrais que le responsable se lève et avance vers moi. Maintenant, ordonna le Docteur.

Les enfants gardèrent le regard fixe, en dissimulant tout signe de curiosité ou de peur.

Ne pleure pas, s'intima Dom. Pleurer ne ferait qu'attirer l'attention.

— Freedom.

Son nom flotta dans le silence lugubre. Dom leva la tête. Le Docteur exerçait un pouvoir magnétique.

— Approche.

Dom se sentit comme une marionnette. Une force l'obligea à dégager avec discrétion la main de Sol de sa manche, à se lever, à se glisser hors de la rangée et à avancer vers l'estrade.

— Freedom, répéta le Docteur au-dessus de lui.

— Oui ?

— Tu es le seul à être autorisé à entrer dans le bureau du Directeur.

La peur le paralysait au point de ne pas pouvoir hocher la tête. Cela faisait des années qu'il ne s'était pas retrouvé aussi près du Docteur. Les « médicaments » qu'il pouvait lui administrer lui passèrent par la tête. Au moindre mouvement, au moindre mot, il était sûr et certain qu'on le déclarerait malade.

— Tu sais pourquoi je suis en colère, n'est-ce pas, Freedom ? Ce qui se trouve dans cette pièce appartient au Directeur, tu as uniquement la permission d'apporter les boîtes à souvenirs, qui doivent être déposées dans la chambre forte, c'est-à-dire à l'opposé du bureau. Pourtant, tu es entré en secret durant la nuit, alors que tu sais que c'est interdit, et tu as fouillé dans ses papiers. C'est Mal, Mal, Mal !

Il marqua une pause pour essuyer un postillon sur son menton.

— Était-ce toi, Freedom ? Toi seul ?

Dom décida de lui répondre sans faillir. Il se redressa et, au bout d'un moment, dit :

— Oui.

Quelque chose s'agita au coin des yeux du Docteur.

— Personne ne t'a aidé ?

— Non.

— Je trouve cela peu vraisemblable.

Le Docteur le transperçait du regard, chaque seconde qui s'écoulait lui brûlait la peau comme du givre glacial. Dom essaya de ne penser à rien, comme si le Docteur pouvait entendre le nom de Sol s'il lui venait en tête.

— Je crois que tu avais des complices.

— Non. Je le jure.

— Bien, bien, bien. Vérifions cela, veux-tu ?

— C... Comment ?

— Va t'asseoir.

Dom voulut se jeter sur une chaise tout au fond, ou s'élancer dans l'escalier, mais ses jambes n'étaient plus dignes de confiance. Il descendit de l'estrade d'un pas chancelant et se dirigea vers le premier rang.

— Il semblerait que Freedom mente pour protéger ses amis, déclara le Docteur. Il nous a déjà démontré sa profonde malhonnêteté, son absence de fiabilité, une pure Désobligeance. Nous ne pouvons nous fier à un mot de ce qu'il dit. Mais cela n'a pas d'importance. Ash House découvrira la vérité par elle-même.

La honte embrasa chaque cellule du corps de Dom. Il n'avait jamais voulu être une Désobligeance. Les Désobligeances n'avaient rien à faire à Ash House. Il avait toujours fait tant d'efforts pour se rappeler ses Obligeances, mais ces derniers temps, il se trompait en permanence. Pendant un instant, il crut que le Docteur allait l'obliger à quitter Ash House, le bannir à jamais.

— En temps normal, je laisserais à votre Directeur le soin de régler cela. Cependant, cette affaire ne peut attendre son retour. Ceux qui enfreignent le règlement doivent être punis séance tenante. Je n'ai aucun moyen de savoir qui Freedom protège.

La panique envahit Dom. Et si le Docteur reportait son attention sur Sol ?

— Un crime terrible mérite une sentence terrible. Les Shucks devront intervenir.

— Comment ? explosa Concord avec un mélange d'indignation et de terreur.

Quelques garçons et filles émirent d'étranges cris étranglés, comme des gouttières bouchées.

— Personne ne conteste mes décisions ! tonna le Docteur par-dessus le brouhaha.

Le silence retomba et il reprit à un volume normal :

— Comment osez-vous entrer dans la Maison durant la nuit ? Comment osez-vous, qui que vous soyez, monter jusqu'au bureau du Directeur et toucher à ses documents ? Aucune punition n'est à la hauteur de ce crime. Mais il est de mon devoir de vous faire comprendre la gravité de ces actes. Vous affronterez les Shucks, tous autant que vous êtes, un par un. Et nous savons qui passera le premier.

Il se tourna vers Dom.

L'assemblée mit quelques secondes à saisir.

— Voyez ça comme une course, précisa le Docteur, qui souriait devant leur confusion.

— On… on doit faire la course contre les Shucks ? demanda Libby d'un ton prudent.

— C'est exact. Ceux qui parviendront à effectuer le trajet à travers la forêt avant les Shucks seront pardonnés.

Un silence terrorisé emplit la pièce. Les enfants étaient pétrifiés, incrédules. Ils attendirent que quelque chose leur signale que c'était une plaisanterie, ou au moins pas aussi dangereux qu'ils ne le pensaient, mais l'homme se contentait de les regarder en souriant.

Soudain, il y eut un raclement et le bruit d'une chaise renversée. Concord s'était levé d'un bond.

— Non, dit-il.

— Non ? répéta le Docteur en faisant un pas en arrière de surprise.

— Dom a avoué. Il a affirmé qu'il n'y avait personne d'autre. Punissez la personne qui a enfreint la règle, pas les autres.

Le Docteur observa Concord avec une expression plus intriguée que fâchée. Comme il ne répondait pas, Concord insista d'une voix plus forte et assurée :

— Ce n'est pas juste. Et puis, une course, ce n'est pas logique du tout.

— Ah oui ?

Le Docteur eut un rictus comme s'il s'agissait d'une blague qu'aucun d'eux ne pouvait comprendre.

— Oui. Nous ne pouvons pas courir plus vite qu'un Shuck, c'est impossible. À quoi sert une course que personne ne peut remporter ? Les Shucks sont dangereux. Il va y avoir des blessés. Ils seront punis, qu'ils aient enfreint les règles ou non.

Le visage du Docteur se métamorphosa, comme des volets se refermant d'un coup sur une fenêtre.

— Quelqu'un a brisé l'une des règles les plus fondamentales de cet endroit..., vociféra-t-il.

Concord leva les bras et cria à son tour :

— Vous savez quoi ? Vous n'êtes pas le Directeur ! Vous n'avez aucun ordre à nous donner ! Et vous ne pouvez pas nous condamner à une course mortelle sans sa permission.

Le Docteur descendit de l'estrade. Les enfants se blottirent sur leurs chaises. Seul Concord se dressait de toute sa hauteur, sans ciller, sans broncher, menton levé et cicatrice luisante à la lumière crue de la salle de l'assemblée. La culpabilité vint ajouter à la honte de Dom. C'était sa faute, c'était à lui de se montrer courageux, pas à Concord.

— Je suis responsable du bien-être et de la discipline ici, cracha le Docteur en approchant son visage de celui de Concord. Si l'un de vous, bande de vermines, oublie ses Obligeances, il met en danger les autres. Et je ne le permettrai pas.

Puis, s'adoucissant, il ajouta :

— Mais merci pour ta franchise et ton franc-parler, Concord. Ce sont des Obligeances aussi. Alors, par respect pour toi, je vais reconsidérer cette course.

— C'est vrai ?

— Oh, certainement. Je suis capable d'admettre mes erreurs. Dom peut oublier sa course contre les Shucks.

Avec un grognement de soulagement, Dom se prit la tête entre les mains. Mais le Docteur n'en avait pas terminé.

— Il peut l'oublier pour le moment. Car c'est toi, mon cher Concord, qui courras le premier.

Chapitre 23

Dom

Ils attendaient leur tour dans le dortoir. Dehors, la lumière pâle et laiteuse annonçait la rudesse de l'hiver. Aucune cendre ne flottait plus dans l'air. Tout était immobile, le calme avant la tempête. Le Docteur leur avait ordonné d'attendre en silence dans leurs lits d'être appelés. Personne ne s'était allongé. Ils étaient assis en tailleur, ou balançaient leurs jambes dans le vide, la tête dans les mains, les yeux clos. Dom ne cessait de jeter des coups d'œil au lit vide de Concord près de la porte. Il aurait voulu parler à Libby, mais elle était en bas avec les filles, sans doute assises dans le même silence tendu.

Après l'assemblée, Dom avait évité Sol et ne l'avait pas aidé à remonter les marches. Sol ne pouvait pas saisir ce qu'impliquait une course contre les Shucks. Il n'en avait jusqu'ici aperçu qu'un seul, et encore, de loin. Mais il fallait qu'il comprenne le plus important : dans son fauteuil, il n'aurait pas l'ombre d'une chance. Du coin de l'œil, il le vit se tapoter les jambes, plein d'espoir, se pincer et secouer ses muscles diminués.

Seul Merit perturbait le silence. Il faisait rebondir sa vieille balle jaune par terre, et les feuilles bruissaient de temps à autre. Plus l'attente s'étirait, plus le bruit augmentait. Au bout d'un moment, la balle tomba sur la couverture de Dom.

— Merit, arrête, s'il te plaît, souffla-t-il en la jetant dans un endroit inaccessible.

— Ce n'est pas parce que Cord n'est pas là que c'est toi qui commandes.

— Je n'ai jamais dit ça.

— S'il ne revient pas, ce sera ta faute, poursuivit Merit.

— Il va revenir. Il est fort et rapide, assura Dom.

— Il hait les Shucks, intervint Justice. Imaginez à quel point il doit avoir peur.

À cet instant, ils entendirent un grondement sourd, proche d'un coup de tonnerre. Les têtes se levèrent. Le vacarme grossit, comme si une machine passait juste devant le dortoir. C'était le bruit d'un Shuck qui sortait de la Maison, et c'était beaucoup trop fort pour un seul de ces monstres.

Dom se précipita jusqu'à la paroi de verre au fond du dortoir, celle qui offrait une vue sur la Maison si l'on écartait suffisamment le feuillage. Les lumières étaient allumées, à l'intérieur. La silhouette du Docteur se découpait sur l'une des fenêtres du haut. Il observait la cour. Dom plissa les yeux dans l'espoir d'apercevoir Concord. Une forme noire, massive, traversa le béton craquelé. Dom fit un bond en arrière et laissa la végétation reprendre sa place.

— Alors ? demanda Wisdom tout près de lui en entortillant une feuille sur son petit doigt. Tu as vu quelque chose ?

— Un Shuck, répondit Dom.

— Pas Concord ?

— Non.

Le silence retomba dans la pièce.

— Écoute, Dom, commença Wisdom.

Sa frange retombait sur ses yeux tandis qu'il se concentrait à faire tourner sa feuille de plus en plus vite.

— Je sais que ça ne me regarde pas, mais pourquoi… pourquoi tu aurais… enfin, que faisais-tu là-haut ?

Dom hésita. Aucun des garçons ne semblait leur prêter attention, mais il savait que tous écoutaient attentivement. Sol s'était immobilisé sur son lit. Dom songea à leur révéler la vérité au sujet de Clem. Il aurait pu leur expliquer ce qu'elle avait dit et pourquoi Sol était entré dans le bureau du Directeur… mais jamais ils ne le croiraient. Ou alors, ils le haïraient de ne pas leur en avoir parlé avant. Il avait déjà commis trop d'erreurs. Il n'avait pas le courage d'en risquer une autre.

— Je cherchais une vieille boîte à souvenirs, lâcha-t-il. Je voulais juste la voir. Pour être sûr qu'elle était en sécurité.

— Mais le bureau…

— Je ne me suis pas approché de son bureau !

Sol se tourna vers lui mais Dom évita son regard et se rassit sur son lit.

Les heures passèrent et, pendant l'attente, ils n'entendirent qu'un unique signe de lutte. Un hurlement sanglant qui déchira le silence. Ça venait du lac. Ils regardèrent dans cette direction comme s'ils pouvaient voir ce qui s'y passait.

— Cord ou Shuck ? demanda quelqu'un.

— Shuck, déclara Justice, sûr de lui, mais plus livide que les autres.

— Oui, c'est un Shuck, confirma Merit.

Wisdom se mit à pleurer. Il essayait de réprimer ses sanglots mais quelques-uns réussirent à s'échapper. Personne ne se moqua de lui.

D'autres heures s'écoulèrent avant que le silence ne soit à nouveau brisé. Il y eut un coup sourd au bas de l'escalier qui résonna jusque dans le dortoir.

— Qu'est-ce que c'était ? interrogea la voix tremblante de Sol.

— Concord !

Merit se leva d'un bond pour foncer vers la porte.

— Non !

Justice se jeta sur son ami pour le retenir.

— Ça pourrait être un Shuck.

— Mais non !

— Ça pourrait.

La majorité des garçons battit en retraite vers le fond, certains montant sur les lits. Dom fit l'inverse. Il rejoignit Merit qui se bagarrait avec Justice pour atteindre la porte.

— Je vais voir, déclara Dom.

— N'y va pas, implora Justice.

Dom tendit la main vers la poignée. Il y eut un nouveau coup. On aurait dit que quelque chose se traînait dans l'escalier.

— C'est forcément un Shuck ! s'écria Justice, hystérique, en clouant Merit au sol. N'ouvre pas, Dom !

La peur et le doute pétrifièrent Dom au moment où d'autres coups, de plus en plus nombreux, résonnaient dans la cage d'escalier.

Le suivant était si proche que la créature ne devait pas se tenir à moins d'une marche du palier. Cette fois, il était accompagné d'un grognement.

— C'est *lui*, insista Dom.

Ignorant les protestations de ses camarades, il ouvrit.

Concord était étalé sur le ventre, les coudes sur la dernière marche, prêt à se hisser, trempé, le dos ruisselant de sang. Le fluide écarlate coulait d'une plaie noire béante et virait au rose en se mélangeant à l'eau. Il ne pleuvait pourtant pas, se dit Dom. Il devait venir du lac.

Le reste de son corps était maculé de sang et de boue. Il avait la lèvre fendue et les dents rouges quand il leva la tête pour parler.

— Tu comptes me donner un coup de main ou pas ?

Dom, Merit et Justice emmenèrent Concord sous la douche et firent couler l'eau froide dans son dos sous les yeux des autres. Il avait quatre entailles à vif d'où giclait une quantité de sang impressionnante qui teignit de rose le carrelage, leurs mains et l'eau. Son corps était couvert de nombreuses éraflures, dont une sur son crâne qui rendait ses cheveux rouges et poisseux. Il était secoué de tremblements incontrôlables.

Dom tendit une serviette propre à Justice, qu'il appuya sur le dos de Concord pour tenter de stopper l'hémorragie. Il suivait docilement les instructions, sans doute par culpabilité d'avoir voulu laisser son ami dans l'escalier.

Entre les halètements et les grognements, Concord essaya de leur raconter ce qui s'était passé.

Il avait dû courir à partir de l'arrière de la Maison, autour des limites du domaine jusqu'au point de départ, sous la surveillance acérée d'innombrables oiseaux. On lui avait donné une longueur d'avance. Au début, il ne voyait même pas les Shucks. Il avait couru vite et, au moment où il songeait que ce n'était peut-être qu'une très mauvaise plaisanterie, qu'il n'y avait pas de Shucks du tout, il en avait aperçu un au loin.

Les problèmes avaient commencé près du lac. Les trois monstres avaient été lâchés et ils l'encerclaient, s'approchant juste assez pour qu'il ressente la froideur dans sa poitrine, mais ils étaient restés à distance, comme s'ils jouaient avec lui. Il avait tenté le coup et s'était immergé jusqu'aux genoux. Ensuite, il avait fait le geste des mains qu'on leur avait appris. Les monstres s'étaient arrêtés sur la rive. Deux avaient reculé, mais le troisième avait fini par se jeter dans l'eau. Concord avait couru, mais les griffes l'avaient atteint au dos.

La suite était floue. Il était retourné à la Maison sans savoir si les Shucks étaient encore à sa poursuite ou non. Il s'était effondré dans la cour. Le Docteur l'attendait, armé d'un chronomètre.

— Je l'ai vu entrer dans le dortoir des filles. L'une d'elles est la suivante, conclut-il.

— Tu es l'un des plus rapides, dit Merit. On n'a aucune chance.

— Au moins, vous savez dans quoi vous vous jetez, lâcha Concord. Aïe !

Dom retira la serviette de ses entailles.

— Pardon. Je crois qu'elles ne sont pas trop profondes, mais Luck devrait les panser quand même. Justice, va chercher un drap.

— Il va nous faire subir ça à tous, murmura Justice, horrifié.

— Justice, le drap, insista Dom avec fermeté.

En nettoyant les plaies de Cord, il se tourna vers Sol. Assis par terre, il les observait depuis le coin de la salle de bains. Il se mordait la lèvre à la vue des tissus ensanglantés.

— Il est avec Mercy ! s'exclama Wisdom, devant la vitre embuée par son souffle. C'est elle la suivante.

— Les Shucks finiront peut-être par se fatiguer, suggéra Merit.

— Ou on va peut-être se réveiller de ce cauchemar, murmura Concord.

Le drap fit un bruit effroyable quand Dom le déchira en bandelettes.

Une nouvelle heure s'écoula puis ils entendirent de nouveau le rugissement épouvantable des Shucks.

— Mercy ! hurla Wisdom.

— Quoi ? demanda Merit.

— Elle est revenue !

— C'est impossible. Ça ne fait pas assez longtemps. Elle n'a pas pu faire le tour en seulement…

Il se tut et tendit l'oreille. Dom comprit ce qu'il avait entendu : les pas du Docteur dans l'escalier.

Le silence s'abattit sur la pièce quand il entra. Il jeta un coup d'œil à Concord allongé sur le ventre dans son lit, les lèvres blanches et gercées. Il ressemblait à Sol après son opération. Avec un sourire satisfait, le Docteur les regarda tour à tour jusqu'à trouver celui qu'il cherchait.

— Freedom. La raison de notre présence ici.

Le Docteur fit un geste vers la porte. Dom se leva. Il remarqua Sol qui s'apprêtait à ouvrir la bouche, mais le fit taire d'un signe de tête imperceptible. Il était déterminé à ne rien laisser paraître, pas même un tressaillement. Il allait affronter l'épreuve comme Concord.

Dehors, un vent furieux sifflait à travers chaque fissure de la Maison. Le domaine s'étalait, gris et vert sous la lueur douce du dortoir. Dom essaya d'entendre les Shucks gronder dans leurs cages.

Lui et le Docteur se tenaient devant la porte à l'arrière du bâtiment. Sous leurs yeux, le béton fissuré de la cour menait jusqu'au réfectoire et à la classe. À gauche, le sentier obscur allait l'emmener autour du domaine qu'il avait exploré sa vie entière.

— Concord a fait un temps impressionnant, déclara le Docteur.

Il s'amusait bien et se repaissait de la terreur qu'il inspirait.

— Et Mercy a surpassé mes attentes, elle aussi, même si j'ignore comment elle s'y est prise. Essaie de ne pas avoir peur.

Il posa une main sur l'épaule de Dom. Malgré son envie de s'écarter, il s'efforça à rester immobile et à dissimuler son dégoût.

— Si tu te blesses, je serai là pour te soigner.

— Sol va devoir faire la course aussi ? Dans son fauteuil roulant, il ne pourra pas.

— Oui. Il fera la course. Cette course… ce qui arrivera à tes amis… c'est ta punition, Freedom. Je l'ai créée exprès pour toi.

Le Docteur sortit de sa poche une feuille de papier froissée qu'il lui tendit. Dom se retrouva nez à nez avec le dessin qu'il avait fait pour le Directeur, des années plus tôt. Dans la panique, il avait dû le laisser sur le bureau, comprit-il avec horreur.

— À ta place, j'éviterais de laisser traîner mes dessins n'importe où la prochaine fois que tu entres dans mon bureau.

— Ce n'est pas votre bureau.

La colère dans sa propre voix le surprit.

Le Docteur sourit.

— Tu le diras aux Shucks.

Son chronomètre était une montre gousset dorée. Il le démarra d'une pression du pouce.

— C'est parti. Les oiseaux te surveillent.

Dom hésita. Il s'attendait à ce que le rugissement des Shucks le fasse courir, mais il n'y avait que lui, le Docteur, la Maison, et nulle part où se cacher.

Le Docteur reprit la parole, cette fois si bas que les bourrasques engloutirent sa voix :

— Cours.

Chapitre 24
Sol

Les garçons abandonnèrent leurs lits pour se poster en rang au bout du dortoir. Le visage pressé contre le lierre, ils regardèrent Dom s'éloigner. Sol les observait en ressassant la pensée qui lui tournait dans la tête depuis cet après-midi : tout était sa faute. Dom aurait pu le dénoncer, mais il ne l'avait pas fait. Il l'avait protégé par Obligeance. C'était pourtant lui, Sol, qui n'avait rien écouté de ses avertissements, qui avait fait passer sa propre peur au-dessus des lois de Ash House pour retrouver cette boîte à souvenirs. Peut-être était-il bien *Désobligeant* ?

Il fit rouler son fauteuil jusqu'au lit de Concord qui, les yeux clos, respirait avec difficulté.

— Euh, Cord ? chuchota Sol.

Sans ouvrir les yeux, Concord grogna :

— Ne m'appelle pas comme ça.

— Désolé. C'est juste que... tu es sûr que le truc avec les mains ne fonctionnera pas ?

Sol joignit ses petits doigts pour lui montrer de quoi il parlait : le signe qui avait arrêté les monstres, ce soir-là, au lac.

Une expression d'agacement profond se dessina sur le visage de Concord, si bien que Sol se prit à penser égoïstement qu'il était content que le garçon soit alité.

— Sûr. J'ai essayé. Ça n'a pas marché.

— Je croyais que les Shucks étaient là pour nous protéger. Comment le Docteur les force-t-il à nous attaquer ?

Merit apparut derrière lui pour répondre à la question.

— Les Shucks obéissent au Docteur. Il en est responsable.

— Mais Libby m'a dit qu'ils appartenaient au Directeur. Et lui, il ne nous voudrait aucun mal.

D'un ton calme, Concord répondit :

— Le Directeur n'est pas là.

Il se redressa en poussant un gémissement de douleur.

— Il n'y a aucun moyen de les arrêter ? questionna Sol. Il ne vous a pas montré comment vous protéger avant de partir ?

— Si. Par les Obligeances. Si nous nous rappelons nos Obligeances. Si nous les appliquons. Elles nous protégeront.

— Les Obligeances ? C'est tout ?

— Sol...

— Vous n'allez pas intervenir ? Même pas pour Dom ?

— Je t'ai déjà dit que...

— Les Obligeances n'ont aucun effet ! Sinon on n'en serait pas là. Regarde ce qui arrive à Dom. Il a plus d'Obligeances que n'importe qui, c'est toi qui me l'as affirmé le premier jour, protesta Sol. L'Entente, l'Indépendance, la Solitude, l'Amour, l'Espoir, l'Indulgence... et vos noms... ça ne nous aide pas ! Ce ne sont que des mots que le Directeur utilise pour vous contrôler. Il contrôle les Shucks, les cendres, vous tous, sans même avoir besoin d'être présent. On vous a lavé le cerveau !

— Tais-toi, Sol, cracha Merit. Tu ne connais rien aux Obligeances.

— Ni au Directeur, renchérit Concord.

— Je sais qu'il ne doit pas se soucier de vous tant que ça, riposta Sol dont la colère et l'inquiétude pour Dom alimentaient le courage.

— Retire ce que tu viens de dire ! cria Merit.

— Le Directeur nous protège, grogna Concord. C'est pour ça qu'il a dressé les Shucks à garder Ash House. Mais c'est une meute. Ils n'obéissent qu'à une seule personne. Quand le Directeur n'est pas là, c'est le Docteur. Ce qui arrive n'est pas la faute du Directeur.

— Mais qui nous protège du Docteur ? interrogea Sol.

— On se protège les uns les autres. Et on est plutôt doués. On aurait dû se débarrasser de toi quand on en a eu l'occasion, mais Dom voulait que tu restes parce qu'il voulait t'apprendre les Obligeances. On a accepté, mais j'aurais dû me douter que tu étais comme ce lapin dont Love s'occupe : un animal de compagnie que Dom veut garder alors qu'il vaudrait mieux le jeter aux Shucks. Si cette nuit nous démontre une chose, c'est que Dom s'est trompé sur ton compte. Tu n'as aucune Obligeance en toi.

— Cette histoire de chambre forte... on sait que tu as quelque chose à voir là-dedans, reprit Merit. Je me fiche de ce que Dom a raconté. Je me fiche que tu sois coincé dans un fauteuil. Je ne sais pas comment, mais je suis sûr que tu l'as forcé à le faire.

Merit et Concord le fusillaient du regard. Il tourna son fauteuil et découvrit que les autres le regardaient aussi.

Les garçons avancèrent petit à petit dans la pièce et Sol sentit les murs se rapprocher de lui, comme le jour de son arrivée. Il voulut rouler jusqu'à son lit mais Merit lui barrait la route.

— Je n'ai rien fait faire à Dom, insista Sol.

— C'est toi qui as amené le Docteur ici, rétorqua Merit. C'est toi qui avais besoin d'une opération.

— Et depuis ton arrivée, le Directeur ne nous téléphone plus, embraya Justice.

— Ce n'est pas ma faute, protesta Sol. Rien n'est ma faute.

—Dom ne reviendra peut-être jamais de la course avec les Shucks, reprit Justice. Alors qui s'occupera de toi ? Tout ce qu'on a fait, t'emmener au lac, te fabriquer ça (il donna un coup de pied dans le fauteuil roulant), on l'a fait parce que Dom nous l'a demandé. Mais il n'est pas là.

Les garçons refermèrent leur cercle autour de lui. Sol ne pouvait plus respirer. Il eut le réflexe d'appeler Dom, mais Justice avait raison : il ne le reverrait peut-être plus jamais après cette horrible nuit.

Il sentit le sol vaciller. Justice avait agrippé ses accoudoirs, lui rappelant qu'il était sans défense face à eux. La panique l'envahit.

— D'accord, oui, j'étais là-bas aussi ! Je suis entré dans le bureau du Directeur, mais uniquement parce qu'il le fallait. Et Dom ne m'a suivi que parce qu'il essayait de m'en empêcher !

Comment expliquer ce qui les avait amenés à se rendre dans le bureau, et qu'il n'avait jamais voulu cette course avec les Shucks ? Mais il se devait de parler. La culpabilité le rongeait. Ce que les Shucks feraient subir aux autres ce soir serait sa faute. S'il ne s'était pas mis en quête de la boîte à souvenirs, rien ne serait arrivé. Et même si Dom avait gardé le secret de ses douleurs quand il l'avait fallu, à présent il devait rompre sa promesse et révéler le secret de son ami.

Il bloqua les roues de son fauteuil pour empêcher Justice de le pousser vers la porte.

— Écoutez. Dom sait quelque chose. L'une des boîtes à souvenirs pourrait attirer de gros ennuis au Docteur. Elle pourrait peut-être même nous en débarrasser. Dom ne voulait pas aller la chercher parce qu'il refusait de voler le Directeur, mais c'était mon seul moyen d'échapper à une autre opération, donc j'y suis allé. Dom est venu pour m'en empêcher, et on a vu de la lumière dans la chambre du Docteur, alors on a dû partir, mais je vous jure – juré *craché* – qu'on n'a jamais voulu tout ça !

Après son explication embrouillée, Merit et Justice eurent l'air désorientés. Les autres garçons échangeaient des coups d'œil confus, et apeurés. Ils se tournèrent vers Concord qui avait pivoté de l'autre côté et ignorait le chahut.

— Qu'y a-t-il dans la boîte à souvenirs ? finit par demander Justice.

— Je ne sais pas exactement. Mais je crois que les oiseaux ont vu quelque chose que le Docteur veut cacher. Et Dom sait ce que ça pourrait être. La boîte est enfermée dans la chambre forte, mais il a trop peur pour la prendre.

— Est-ce que Dom a vu ce souvenir ? questionna Merit.

— Je… Eh bien, je ne sais pas. Il a dit que… je sais que ça paraît dingue… quelqu'un au-delà de la clôture lui en aurait parlé. Une fille.

Sol pria pour qu'ils le croient. Il reprit :

— Quoi qu'il en soit, si on arrive à mettre la main sur cette boîte, on pourrait avoir une preuve solide des mauvaises actions du Docteur.

Il observa chaque visage ébahi et, l'espace d'un instant, il oublia comment Ash House fonctionnait, et qu'il était censé en faire partie, parce qu'il ajouta :

— Ça pourrait être la clé pour nous sortir d'ici !

Le chaos éclata.

Justice se jeta sur lui mais fut poussé en même temps par les autres et tomba par terre. Quelqu'un renversa Sol de son fauteuil. Il tomba lourdement au sol et se fit mal à la jambe gauche, mais il n'eut pas le temps de réfléchir à ce que cela pouvait signifier, car Merit lui avait sauté dessus et le plaquait au sol sous les encouragements des garçons.

— Il veut nous enlever ! Il veut nous enlever ! hurlait la voix haut perchée de Wisdom.

— On ne le laissera pas faire, grogna Merit.

Sol tenta de se protéger le visage et le crâne de la pluie de coups. Il ne pouvait pas ramper, et encore moins courir.

Mais il n'en eut pas besoin.

— ÇA SUFFIT !

Tout s'arrêta. La voix de Concord les fit taire.

— Lâchez-le.

Les pieds s'éloignèrent, Sol se retrouva étalé par terre, seul. Merit fut le dernier à lui lâcher les bras et à s'écarter.

Concord se dressa au-dessus de lui. Un hématome s'épanouissait sur le côté lisse de son visage. Quelqu'un marmonna qu'il fallait donner une leçon à Sol.

Mais Concord murmura :

— Une fille derrière la clôture ?

Il passa les mains sous les bras de Sol et le déposa dans son fauteuil.

— Oui, répondit-il, hors d'haleine. C'est ça, le problème. Dom... enfin, il a parlé de Clem.

Chapitre 25

Dom

Dom décida de ne pas courir. Ce n'était pas la première fois qu'il se retrouvait seul sur le domaine au crépuscule, entouré d'ombres noires qui disparaissaient dès qu'il tournait la tête. Ce n'était pas non plus la première fois qu'un Shuck se promenait en liberté. Il appliqua les règles qu'ils avaient toujours suivies quand cela se produisait. Pas de mouvements brusques. Suivre les sentiers. Ne pas laisser son imagination divaguer.

Le vent terrible couvrait le bruit de ses pas sur le béton, sur le gravier puis le long du chemin boueux. Les lumières du dortoir disparurent derrière lui. Il se dirigea vers sa cabane.

Il s'efforça de garder les idées assez claires pour savoir où elle se trouvait ce soir-là, mais c'était difficile. Malgré lui, une pensée s'insinua dans son esprit : peut-être que les Shucks n'allaient pas venir. Ce n'était peut-être qu'un test très élaboré du Docteur. L'idée le perturba plus que n'importe quel grognement ou aboiement d'un Shuck sur ses talons.

Il prit une grande inspiration, visualisa la cabane dans son esprit. Elle était dans les herbes hautes, non loin d'un bosquet. Il mit un moment à reconnaître l'endroit. Puis, ça lui revint : c'était au nord de Ash House, vers le bout de l'allée. Il pressa le pas dans cette direction.

La cabane lui semblait être la seule oasis de sécurité au monde. De là, il pouvait voir presque tout le domaine, donc il verrait les Shucks arriver, *s'ils* arrivaient, et peut-être pourrait-il découvrir ce que fabriquait le Docteur.

Quand la petite forme sombre de la cabane se détacha dans les ténèbres, il se mit à courir. La porte claqua derrière lui, secouée par le vent, et l'ampoule clignota un instant avant de s'allumer. L'odeur humide de renfermé le rassura. Il s'imagina que c'était un jour comme les autres et alluma les écrans, qui se mirent à ronronner. Les yeux des oiseaux s'ouvrirent, projetant des lueurs grises dans la pièce.

Dom scruta d'abord les dortoirs. Les garçons regardaient par la vitre au bout. Sol se tenait près du lit de Concord. Les filles, elles, s'étaient rassemblées au milieu de leur pièce, autour de quelqu'un. Son estomac se noua. Ce devait être Mercy.

Oubliant le reste, il se perdit dans le monde en noir et blanc de Ash House. Il commença même à se détendre. Il vérifia chaque point de vue sans rien trouver qui sorte de l'ordinaire. Justice avait peut-être raison : les Shucks étaient fatigués. Ou alors le Docteur le testait autrement. Il pouvait mettre un terme à cette folie, retourner à la Maison et lui expliquer ce qui s'était passé. En refusant de participer à cette étrange chasse à l'homme, il le convaincrait peut-être de changer d'avis.

Cette idée s'ancra en lui avec tant de certitude qu'il se détourna des écrans et ouvrit la porte, laissant le vent hurlant balayer la cabane. Une lumière verte perçante luisait dans la nuit.

Le hurlement suivant ne provenait pas du vent.

Aucun oiseau ne surveillait la cabane. Ce n'était pas nécessaire. Seules quelques personnes à Ash House savaient comment la trouver. C'était pour cette raison que Dom n'avait pas vu le Shuck approcher.

Le flash de ses yeux verts suffit à le faire crier de surprise et refermer la porte. Une porte de bois branlante qui n'arrivait déjà pas à empêcher le froid d'entrer en hiver, alors un Shuck... Dom pesa de tout son poids dessus à la recherche d'un objet pour se barricader. Les écrans étaient hors d'atteinte. Il n'avait que les chaises, qui pourraient à peine ralentir la créature.

Comme s'il était au courant, le Shuck écrasa une énorme patte contre la porte.

Ses griffes attaquèrent le bois, certaines le traversèrent. Il émit un grognement de frustration.

Dom ne demanda pas son reste. Le second coup allait lui transpercer la tête. Il s'écarta d'un bond, vers les écrans. Le Shuck poussa, les gonds cédèrent et la porte s'ouvrit dans un craquement.

Dom attrapa l'un des écrans presque trop larges pour lui. Il tira de toutes ses forces, martyrisant ses muscles, et se retourna face au monstre.

La cabane sembla soudain minuscule. Les yeux du Shuck qui brillaient plus fort que l'ampoule laissaient des taches vertes dans son champ de vision. L'odeur âcre de sa fourrure emplit l'espace. Dom sentit ses bras trembler.

— Pourquoi fais-tu ça ? cria-t-il, plus implorant qu'héroïque.

Le monstre grogna de nouveau, découvrant des crocs taillés en pointe.

Il bondit, et Dom aussi. Brandissant l'écran, moitié bouclier, moitié matraque, il le jeta à la gueule de la bête. Le verre éclata et Dom fut projeté en arrière. Le Shuck gémit. Une main sur les côtes, à bout de souffle, Dom se releva tant bien que mal. La bête se lacérait la gueule et il comprit vite pourquoi : un morceau d'écran s'était logé dans son œil.

Il n'aurait pas su expliquer son envie irrépressible de rester pour aider la créature. Mais elle se débattait si bien qu'il n'aurait pas pu s'approcher. En revanche, elle bloquait l'unique issue.

Dom se cacha du mieux qu'il put derrière les autres écrans, inquiet à l'idée que les hurlements du Shuck n'attirent ses semblables. Il avait eu de la chance cette fois-ci, mais il ne pourrait pas en affronter trois d'un coup.

Le Shuck s'écrasait aveuglément contre les murs, les chaises et les écrans du bas. De nouveaux bris de verre tapissèrent le sol. Poussière et araignées malchanceuses pleuvaient du plafond. Les pattes meurtries, le monstre étalait son sang sur le sol à chaque mouvement, en gémissant de douleur. C'était insoutenable. Dom avait l'impression de pouvoir sentir la douleur de la créature dans son propre corps.

Avec un hurlement terrible, le Shuck donna un coup de tête dans le mur. La cabane gronda et pencha, coinçant Dom entre les écrans et le bureau. Il fallait qu'il sorte d'ici.

Il se faufila le long du mur en essayant d'oublier qu'il se rapprochait du Shuck, qui se jetait de tout son poids contre la cloison. Le bois céda, le toit tomba sur Dom et l'ensemble s'effondra comme un château de cartes. Dom s'élança en avant.

Il atterrit dans l'herbe. La terre froide, humide, lui sembla miraculeuse.

Il se protégea la tête au moment où un coin de la cabane s'écrasait par terre, l'atteignant à l'omoplate. Il poussa un cri et se dégagea des décombres. Sa chemise et sa peau se déchirèrent en même temps.

L'odeur de la bête était suffocante. Tenant son épaule blessée, Dom se leva. Le monstre se frottait furieusement la tête contre l'herbe. Sa fourrure noire était de plus en plus difficile à distinguer dans les ténèbres.

Une part de Dom aurait voulu rester avec lui, par compassion, culpabilité, ou pardon. Mais il ne pouvait ignorer les lueurs vertes qui venaient de la Maison. D'abord deux, puis quatre iris malveillants se dirigeaient vers lui.

Il s'élança en direction des bois.

Branches, feuilles et ronces défilaient de chaque côté. Dom courait, encore et encore, sans s'arrêter, sans savoir où il allait. Vers la clôture, lui semblait-il, en ligne droite, loin de la cabane et de la Maison. Il ne se retourna pas pour voir si les lumières vertes gagnaient du terrain.

Il ne s'extirpa de son état de transe qu'en glissant et en chutant dans le cours d'eau.

Il demeura là, à quatre pattes, haletant, avec la sensation des cailloux froids et pointus sous les paumes. L'eau était glacée, mais il s'en fichait. Il se mouilla le visage comme pour se réveiller d'un mauvais rêve. Ensuite il nettoya sa plaie palpitante à l'épaule.

Ici, les bourrasques mouraient aussi vite qu'elles apparaissaient. Sur la rive derrière lui, Dom ne distingua qu'un buisson de ronces emmêlées.

— Lève-toi, s'intima-t-il. Bouge.

Mais il ne lui restait plus un gramme d'énergie. Il se sentait en sécurité dans le ruisseau. Le quitter signifiait permettre à la traque de continuer. Il baissa la tête, les yeux clos, et laissa le vent lui ébouriffer les cheveux pendant un instant. Il n'arrivait pas à se débarrasser de la vision du Shuck avec le morceau de verre planté dans la figure. Il essaya de penser à autre chose.

Il n'y avait pas si longtemps que l'été avait disparu. Concord leur avait appris un nouveau jeu sur la pelouse devant la Maison. Les cendres déposées sur l'herbe avaient taché leurs pantalons. Ils avaient attrapé des coups de soleil. Ils avaient congelé du lait pour le manger à la cuillère au réfectoire. Ils avaient laissé la porte du dortoir ouverte durant la nuit pour écouter les hiboux se parler.

Un sanglot enfla dans ses poumons. Ainsi qu'un mot :

— Clem.

Il s'essuya le nez du revers de la main et réprima le sanglot suivant. La colère remplaça la nostalgie.

— CLEM !

Le nom lui écorcha la gorge. Il regarda autour de lui, désespérément, mais il n'y avait aucun signe de sa présence.

Depuis le départ du Directeur, tout ce qui comptait pour Dom s'effritait. Il se remémora les mauvaises choses qui étaient advenues durant ces trois ans – les heures interminables à surveiller l'allée sous la pluie, à se cacher du Docteur, à observer les oiseaux seul, sans personne à qui parler. Il se mit à ramasser des cailloux pour les jeter dans le courant. Il en trouva un long, fin, aiguisé. Il le retourna dans ses mains. Renifla à travers ses larmes. Et marqua une pause.

Puis il ferma les yeux, les rouvrit et fit volte-face.

Le Shuck était assis sur la rive, haletant. Le sang gouttait de son œil sur les feuilles mortes. On ne voyait ses crocs que parce que sa gueule béait. La créature l'avait observé pleurer dans le ruisseau.

— Pourquoi est-il parti ? lui chuchota Dom. Pourquoi ne revient-il pas ?

Une nouvelle crise de larmes l'étrangla.

— Pourquoi ne veut-il pas nous retrouver ?

Les mains sur le visage, il libéra ses sanglots. Quand ils se calmèrent, il regarda de nouveau le Shuck.

— Je suis Freedom.

Il s'exprimait d'une voix douce, dans l'espoir que le monstre reste calme et oublie qu'il était censé le pourchasser.

Il glissa la pierre longue et pointue dans sa poche. L'œil intact du Shuck ne le quittait pas.

— Je suis désolé pour ton œil. Mais c'est ce que tu as fait à Concord. Il a beaucoup d'Obligeances. Parfois. Je vais me lever maintenant.

Le Shuck ne réagit pas quand les cailloux du cours d'eau s'entrechoquèrent sous les pieds de Dom. L'eau froide coula le long de ses jambes. Ses chaussures pesaient lourd.

La fourrure de la bête ruisselait de sang. Elle respirait douloureusement et ne s'appuyait pas sur l'une de ses pattes avant.

— Le Directeur sera bientôt de retour, murmura Dom. Le Docteur va s'en aller. Je le sais. Et ça sera bien, n'est-ce pas ? Les choses ne seront plus si horribles.

Il ressentit le besoin irrépressible de caresser le Shuck, de le rassurer. Il avança avec prudence en dérapant sur les rochers trempés.

— On peut considérer que nous sommes quittes, d'accord ? demanda-t-il en posant un pied sur la rive. Dis au Docteur qu'on n'en veut pas de sa course Désobligeante. Va manger. Réchauffe-toi et sèche-toi. D'accord ?

Il tendit des doigts tremblants, d'une blancheur de diamant, contre la fourrure de l'animal. D'après ce qu'il savait, personne n'avait jamais caressé un Shuck. Le Directeur peut-être, mais aucun des enfants. Il serait le premier. Il rentrerait au dortoir et leur expliquerait qu'il n'y avait rien à craindre.

— Tu as mal ?

Sa main tremblait. La fourrure du Shuck avait l'air si douce, si attirante.

— Quelles que soient tes blessures, ne va pas chez le Docteur, plaisanta-t-il.

Le nom du Docteur agita le Shuck. Il émit un grondement sourd, mais le reste de son corps resta calme et immobile. Dom marqua une pause, la main toujours tendue. Puis il s'aperçut que ce n'était pas le Shuck qui avait grogné.

Du moins pas celui-ci.

Quatre étoiles vert vif apparurent au loin, dans les broussailles. Un rugissement enfla autour de lui.

— Je dois y aller, souffla-t-il.

Il s'élança à toute allure le long du cours d'eau, dans les confins de la forêt.

Chapitre 26

Sol

— Il ment, cracha Justice.

— Clem est partie. Dom le sait, insista Merit. Rien ne t'autorise à parler d'elle. Il fait ça juste pour nous embêter.

Il se retourna vers le dortoir pour que les autres le soutiennent.

— Ça ne peut pas être Clem. Ni personne d'autre. Il n'y a personne au-delà de la clôture, affirma Justice.

— Ce n'est pas ce que pense Dom, rétorqua Sol.

— Tu étais au courant ?

Ignorant Sol, Merit s'était tourné vers Concord, qui venait de se rasseoir sur son lit. Il pinçait les lèvres si fort qu'elles étaient livides. Il secoua la tête.

— Il faut qu'on parle aux filles, suggéra Justice.

— Personne ne sort tant que les Shucks sont en liberté, lança Concord.

— Mais si Clem avait réellement parlé de cette boîte à souvenirs à Dom ? intervint Wisdom. Enfin, avant. Est-ce que ça pourrait chasser le Docteur ?

— Ne sois pas bête ! Elle ne lui a rien dit, insista Merit.

— C'est sûr que non. Sol ment, parce que Clem est *morte* ! cria Justice par-dessus les autres.

Le mot étourdit Sol. Il porta la main à ses jumelles qui pesaient soudain lourd autour de son cou. Voilà pourquoi Libby n'avait pas voulu les lui donner. C'était tout ce qui restait de Clem.

Les garçons se mirent à crier en même temps. Concord n'allait peut-être pas s'interposer cette fois. Il avait l'air las et en piteux état. La dispute enfla, si bien que personne n'entendit les pas dans l'escalier jusqu'à ce qu'ils arrivent à la porte. C'était comme si un gong avait ordonné le silence. Puis :

— Dom ! s'écria Justice.

Les autres grognèrent de soulagement et Merit bondit par-dessus le lit de Concord pour ouvrir la porte.

Le Docteur avait l'air plus calme et impeccable que jamais ; seul un délicat réseau de veines rouges dans le blanc de ses yeux trahissait sa nervosité. Il parcourut l'allée centrale du dortoir en observant chaque espace entre les lits. Arrivé au bout, il fit demi-tour et traversa la salle de bains. Les autres attendirent une réaction de Concord, ou des ordres, mais il ne bougea pas. Il garda les yeux rivés sur le Docteur, comme un animal piégé observant son prédateur.

À la fin de son tour du dortoir, le Docteur s'arrêta pour les jauger. Certains garçons étaient encore essoufflés par leur dispute.

— Il est l'heure de se coucher, les garçons, déclara-t-il calmement.

D'abord, personne ne bougea. Puis, un par un, ils retournèrent à leurs lits.

Sol ne toucha pas aux roues de son fauteuil. Concord non plus ne fit pas un mouvement. En sortant, le Docteur s'arrêta près de son lit pour examiner ses pansements et les bleus sur son visage. Il sourit.

— Quel courage.

Il referma la porte derrière lui et ses pas disparurent dans le vent. Dans le silence du dortoir, Concord hurla de fureur et pencha la tête entre ses genoux.

— Est-ce que ça va ? demanda Sol.

Concord poussa un soupir puis fit signe que oui.

— Pourquoi est-il venu ?

— Je crois qu'il cherchait Dom, répondit Concord. C'est la première bonne nouvelle depuis un bout de temps.

— Tu crois qu'il a perdu sa trace ? En quoi c'est une bonne nouvelle ?

Concord eut l'air de faire de gros efforts pour lever la tête.

— Parce que s'il ne sait pas où il se trouve, c'est qu'il n'a pas le contrôle de la situation.

L'attente faillit rendre Sol fou. Combien de temps allait-il encore tenir allongé dans son lit, les yeux sur la canopée, sans savoir où était Dom, ni s'il allait bien ? Il avait un million de questions à lui poser. Où avait-il réellement entendu parler de cette fameuse boîte à souvenirs ? Et est-ce que ça suffirait pour forcer le Docteur à les laisser tranquilles ?

Le silence régnait depuis quelque temps quand Sol perçut un grincement près de la porte. Concord s'était levé et avançait dans l'allée. Pendant un instant, Sol crut qu'il venait lui parler parce qu'il s'était arrêté près de son lit, mais au lieu de cela, Concord s'allongea sur le matelas de Dom et se blottit dans les couvertures. Il était si proche que Sol aurait pu toucher ses cheveux transparents en tendant le bras.

— J'espère qu'il va bien, murmura Concord.

Sans savoir à qui il s'adressait, Sol cala sa joue sur son bras et le regarda. Prudemment, il posa la question qui avait été sa seule source d'espoir :

— Est-ce que... Tu crois que la théorie de Dom est juste ? Il pourrait exister une boîte à souvenirs qui fasse peur au Docteur ?

— Je ne sais pas. Je ne sais pas ce qui passe par la tête de Dom depuis... eh bien, depuis ton arrivée. Et maintenant, cette histoire avec Clem. Dom ne me parle jamais d'elle.

Sol n'aurait pas cru éprouver un jour de la compassion pour Concord, mais le voir ainsi lové dans le lit de Dom, à se poser des questions sur sa plus vieille et plus importante amitié, le visage meurtri, lui donna envie de lui tapoter l'épaule et de lui dire que tout irait bien, même s'il devenait évident que c'était faux.

— Concord, est-ce que Clem est vraiment morte ?

— Oui.

— Alors tu penses que Dom s'imagine des choses ?

— C'est forcément le cas.

— Mais Dom répète toujours que Ash House est capable d'accomplir des miracles.

— Et toi, qu'est-ce que tu crois ?

Il repensa à la nuit où il avait flotté dans le lac, aux cendres illuminées et à ses nouveaux amis autour de lui. Le premier réveil le lendemain, sans ressentir aucune douleur, ni aucune peur. Les cendres l'avaient émerveillé... mais rien ne pouvait ramener les morts.

— Je ne sais plus quoi penser. Peut-être... Dom ne serait pas d'accord, mais ce ne sont peut-être pas les cendres. Peut-être que *nous*, nous pourrions accomplir quelque chose d'extraordinaire.

Sans répondre, Concord soupira et tourna la tête sur l'oreiller de Dom. Puis il tâtonna en dessous, et sortit un papier plié en deux.

— Qu'est-ce que c'est ? s'étonna Sol.

— Aucune idée.

Concord le déplia et regarda l'image comme s'il essayait de la graver dans son esprit, avant de la lui tendre.

— Oh !

— Tu l'as déjà vue ? demanda Concord.

— Oui. Ça vient du bureau du Directeur. Dom a dû la prendre quand il est venu m'empêcher d'entrer dans la chambre forte.

Sol passa le doigt sur le pli de la photo. C'était celle qui trônait sur le bureau du Directeur. Dessus, ils étaient jeunes, souriants, malgré la présence du Docteur à leurs côtés.

Concord lui reprit la photo et la serra contre lui.

— À quoi pensait-il ? s'interrogea Sol. Si le Docteur avait découvert...

— Voler le Directeur est une Désobligeance, marmonna Concord. Mais regarde... on était si petits. Il y a Clem, regarde ! Sol, il faut que tu comprennes à quel point Dom aime le Directeur.

— Quel est le rapport avec ça ?

— Ça fait trois ans. Si tu avais l'occasion d'emporter un souvenir pour te rappeler quelqu'un que tu aimes, tu le ferais toi aussi. Si c'était ce truc de « parent » dont tu as parlé ?

— Qu'est-ce que tu racontes ?

— C'est juste que je comprends pourquoi Dom a voulu garder une photo du Directeur. Ce qui est triste, c'est qu'à mon avis, on le voudrait tous, si on en avait la possibilité.

Sol se pencha pour observer avec attention la photo qui dépassait des mains de Concord. Il avait encore du sang marron incrusté dans la peau.

Un voile de terreur se drapa autour de lui quand la question se forma dans son esprit.

— Euh… pourquoi tu dis que c'est une photo du Directeur ?

— Je le vois à son expression, répondit Concord en touchant le visage souriant du bout du doigt. Il est différent quand il devient le Docteur.

Chapitre 27

Dom

Dans sa course effrénée, Dom sentait avec certitude l'haleine des Shucks derrière lui, mais chaque fois qu'il faisait volte-face, il ne voyait que les lumières vertes qui flottaient dans la forêt obscure. Ils ne gagnaient pas de terrain, cependant, ils restaient assez près pour qu'il les voie en permanence. Ils zigzaguaient entre les arbres, s'éloignaient parfois, mais revenaient à la charge dès qu'il ralentissait. D'après ce que comprenait Dom, celui qui était blessé ne les avait pas suivis. Il y en avait deux, un plus svelte et plus rapide que le premier, et l'autre bien plus gros. Ils n'étaient pas fatigués, et encore moins blessés.

Ses pieds martelaient le fond du cours d'eau en direction du lac. Il essayait de réfléchir dans la panique. Le lac se trouvait au milieu de la forêt. Il devait le dépasser, sortir du bois, remonter l'allée et contourner les jardins devant la Maison avant de pouvoir retourner à l'arrière-cour. Autant faire le tour de la lune. Il n'avait pas la forme physique nécessaire pour garder ce rythme, et son épaule et ses côtes ne cessaient de lui rappeler ce qui était arrivé à la cabane.

Le ruisseau s'élargit et le courant s'intensifia. Au-dessus, le vrombissement des oiseaux le suivait. Une racine couverte de vase lui bloqua le pied et il dut se débarrasser de sa chaussure. Il en profita pour retirer l'autre. Elles étaient lourdes et le ralentissaient. Il remonta sur la terre ferme pour courir dans la boue et ne pas s'entailler les pieds sur les cailloux. Derrière lui, un Shuck bondit sur l'une de ses chaussures et la mit en pièces.

Puis, la bête leva la tête et leurs regards se croisèrent. Elle se remit en mouvement. Concord avait raison : elle essayait de le piéger.

Il poursuivit son chemin tant bien que mal jusqu'à ce que les arbres s'écartent pour révéler le lac. L'eau refléta la lueur verte qui brillait encore dans la forêt. Il n'avait pas le choix. Il plongea.

Il avait de l'eau jusqu'à la taille quand les Shucks atteignirent la rive. Ils apparurent à la lisière de la forêt sans se presser maintenant qu'ils l'avaient en ligne de mire. L'un d'eux poussa un hurlement à glacer le sang, l'autre plongea. Les cendres posées à la surface du lac tapissèrent sa fourrure noire. Dom pataugea en éclaboussant les alentours pour s'éloigner.

L'eau lui arrivait à la poitrine à présent, mais son instinct de s'immerger avait été le bon. Le Shuck était plus lent dans l'eau et devait agiter ses énormes pattes pour rester à la surface. Dom avançait aussi vite qu'il le pouvait, nageant et marchant à la fois, cependant, le temps gagné ne suffisait pas. Il entendit le grognement derrière lui, comme le tonnerre au-dessus d'un tremblement de terre.

Il vit passer devant ses yeux le dos meurtri et ensanglanté de Concord. Il se retourna face au Shuck.

Sa gueule s'ouvrait et se refermait à une vitesse terrifiante. En hurlant, Dom se protégea le visage et sentit les crocs se planter dans son avant-bras. Il cria de plus belle mais il faisait si froid que la douleur ne l'assaillit pas immédiatement.

Il se débattit en éclaboussant dans toutes les directions. Le Shuck tenait bon. Dom essaya de lui asséner des coups de poing de sa main libre. Puis il l'enfonça dans sa poche, d'où il sortit la pierre pointue. Il s'y agrippa et, de toutes ses forces, visa la truffe du Shuck. Le monstre gémit et lâcha prise juste assez longtemps pour lui permettre de se libérer et nager à l'écart.

L'autre Shuck était entré dans l'eau et lui barrait la route du côté opposé. Encerclé, Dom décida de nager aussi vite que ses forces le lui permettaient jusqu'au bout du lac, près de la Vigie. Il pourrait escalader les rochers, et puis traverser le reste de la forêt à pied, tant qu'il ne perdait pas trop de sang. Son bras commençait à le lancer et il avait conscience que la blessure était plus grave qu'il n'y paraissait.

Il n'osa jeter un coup d'œil vers les bêtes qu'après avoir atteint les rochers. Celui qu'il avait frappé avec la pierre était sorti de l'eau et s'ébrouait sur la rive. L'autre se dirigeait vers lui, semblable à une créature marine menaçante, sa fourrure d'encre ondulant comme des algues.

Dom n'avait plus de force dans son bras, ni dans son épaule blessée. Il ramassa un peu de cendre poudreuse à la surface du lac qu'il frotta sur la plaie dans l'espoir de cicatriser. Puis, serrant les dents, il se hissa hors de l'eau, juste au moment où le Shuck arrivait à sa hauteur en claquant des mâchoires. Il se mit à escalader les roches à l'aide de son bras valide.

Incapable de grimper à sa suite, le Shuck grondait furieusement en dessous. Dom se retourna sans apercevoir le second monstre. Peut-être était-il tapi sous les arbres pour lécher sa blessure. Cette pensée lui donna la force de se hisser jusqu'au rocher plat au sommet de la Vigie.

Il s'y allongea, hors d'haleine. Trempé, il n'aurait su dire ce qui était de l'eau et ce qui était du sang. Si seulement il pouvait rester là. En bas, le monstre griffait toujours le rocher pour tenter de monter.

Le bras replié contre la poitrine, Dom se leva et entama sa descente de l'autre côté de la Vigie, en dérapant sur les graviers. Certains cailloux vacillaient et roulaient dès qu'il posait le pied dessus, l'obligeant à progresser avec prudence. Çà et là, il distinguait des espaces béants entre les grands rochers. Quelque part en dessous, de l'eau ruisselait, et le froid le faisait frissonner si fort que son épaule criait pitié.

Il arrivait presque en bas, sans lâcher la pierre dont il s'était servi pour repousser le Shuck, quand il posa par mégarde le pied sur un rocher plus gros que sa tête qui roula jusqu'à terre avec fracas.

La terre gronda en retour.

Dom se figea.

La lueur verte apparut : deux sphères dans les ténèbres, à quelques mètres de lui, qui l'attendaient patiemment, à l'affût.

— Non ! cria-t-il. Laisse-moi tranquille ! S'il te plaît, s'il te plaît, s'il te plaît, va-t'en et laisse-moi tranquille !

Le Shuck bondit.

Dom sauta en arrière, échappant de justesse à ses crocs. Les rochers s'écroulèrent autour de lui. Le monde vacilla. Il crut qu'il allait s'évanouir et rester inanimé par terre tandis que les Shucks le dévoreraient.

Mais la sensation persista. Il était en train de chuter. Le grand rocher sur lequel il se tenait quelques secondes plus tôt avait disparu. La terre l'engloutissait. Il ne tomba pas de très haut, mais le choc lui coupa le souffle. Il toussa et hoqueta avant de pouvoir respirer à nouveau.

Quelque chose lui gouttait sur le visage. Il tressaillit, s'essuya, pensant que c'était la salive du Shuck. Mais en ouvrant les paupières il s'aperçut que ce n'était que de l'eau.

Il était allongé sur la terre ferme avec, au-dessus de lui, de la roche humide. Le bruit du cours d'eau emplissait la petite grotte en dégoulinant sur les rochers, tranquillement, jusqu'au lac.

Dom se redressa en grimaçant de douleur. Un flash vert se refléta sur sa main. Il leva la tête. Le trou par lequel il était tombé était obstrué par d'autres rochers. Au-dessus, le Shuck reniflait et grattait tant qu'il pouvait, mais sans succès.

Il était seul, piégé, et enfin en sécurité. Alors, il se rallongea sur le dos et son rire se mêla au tintement de l'eau sur la roche.

Chapitre 28

Sol

— Reviens ! cria Concord. Sol ! Solitude ! Je *t'interdis* de sortir.

— Que se passe-t-il ?

La tête de Libby apparut à l'une des vitres du bas. Sol, qui se traînait dans l'escalier métallique en tirant son fauteuil avec lui, se trouva pris en étau entre elle et Concord qui lui hurlait dessus depuis l'étage.

— Je vais chercher Dom ! leur cria-t-il à tous les deux.

— Sol, que s'est-il passé ? demanda Libby. Quoi que Cord ait pu te raconter, ignore-le. C'est trop dangereux de sortir.

À leur tour, les visages des autres filles apparurent aux vitres.

— Il m'a dit la vérité, rétorqua Sol en se cognant à chaque marche, encombré par son fauteuil. Sur le Docteur et le Directeur. C'est la même personne !

— Ce n'est pas la même personne, répondit Libby, perplexe.

— Le même corps, alors ! hurla Sol. La façon de le dire n'a aucune importance.

— On croyait que tu avais compris, déclara Concord derrière lui. Où vas-tu ?

— Je vais chercher Dom et je vais l'emmener loin, très loin d'ici.

— Calme-toi, Sol, implora Libby alors qu'il atteignait presque le rez-de-chaussée. Le Docteur va bientôt redevenir le Directeur. Un jour. En attendant, nous devons faire ce qu'on nous ordonne et éviter de le mettre en colère.

— Trois ans ! lui hurla Sol. Il n'est pas redevenu votre Directeur depuis trois ans ! Et il y aura toujours le risque qu'il change à nouveau.

— Que veux-tu que nous fassions ? Si nous faisons du mal au Docteur, nous faisons du mal au Directeur. Nous devons accepter sa Désobligeance comme son Obligeance. S'il te plaît, remonte à l'étage.

— Je ferme cette porte ! cria Concord. Ne pense même pas à revenir, si tu ne te transformes pas en chair à Shuck !

Sol les ignora. En remontant sur son fauteuil il essaya de se remémorer chaque conversation, chaque détail depuis son arrivée à Ash House. Aurait-il pu le deviner ? Quelqu'un le lui aurait-il dévoilé ?

Quoi qu'en dise Concord, ils savaient tous très bien qu'il n'avait pas fait le lien. Comment aurait-il pu ? La folie du Docteur était bien plus profonde et plus effrayante qu'il ne se l'était imaginé.

Son fauteuil était humide à cause du froid. Le vent soufflait dans les volutes de fumée qui s'élevaient de la Maison où les lumières de l'étage étaient allumées et où le Docteur attendait le retour de Dom. La porte du dortoir claqua. Sol sentit sa confiance l'abandonner. Comment allait-il retrouver Dom et s'échapper, coincé dans ce fauteuil ? Et même s'il parvenait à trouver son ami, le Docteur les arrêterait et il serait incapable de riposter. Les autres l'accuseraient de s'en prendre à leur précieux Directeur. On le rejetterait. Encore. Il avait besoin de Dom. Il avait besoin de cette boîte à souvenirs. Ensuite, s'il ne mourait pas entre-temps, il quitterait Ash House pour de bon.

Chercher Dom sur le domaine dans le noir alors qu'il était parti depuis des heures serait ardu, mais Sol savait où il se cacherait à sa place.

Il ferma les yeux, se représenta la cabane dans son esprit et observa les arbres et les herbes qui l'entouraient pour s'orienter. Il se mit en route.

Il crut qu'il n'avait pas bien visualisé la cabane. Elle aurait dû se trouver là, mais sa forme n'émergea pas de l'obscurité. En s'approchant, il entendit un drôle de craquement et baissa les yeux : son fauteuil roulait sur des bris de verre. La cabane était bel et bien à cet endroit, ou du moins ce qu'il en restait.

Les murs et le toit étaient fracassés comme si une tornade était passée par là. Les écrans gisaient un peu partout, certains fissurés, d'autres complètement éclatés. Quelques-uns continuaient de projeter une faible lueur sur l'herbe.

— Dom ? appela-t-il aussi fort que son courage le lui permettait.

Il s'approcha encore des décombres, terrorisé à l'idée de découvrir un bras ou une jambe en dessous. De profondes marques de griffures lacéraient le bois. Quelques planches grinçaient dans le vent.

— Dom ? répéta-t-il une dernière fois, sentant tout espoir le quitter.

Dom ne tiendrait pas longtemps face à une créature capable de débiter une cabane entière en petit bois.

Il appuya les poings contre ses yeux pour ne plus être témoin de ce désastre. Il ne pouvait pas faire demi-tour, le Docteur le terrifiait plus que jamais, et il ne pouvait pas laisser Dom errer seul dehors. Cette idée lui était insupportable. Quand il rouvrit les yeux, des taches violacées troublaient sa vision. L'un des moniteurs brillait encore sans conviction dans le noir. Renversé sur le côté, il montrait une vue de la forêt.

Sol pencha la tête. Sans savoir où il se situait, il connaissait ce lieu. Il se remémora la première fois que Dom l'avait amené à la cabane, et leur dispute alors. Quand Dom était parti, il avait aperçu Libby à cet endroit. Elle était apparue de nulle part. À l'époque, il n'en avait rien pensé, pourtant maintenant, cela l'interpellait. Il aurait dû se soucier en priorité des Shucks, de Dom, et du Directeur piégé à l'intérieur du Docteur, mais... Quand il avait découvert la maladie du Docteur, c'était comme si les pièces d'un puzzle qu'il aurait dû comprendre depuis longtemps s'étaient enfin emboîtées. Et il éprouvait la même sensation à présent.

Libby qui se matérialisait dans les bois. Mercy qui courait plus vite que les Shucks, alors que Concord lui-même leur avait échappé de justesse. Le jour où Libby l'avait emmené nourrir les Shucks enfermés sous la Maison, et leur façon d'apparaître de nulle part, comme la nuit au lac.

Sol se prit à chuchoter ce que Libby lui avait dit ce jour-là :

— *Il y a des moyens de se déplacer autour de la Maison.*

Ses paumes étaient couvertes d'ampoules quand il arriva au dortoir. La porte des garçons resta fermée, mais les filles l'entendirent et leurs visages apparurent aux vitres comme si elles étaient sous l'eau.

— Libby ! appela-t-il.

Elle se trouvait là, les yeux cernés, les cheveux ramassés avec une barrette sur la tête.

— Tu es revenu, constata-t-elle, visiblement soulagée.

— Il faut que je te parle. Que je vous parle à toutes. Maintenant.

— D'accord, mais fais vite… tu devrais être à l'intérieur.

Libby disparut un instant et réapparut quelques mètres au-dessus, passant la tête par la fenêtre. À travers la vitre trouble, Sol distingua qu'elle était montée sur un lit.

— Qu'y a-t-il ? demanda-t-elle.

— Non, pas comme ça.

Sol roula jusque devant l'entrée du dortoir.

— Le Docteur vient de sortir. Il pourrait être de retour à tout moment ! l'avertit Libby.

— Laisse-moi entrer, insista Sol d'une voix forte.

La porte de verre était obstruée par un amas de lierre grimpant.

— Tu sais que tu n'as pas le droit.

— Je m'en fiche. Laisse-moi entrer.

La porte s'entrebâilla sur une partie du visage de Libby.

— Tu ne peux pas entrer. Dis-moi ce que tu veux.

Malgré ses mains à vif, Sol empoigna ses roues et jeta son fauteuil contre la porte. Il parvint à passer un bras dans l'ouverture. Quelques filles derrière Libby crièrent d'indignation.

— Sol, recule ! Qu'est-ce que tu fais ?

— Que se passe-t-il ? cria la voix de Concord depuis l'étage.

— Il essaie d'entrer !

Elle tenta de refermer la porte mais Sol tint bon.

— Concord, descends ! s'écria Sol.

Il y eut une pause. Concord hésitait, toujours perclus de douleur, choqué de recevoir un ordre, mais également désireux d'aider Libby contre l'attitude Désobligeante de Sol. Pour finir, ils entendirent des pas discrets dans la cage métallique.

Concord tourna à l'angle et les découvrit en train de lutter à la porte.

— Nous n'avons pas le droit d'entrer ! Pourquoi insistes-tu pour commettre chaque Désobligeance…

— Elles peuvent sauver Dom ! lui hurla Sol.

Concord se tut, les mains immobiles sur les accoudoirs du fauteuil.

— Quoi ?

— Vous le pouvez, n'est-ce pas ?

Libby affichait une expression furieuse et prudente.

— Lib ? demanda Concord. De quoi parle-t-il ?

— Les filles peuvent se déplacer sur le domaine, affirma Sol. Je ne sais pas comment, mais elles le peuvent.

Les yeux gris de Libby scrutèrent les garçons tour à tour. Puis, avec un soupir, elle relâcha la pression sur le bras de Sol et entrouvrit la porte. Les filles se tenaient derrière elle, prêtes à se battre.

— Si je pouvais aider Dom, je le ferais, déclara-t-elle.

— Non, pas du tout ! insista Sol avant de se tourner vers Concord. On est censés se battre ensemble, mais elles gardent des secrets. Dom aussi gardait des secrets, des secrets importants. Il faut le retrouver et il *faut* aller chercher cette boîte à souvenirs.

— Est-ce que ces souvenirs ramèneront le Directeur ? demanda Concord d'une voix monotone et sans espoir.

— Euh… sincèrement ? Non. C'est pour ça que Dom était si hésitant. Ils n'auront de valeur que si nous les portons à l'extérieur. Au-delà de la clôture.

Libby et Concord échangèrent un regard écarquillé qui trahissait leur terreur.

— Quitter Ash House ? souffla Libby.

Sol hocha la tête.

— C'est ce que je voulais faire. Dom m'en a empêché.

— Tu sais ce qui se passe quand on franchit la clôture ? interrogea Concord avec gravité.

— Je connais les histoires. Ça ne signifie pas qu'elles sont vraies.

— Tu es complètement fou.

— J'ai raison. Mais je ne peux pas le faire tout seul. Libby, tu dois nous dire comment vous vous déplacez dans Ash House.

Elle affichait une expression indéchiffrable. Les autres filles l'observaient pour prévoir sa réaction.

— Lib, murmura Sincerity. Ne fais pas ça…

Soudain, Libby s'écarta et ouvrit grand la porte.

Le dortoir des filles était différent de celui des garçons. L'étage était lumineux, vivant, le soleil et la lune se mouvaient sans cesse à travers le feuillage. En bas, les ombres régnaient.

Il n'y avait pas de sol à proprement parler, mais un doux tapis de mousse. Les lits étaient disposés en cercle. La salle de bains, placée juste sous celle des garçons, était à peine visible, cachée derrière un rideau de lianes et de plantes grimpantes.

Concord poussa le fauteuil de Sol dans la pièce tandis qu'il soufflait sur ses paumes endolories. Libby leur indiqua le centre et les filles s'assirent au bout de leurs lits. Tout près de Sol, Love tenait son lapin dans ses bras. À côté d'elle, Sincerity, la partenaire de corvée de Merit avec qui elle remontait l'allée chaque jour, taillait un bâton qui semblait trop pourri pour transpercer quoi que ce soit. Honesty et Happiness entouraient une Mercy pâle, frissonnante et en sueur. Elles avaient disposé un récipient d'eau à leurs pieds avec des linges ensanglantés et d'autres propres.

Elles parlaient comme si les garçons n'étaient pas là.

— C'est nous qui avons été obligées d'emménager en bas, grommelait Sincerity. Ce qui est en bas est à nous, pas à eux.

— Mais si on aide Mercy et pas Dom...

Honesty ne savait pas comment terminer sa phrase.

— C'est *lui* qui est tombé malade et a fait venir le Docteur, s'indigna Love en pointant un doigt accusateur sur Sol. C'est sa faute. Laissons-le se débrouiller. Ne nous entraîne pas là-dedans.

— On est déjà dedans, répondit calmement Libby. Il suffirait que l'une de nous tombe malade pour amener le Docteur ici.

— Elle a raison, confirma Mercy.

Sol remarqua un bandage autour des doigts de sa main droite, comme s'ils étaient cassés.

— On va toutes devoir affronter les Shucks. Même si Dom a laissé tomber Clem, on devrait l'aider.

— Qu'est-ce que ça signifie, ça ? demanda Sol.

Les filles échangèrent des regards gênés.

— Ça signifie quoi, « Dom a laissé tomber Clem » ? insista-t-il.

— Aucune importance, intervint Concord.

— C'est entre nous, renchérit Libby.

— Et ce n'est pas le moment de...

— Non ! coupa Sol. Ça suffit. Les secrets, les mensonges, les « Oh ! mais on croyait que tu le savais ». Si on décide d'aider Dom ensemble, il faut être honnêtes les uns envers les autres. Et ça commence par dire la vérité au sujet du Docteur.

Il s'avança et tourna son fauteuil pour regarder Libby et Concord.

— Qu'est-il arrivé à Clem ?

Concord prit une grande inspiration.

— D'accord. Je vais te raconter.

— Hors de question ! s'exclama Libby, dont les filles guettaient la moindre réaction. C'est moi qui raconte.

Une main levée, Concord battit en retraite.

— Avant on... on dormait tous là-haut. Garçons et filles. Mais en grandissant, le Directeur nous a fait descendre. Selon lui, on était trop vieilles pour partager une chambre avec les garçons, il nous fallait notre propre espace. Clem n'était pas d'accord. Elle parlait fort. Elle faisait plus de bruit que n'importe qui. On l'entendait arriver de loin.

Un sourire se dessina sur les lèvres de Libby à l'évocation du souvenir. Elle s'adressa à Concord :

— Tu te rappelles qu'elle perdait sans arrêt quand on jouait à cache-cache ? On t'entendait lui dire de se taire à l'autre bout du terrain. Vous étiez toujours ensemble.

Concord eut un hochement de tête raide et baissa les yeux sur ses pieds. Libby aussi, tandis que le souvenir s'estompait, remplacé par une tristesse qui fit presque regretter à Sol d'avoir voulu connaître l'histoire.

— Elle parlait dans son sommeil aussi, elle marmonnait ou racontait n'importe quoi. Ça a empiré quand on s'est installées en bas. Elle avait des sortes de terreurs nocturnes. Des cris, des tremblements, des larmes. C'était horrible. Et puis le Docteur est arrivé et, une nuit, il l'a entendue. Il est reparti. On surveillait son retour, au cas où il tenterait quelque chose. On avait prévu de la cacher. C'est Dom qui devait monter la garde. Sauf qu'il n'observait pas les oiseaux quand le Docteur est revenu avec un nouveau somnifère qui allait lui faire du bien, disait-il, et… et…

— Il est allé la voir. Elle ne s'est jamais réveillée, termina Concord à sa place.

Libby s'essuya les yeux.

— Je suis désolé, murmura Sol. Vraiment. Mais… ce n'est pas juste de reprocher ça à Dom.

— Mais c'est sa faute ! insista Libby. Tu ne comprends pas ? Dom aurait dû voir le Docteur quand il est allé chercher Clem. On savait que le Docteur faisait n'importe quoi. Regarde le visage de Cord ! Dom aurait dû essayer de l'arrêter. Mais il n'a rien fait. Toi, tu viens juste d'arriver, pourtant il était prêt à te protéger ! C'est Clem qui devrait être là, pas toi !

Sa voix sonnait forte et sèche malgré les larmes qui coulaient sur ses joues. Sol fut étonné de ne ressentir aucune culpabilité, ni aucune colère. Au lieu de ça, il comprenait enfin, pour la première fois.

— C'est la faute du Docteur. Personne d'autre. Pas la vôtre, pas celle de Dom, pas même celle du Directeur. Écoutez, je crois que Dom avait une idée, un plan. Mais il avait trop peur pour le mettre en œuvre. Il a compris qu'à moins de trouver la boîte à souvenirs, la *dernière* boîte à souvenirs de Clem, le Docteur continuerait ses agissements. Il nous faut une preuve. Une preuve que vous étiez là, que le Docteur a fait ce qu'il a fait, que... que quelqu'un est mort à cause de lui. Croyez-moi, à l'extérieur, personne ne nous aidera sans ça.

— Quelle boîte à souvenirs ? voulut savoir Honesty.

Sol raconta l'histoire du mieux qu'il put : la promesse que lui avait faite Dom après son opération ; la personne qui, croyait-il, vivait au-delà de la clôture et lui parlait ; l'idée qui, d'après lui, venait de Clem.

— Je sais que ça paraît dingue, conclut-il. Mais d'où que vienne cette idée, elle se tient.

— Il l'imagine, c'est tout, lança Love en serrant son lapin contre elle.

— Exactement, intervint soudain Concord. Il imagine ce qu'elle dirait si elle était là. Si Clem était là, que nous conseillerait-elle de faire ?

Libby baissa les yeux et hocha la tête.

— D'accord.

— D'accord quoi ? demanda Sol.

— Je vais te montrer. Je vais t'aider.

— Il faut que tu sois sûre de toi, reprit Concord. Parce qu'il parle de quitter la Maison.

— Cet endroit n'est plus notre maison depuis que le Directeur est parti il y a trois ans, répliqua-t-elle. Elle pourrait le redevenir. Maintenant écartez-vous.

Concord tira le fauteuil de Sol vers lui. Libby entra dans le cercle de lits et se pencha. Quelques filles ronchonnèrent, mais personne ne tenta de l'arrêter.

Elle se releva en soulevant un coin du tapis de mousse, puis elle tira.

Ils se tenaient à l'entrée d'un tunnel qui descendait dans les profondeurs, aux parois tapissées des cendres les plus noires que Sol avait vues de sa vie.

Chapitre 29

Sol

Sol protesta quand Concord voulut le soulever de son fauteuil, mais le garçon insista.

— Ça va nous ralentir si on doit partir vite. Rappelle-toi, le Docteur pourrait remarquer notre absence d'une minute à l'autre.

— Si tu attends que mes jambes se remettent soudain à fonctionner…

— Écoute, on fait comme ça, coupa Concord en s'agenouillant dos à lui. Accroche-toi à mon cou.

Il s'exécuta avec hésitation. Concord le souleva sans difficulté. Malgré ses jambes qui pendaient bizarrement, retenues par les coudes de Concord, Sol s'accrocha sur son dos.

— Vous êtes prêts ? lança Libby à l'entrée du tunnel.

Amity lui avait apporté une lampe torche et des outils pour crocheter les serrures.

— Allons-y, dit Sol.

Ash House était devenue une créature qui les dévorait vivants. Le tunnel n'était pas très profond, mais quand les filles recouvrirent l'entrée derrière eux, les ténèbres les engloutirent. Ne subsistait que le faisceau jaune de la lampe de Libby pour les guider. Elle semblait confiante et détendue, au contraire de Concord, qui ne fit même pas remarquer à Sol que ses bras étaient un peu trop serrés autour de son cou.

— Pourquoi vous ne nous avez jamais parlé de ce tunnel ? murmura-t-il à Libby.

— On y a pensé. Au début, c'était amusant d'avoir un secret. On voulait vous faire des farces. Mais ensuite, le Docteur est arrivé, et Clem... au bout d'un moment, on n'a plus eu envie.

— Où mène-t-il ? demanda Sol.

— Partout. À la Maison. Au lac. Beaucoup de tunnels ont des entrées dans divers endroits de la forêt.

— Il y en a plusieurs ?

— C'est un réseau, expliqua-t-elle. Ça nous a pris des mois pour en tracer la carte. Il y en a encore d'anciens que nous ne connaissons pas bien. Certains sont effondrés, inondés, ou alors tournent en rond.

— Est-ce que le Docteur les utilise ?

— On ne sait pas trop. Le Directeur a construit Ash House, donc il doit être au courant, mais on ne l'a jamais vu s'en servir. Il ne sait pas qu'on les a trouvés, et c'est aussi bien. On essaie de ne pas les emprunter trop souvent quand il est là, pour ne pas éveiller ses soupçons.

Sol s'imagina les tunnels comme une toile de veines noires courant sous Ash House. Il y régnait une odeur de terre, de fumée et d'eau croupie. Il gardait les yeux sur la lueur jaune, apercevant de temps à autre des trous dans les parois, là où le tunnel bifurquait ou se divisait. Libby progressait d'un pas rapide à travers le labyrinthe. Sans elle, Concord et lui seraient perdus. Et sans eux deux, Sol serait purement et simplement coincé...

Libby fit une halte soudaine.

— Qu'y a-t-il ? souffla Concord.

— On y est.

Dans l'obscurité la plus implacable, Sol n'observa aucun signe d'une porte.

— Où ça, au juste ?

— Voilà le problème.

Libby fit volte-face, projetant la lumière dans leurs yeux sans prévenir.

— Il n'y a qu'un seul tunnel qui débouche dans la Maison.

— Très bien, acquiesça Concord.

— Il passe par le chenil des Shucks.

— Oh, non. Hors de question. Je n'entre pas là-dedans.

— Mais ils sont à la poursuite de Dom, intervint Sol. Ils ne sont pas là, hein ?

— Tout à fait. Et c'est sous terre, donc si on ne fait pas de bruit, le Docteur n'aura aucune idée de notre présence. C'est l'entrée idéale.

Libby se retourna et s'accroupit. Elle força sur quelque chose un instant avant de se relever pour éclairer ce qui ressemblait à une lucarne basse dans le mur.

— J'y vais la première. Ensuite tu me passes Sol, dit-elle à Concord.

— Faites comme si je n'étais pas là, grommela le concerné.

— Lib, je ne veux vraiment pas...

Mais elle ne les écouta ni l'un ni l'autre. Elle s'assit par terre et passa les pieds dans l'ouverture. Ils l'entendirent atterrir quelque part sous eux. Puis elle braqua la torche en l'air.

Sol se traîna avec maladresse à travers le trou, soulagé qu'on n'y voie pas grand-chose à cet instant. Libby maintint ses jambes puis rattrapa le reste de son corps pour le déposer doucement par terre. Ensuite, ils attendirent Concord.

— Allez, Cord, l'appela-t-elle d'une voix douce. Tout va bien.

— Non. Je ne peux pas. Je ne retourne pas là-dedans...

Dans le faible faisceau de la lampe, Sol regarda autour de lui en essayant de s'imaginer l'horreur qu'avait dû vivre Concord quand le Shuck l'avait traîné ici. Le chenil était vaste et glacial. Au sommet, une grille – celle que Libby lui avait montrée de l'extérieur – laissait entrer la nuit. Une légère fumée flottait dans l'air et leur souffle formait des nuages de condensation. D'énormes chaînes pendaient, accrochées au mur du fond.

— Tu peux le faire.

— Attends.

— Il est en train de pleurer ? demanda Sol.

— Je t'interdis de te moquer de lui ! siffla-t-elle.

— Je ne me moquais pas !

— Cord, tu peux le faire. Je suis là. Fais-le pour Dom.

Ils entendirent Concord respirer bruyamment. Au bout d'un moment, ses mains tremblantes apparurent et il les rejoignit.

— Sortons d'ici.

Tremblant comme une feuille, il souleva de nouveau Sol. Libby ne se laissait pas distraire ; elle les guida avec assurance vers les chaînes, devant la lourde porte de métal ouverte.

— Par là.

Ils s'engouffrèrent dans un corridor sombre et étroit. La lampe torche révélait des empreintes de Shucks dans les cendres qui tapissaient le sol. Un escalier en spirale abrupte, qui n'en finissait pas de monter, les mena jusqu'à la grande entrée de la Maison.

Ils poussèrent un soupir de soulagement.

— On va où maintenant ? chuchota Concord.

— À partir d'ici, c'est Sol qui conduit, répondit Libby.

— Prends l'escalier.

Concord se dirigea vers celui qui descendait à la salle de l'assemblée.

— Non, non. En haut, rectifia Sol. Au premier étage. Il ne faut surtout pas faire de bruit.

Sol sentit Concord souffler, mais il ne protesta pas. Ils montèrent et Concord déposa Sol sur le palier.

— Vous êtes déjà venus jusqu'ici ? leur demanda-t-il.

— Une fois avec le Directeur, dit Libby.

— Moi aussi, renchérit Concord. J'étais tout petit.

Sol pointa un doigt.

— Là, c'est le bureau avec la chambre forte. En haut, c'est le cabinet du Docteur. Le reste, je ne sais pas. Les appartements du Directeur, sans doute.

Ils l'écoutèrent sans broncher.

— On va d'abord aller voir la chambre forte, déclara Sol. Le Docteur a pu changer le code. Il va nous falloir un peu de temps.

Concord le souleva et Libby ouvrit la marche jusqu'au bureau.

— Attention à ne rien faire tomber, murmura Sol quand ils entrèrent dans la pièce.

Libby et Concord s'arrêtèrent net.

— Wahou.

— Qu'est-ce que...

Les yeux fauves, dorés et noirs des oiseaux les paralysèrent.

— Quoi ? interrogea Sol.

— Je ne suis jamais venue ici, chuchota Libby. Il n'y a que Dom qui ait le droit.

— C'est quoi ces choses ? interrogea Concord.

— Des oiseaux.

— N'importe quoi, objecta Libby. Cord, tu ne trouves pas que ça ressemble…

— À l'insigne de Dom, termina Concord, fasciné.

— Ce sont des oiseaux de l'extérieur. Ne touchez à rien, répéta Sol. Par ici.

Il essaya de guider Concord qui s'arrêtait sans cesse pour que Libby et lui puissent contempler les animaux empaillés. Libby effleura le bout d'une aile et Sol lui donna une tape sur la main. Il désigna la porte de la chambre forte au bout de la pièce.

— Regardez ! souffla Libby avec animation, en voyant l'établi. C'est là qu'il fabrique nos insignes.

— Tous ces noms…, souffla Concord, ébahi devant la porte. À qui appartiennent-ils ?

— Peut-être aux nouveaux, suggéra Libby. Le Directeur parlait d'eux, mais ils ne sont jamais venus. Jusqu'à ce que tu arrives, dit-elle à Sol.

— Les noms sont le code. Libby, apporte-moi ce fauteuil.

Elle s'exécuta et il se retrouva une fois de plus devant la porte hermétique. Il pressa le bouton à côté de son nom. Rien.

— J'avais raison. Le Docteur l'a changé.

— Par quoi ? demanda Concord.

— Aucune idée. C'est une chambre forte.

— Et les boîtes à souvenirs sont là-dedans ? questionna Libby.

— Oui. C'est là que les range Dom.

— Il faut faire vite, leur rappela-t-elle. Le Docteur ne doit pas nous attraper en train de rôder ici.

Sol essaya d'autres combinaisons, sans succès. Plus le temps s'écoulait, plus ses doigts devenaient moites. Libby l'observait avec intérêt, pendant que Concord faisait les cent pas derrière eux.

— Vous devez savoir quelque chose, insista Sol. Vous avez grandi avec lui ! Comment raisonne-t-il ?

— Rappelle-toi, ce n'est pas le Directeur qui a décidé du nouveau code, intervint Concord. C'est le Docteur.

— C'est la même personne !

— *Non*. Je t'ai déjà expliqué...

— Les garçons ! s'exclama Libby. On se concentre. Le cabinet du Docteur est à l'étage, n'est-ce pas ?

— Oui, et alors ?

— *Alors*, il y a peut-être un indice là-haut.

Concord grogna, la tête dans les mains.

— Bon, d'accord, grogna-t-il. Je vais jeter un coup d'œil. Vous restez là. Et, Sol, puisque apparemment tu ne sers à rien, laisse Libby essayer.

Ils l'écoutèrent s'éloigner à pas lourds.

Une fois le silence retombé, Libby déclara :

— Sans vouloir être Désobligeante, Sol, il a peut-être raison.

Elle le poussa avec douceur et se posta devant la porte pour entrer des combinaisons sans fin.

Sol l'observa un moment, soulagé. Il était si fatigué que ses paupières s'abaissaient toutes seules. Les cliquetis des boutons lui semblaient presque apaisants. Soudain, un bruit le fit sursauter : au rez-de-chaussée, une porte venait de s'ouvrir et de se refermer.

— Qu'est-ce que c'était ? murmura-t-il à Libby.

— Quoi donc ?

Elle était trop concentrée sur le labyrinthe d'Obligeances.

— J'ai cru entendre...

Sol descendit du fauteuil et rampa derrière une vitrine remplie de délicats roitelets. Soudain, il se rendait compte comme il était facile de les coincer. Il pria pour qu'il existe une autre porte qu'il n'aurait jamais remarquée, ou peut-être un placard où se cacher. Il chercha autour de lui. Rien. En face, il aperçut une ancienne cheminée condamnée assortie d'accessoires de foyer. Sans trop savoir pourquoi, il s'empara d'un tisonnier. C'était rassurant d'avoir de quoi se défendre.

Puis il entendit le vrombissement métallique de la chambre forte.

— J'ai réussi ! souffla Libby.

— C'était quoi le code ?

— Tout le monde sauf Dom, Concord et Mercy. Ceux qui n'ont pas encore fait la course. Il a dû le changer à l'instant.

Sol sentit ses poils de bras se hérisser.

— Sol, on peut y aller.

Il y eut un grincement sur le palier. Net, cette fois. Il y avait quelqu'un.

— Libby, chuchota Sol. Trouve la boîte à souvenirs.

Il rampa vers la chambre forte sans lâcher le tisonnier. Libby se tenait toujours devant la porte ouverte. Dans la pénombre, il distingua des rayonnages interminables de disques durs, qui s'enfonçaient dans les profondeurs de la Maison. Nerveuse, Libby franchit le seuil.

— Est-ce que c'est Concord ?

— Je ne sais pas. Trouve-la. Et vite.

Des bruits de pas au bout du bureau se dirigeaient droit sur eux. Sans laisser à Libby le temps de protester, Sol rassembla toutes ses forces et referma la porte de la chambre forte sur elle.

Juste à temps.

— Solitude.

Il se retourna. Le Docteur se dressait devant lui.

— J'espère que tu n'essaies pas de me voler mes souvenirs.

Il affichait un sourire fatigué. Ses yeux exténués lui donnaient un air dément. Ses cheveux et sa chemise d'ordinaire si impeccables étaient trempés et dans un état lamentable.

— Il est dehors depuis des heures. C'est trop long, poursuivit le Docteur comme si trouver Sol près de la chambre forte dans le bureau du Directeur était la chose la plus naturelle au monde. Je suis allé le chercher sur le terrain. Les Shucks ne sont pas rentrés non plus.

— Ils se sont peut-être enfuis ensemble.

— Comment es-tu arrivé jusqu'ici ?

— J'ai marché.

Le Docteur le fixa. Sol s'attendait à être paralysé de terreur, mais c'était un sentiment bien plus fort qui enflait en lui : la haine.

— Y a-t-il quelqu'un d'autre ici ?

— Non. Seulement moi.

— Est-ce que Freedom est là ?

— Hein ? Non, je viens de dire que…

Le Docteur n'attendit pas la suite. Un fracas d'enfer fendit l'air quand il jeta à terre la vitrine de roitelets. La vitre se brisa et le bois écrasa les petits corps des oiseaux.

La folie furieuse du Docteur ne faisait que commencer. Il fit le tour de la pièce en renversant chaque meuble. Les plumes volaient dans tous les sens.

À chaque destruction, il hurlait :

— Où est-il ? Où est-*il* ?

Recroquevillé, Sol comprit deux choses. D'abord, il devait détourner l'attention du Docteur afin qu'il ne trouve pas Libby dans la chambre forte. Ensuite, s'il ne bougeait pas immédiatement, il allait mourir écrasé sous du mobilier hideux.

Il se mit à ramper dans la pièce, le tisonnier sous le bras en espérant que Libby reste en sécurité dans la chambre et que Concord, entendant le vacarme, ait la présence d'esprit de se cacher.

Il avait fait la moitié du chemin vers la sortie quand il reçut un coup dans le dos, à l'endroit exact de sa cicatrice. Il hurla.

Le Docteur appuyait le genou entre ses omoplates.

— Dis-moi où il est ! Ramène-le-moi ici.

— Je ne peux... Je ne sais pas..., s'étrangla Sol, le visage contre la moquette poussiéreuse.

— Tu n'es pas arrivé là seul. Je sais qu'il t'a aidé.

— Lâchez-moi. S'il vous plaît, lâchez-moi, s'il vous plaît...

Le Docteur se leva et Sol put respirer.

— Si ça dégénère, ce sera ta faute, asséna le Docteur.

— Non, c'est *votre* faute ! cria-t-il en se retournant. Je connais la vérité à votre sujet.

La bouche du Docteur se tordit.

— Je peux vraiment te guérir, tu sais.

— Je sais ce que vous avez fait ici.

— Le petit contretemps avec tes jambes est malencontreux…

— Et vous n'allez pas pouvoir continuer pour toujours. Je vais trouver un moyen. Je le révélerai à tout le monde.

— Mais laisse-moi encore quelques semaines, et je pense pouvoir régler ça. Ton dos ne te fait plus souffrir…

— J'aurai des preuves. Et tout le monde saura ce que vous avez fait à Clem !

Le visage du Docteur se figea.

— Répète ça ?

Sol en avait trop dit. Il utilisa ses coudes pour se hisser un peu plus près de la porte.

— Rien.

— Clemency…

— Je… Je ne…

— Qui t'a parlé de Clemency ? Qui t'a raconté des Désobligeances au sujet de Clemency ?

— Personne, prétendit Sol, voulant l'apaiser à tout prix. J'ai juste entendu que vous aviez essayé de la soigner aussi…

Le Docteur ouvrit de grands yeux injectés de sang et se mit à marmonner, autant pour Sol que pour lui-même :

— Ça n'aurait pas dû se passer comme ça. Je voulais qu'elle guérisse. Je voulais qu'elle aille mieux. Mais je lui ai fait du mal… je ne voulais pas, mais je lui ai fait du mal… et maintenant ils me détestent, alors que je les aime. Mais ils m'aimeront de nouveau. Je vais te guérir, tu vas voir. Ash House est là pour ça. Je l'ai façonnée pour eux. Un paradis. Ici, ils seront toujours en sécurité, et je les aiderai à devenir plus intelligents, plus courageux…

Le Docteur baissa les yeux sur Sol avec une expression qui ressemblait à de l'affection.

— *Plus Obligeants*. Et puis nous sortirons et nous guérirons le reste du monde. Un monde rempli d'Obligeances.

L'espoir et la gentillesse qui se lisaient à présent sur son visage donnèrent une idée à Sol.

— J'ai besoin de parler au Directeur.

— Il n'est pas là pour le moment.

— Je sais que vous êtes là-dedans. Cette autre personne que vous devenez ne soigne pas ceux que vous aimez, elle leur fait du mal.

— J'ai dit que le Directeur n'était pas là pour le moment.

— Ils veulent que vous reveniez. Laissez le Docteur ! Revenez !

Sol criait comme si sa voix pouvait pénétrer la peau, la membrane, les pensées du Docteur pour atteindre le Directeur reclus, avec un peu de chance, quelque part tout au fond de lui.

— REVENEZ !

Quelque chose sembla se casser dans le Docteur. D'autres meubles se fracassèrent par terre.

— Freedom a dû se perdre dans les bois, voilà, marmonna-t-il. Les oiseaux l'ont perdu de vue. Les Shucks sont près du lac. Mais il n'y est pas. *Où est-il ?* Il sait pour Clemency. Les oiseaux ne lui auraient jamais montré. Ce sont *mes* souvenirs !

Les pensées du Docteur commençaient à dérailler. Sol tenta de le calmer, en imaginant le beau visage s'adoucir avec sa tendresse pour les enfants.

— On peut peut-être trouver Dom ensemble ? suggéra-t-il. Vous pourriez rappeler les Shucks. Laissez Dom revenir, et il vous le confirmera lui-même : personne ne sait rien au sujet de Clemency.

Le pied du Docteur était dangereusement près de sa tête.

— Et puis on pourra retourner aux leçons, poursuivit Sol. Et aux Obligeances. Vous pourrez terminer ce que vous avez commencé. On fera tout ce que vous dites.

L'homme s'immobilisa. Son énergie frénétique sembla le quitter et Sol s'aperçut que Concord avait raison : son visage était bel et bien différent quand il devenait le Directeur.

Il avait l'air ébloui, comme quelqu'un entrant dans la lumière après avoir passé trop de temps dans l'obscurité. Ses paupières paraissaient plus lourdes – le regard fixe, dément avait disparu. Sa respiration se calma, son dos se redressa.

Il regarda autour de lui, passa une chaussure brillante sur la moquette poussiéreuse avec une expression curieuse sur le visage. Puis il remarqua Sol à ses pieds.

Il porta une main à son col de chemise et recula d'un pas, soudain hésitant, craintif, timide même.

Sol eut la sensation nette de ne plus se trouver face au Docteur, mais devant un parfait inconnu.

— Allez, reprit-il. On devrait ranger. On va retrouver Dom.

— Dom ? murmura le Directeur.

Les mains de Sol tremblaient. Il s'exprima à voix basse :

— Oui. Il vous cherche. On devrait aller le retrouver.

— Peut-être... ce serait peut-être mieux... peut-être... oui. Merci.

— Solitude, dit Sol en se pointant du doigt.

— Solitude.

En entendant son nom, le Directeur afficha un grand sourire. Il lui tendit la main. Soudain sa tête bascula en avant, ses yeux roulèrent, ses genoux cédèrent et il s'effondra de tout son poids sur Sol.

Concord se tenait derrière lui, armé d'un cadre en bois avec une peinture de faucon.

Le Directeur grogna. Sol lutta pour se dégager, mais l'homme était lourd et à moitié assommé. Il se tenait la tête dans les mains.

— Mais qu'est-ce que tu fais ! hurla Sol à un Concord ébahi. Il s'était transformé ! Il allait rappeler les Shucks !

— Comment tu le sais ?

— Il allait nous aider à retrouver Dom ! gémit Sol, consterné.

— Et quand on l'aura retrouvé ? C'est comme s'il était déjà mort. Où est Libby ?

— Dans la chambre forte. Je l'ai enfermée, il faut la faire sortir.

Le Directeur grogna de nouveau et se mit à quatre pattes en respirant bruyamment. Quand il leva la tête, Sol comprit que l'homme gentil et timide avait disparu.

Le regard dément et injecté de sang du Docteur se promena dans la pièce. Concord se précipita pour soulever Sol mais, alors qu'il se penchait, le Docteur le saisit à la gorge.

Impuissant, il agrippa la main du Docteur avec un gargouillis sec et lugubre en guise de cri.

L'homme se releva, resserrant sa poigne autour de son cou. Sol distingua une tache sombre à l'arrière du crâne du Docteur et du sang qui gouttait sur le col de sa chemise blanche.

Démuni, il regarda Concord virer du rouge au violet, puis au blanc. Ses yeux écarquillés et pleins de larmes fixaient la main de Sol.

Celui-ci attrapa les jambes du Docteur, mais il avait autant de poids qu'une vulgaire mouche. D'une secousse, l'homme se débarrassa de lui.

Concord s'étouffait en essayant de dire quelque chose.

— Tu vas le regretter, postillonna le Docteur. Mais seulement quand tu m'auras avoué les Désobligeances que tu racontes au sujet de Clemency.

Il desserra la main pour laisser Concord parler.

Sa voix sonna comme du verre frotté contre du métal.

— Sla...

Le Docteur le secoua frénétiquement.

— Dis-moi ! Dis-le-moi tout de suite !

Sol voulut planter ses ongles dans ses chevilles, mais c'était peine perdue.

— S... So...

Concord essayait de prononcer son nom, les yeux toujours dirigés sur sa main.

Ou ce qui se trouvait près de sa main, par terre.

Sol ramassa le tisonnier. Il hésita, mais une seule seconde. Il le brandit à deux mains et le planta de toutes ses forces dans le pied du Docteur. L'homme rugit, pourtant l'outil n'avait pas transpercé le cuir lustré de sa chaussure.

Alors, Sol répéta son geste et, cette fois-ci, le Docteur hurla de douleur. Il tituba en arrière pour tenter de se rattraper à quelque chose, mais ses genoux cédèrent. Il s'évanouit.

Concord s'effondra, immobile, le visage poisseux de transpiration, les lèvres violettes. D'horribles marques apparaissaient autour de son cou et se mélangeaient à ses hématomes. Sol le secoua.

— Cord, il faut récupérer Libby !

Concord grogna et fit un signe de tête. Lentement, il se releva en chancelant et se dirigea vers la chambre forte.

— Nous tous sauf toi, Dom et Mercy, lui indiqua Sol. C'est le code.

La porte vrombit et s'ouvrit. À la seconde même, la paume de Libby s'écrasa contre la joue de Concord, qui exhiba une nouvelle contusion.

— AÏE !

— Tu m'as enfermée !

— C'était Sol !

Libby bondit de la chambre pour lui sauter au cou.

— Vous allez bien ? J'ai entendu le Docteur.

Elle contempla le désastre dans le bureau.

— Que s'est-il passé ?

— Tu l'as trouvée ? croassa Concord.

— Je crois que c'est celle-ci, dit-elle en lui tendant un disque dur. Elles sont organisées par insigne. C'était la dernière pour celui de Clem. Sol ! ajouta-t-elle en se précipitant vers lui.

Elle s'arrêta net en apercevant le Docteur recroquevillé par terre. Il poussa un gémissement sourd en revenant à lui.

— Que… qu'avez-vous fait ?

Concord s'empara d'un autre tisonnier à la cheminée.

— Ça. C'était une bonne idée, ajouta-t-il en le passant à Libby.

Il se baissa pour récupérer Sol.

Le Docteur ouvrit les yeux. Les trois enfants étaient presque à la porte quand il parla, le tisonnier toujours planté dans le pied.

— Concord. Liberty. Je n'aurais jamais cru cela de vous, haleta-t-il. Où... Où allez-vous ?

Concord se raidit. Personne ne répondit.

Soudain, le Docteur éclata de rire. Un son douloureux, bégayant, qui rendit Sol extrêmement nerveux. Il aurait voulu détaler, mais il était coincé par Concord.

— Ça n'a aucune importance ! croassa le Docteur. C'est notre Maison. Vous n'irez nulle part où je ne puisse aller. Nous allons retrouver Freedom ensemble.

Il essaya de se relever.

— Cours, murmura Libby.

Chapitre 30

Dom

Le calme régnait sous les rochers. Les Shucks s'étaient lassés de griffer la pierre et de mettre leur truffe dans le trou. L'eau, qui retournait au lac, chantait tout autour de lui. Dom appuya le bras contre l'un des rochers mouillés et soupira en laissant l'eau froide rincer le sang séché.

La cavité tapissée de sable, de boue et d'herbes mortes faisait sa largeur et sa hauteur. Il s'assit, adossé contre une solide paroi de pierre. Face à lui, l'autre paroi était composée de plus petits rochers empilés, certains couverts de cendre noire. Il essaya de voir à travers les interstices mais il n'y avait que les ténèbres derrière. Cela faisait comme un tunnel qui disparaissait en direction de la clôture, pourtant Dom n'avait jamais entendu parler d'un tel dispositif ici.

Il n'aurait su dire combien d'heures il resta assis là. La seule chose qui l'empêchait de dormir était le froid mordant. Ses vêtements et ses cheveux ne séchaient pas, et des spasmes violents agitaient son corps sans prévenir. Par le trou au-dessus de sa tête, il vit le ciel noir devenir bleu.

Il se demanda si les courses avaient continué en son absence. Il n'entendait plus de bruit, ni des Shucks ni dans les bois autour de lui, alors il espérait que tout le monde était bien en sécurité à l'intérieur. Le Docteur avait peut-être arrêté la course. Peut-être allaient-ils venir le chercher.

Il examina chaque recoin de la grotte en testant le moindre rocher pour voir s'il était possible à un Shuck d'entrer en force, ou pour lui de sortir s'il y était contraint. Mais c'était bien hermétique. Une inquiétude rôdait dans un coin de son esprit – et si on ne le retrouvait jamais ? Il l'ignora. Mieux valait considérer cette caverne comme un sanctuaire que comme une prison.

La dernière nuit de Clem tournait en boucle dans son esprit. Il avait proposé de veiller pour observer les oiseaux – elle était épuisée par ses terreurs nocturnes et souhaitait se coucher tôt, seule dans le dortoir. Le Docteur, à cette époque, venait de plus en plus souvent, et Dom aurait dû rester sur ses gardes, mais c'était une nuit de pleine lune et il voulait voir les cendres briller. Il était dehors, dans la nuit gelée, entouré de poussière dorée, et il ne vit pas la voiture noire arriver. Il ne vit pas le Docteur se rendre au dortoir et s'adresser à Clem qui n'avait pas été prévenue, qui n'avait nulle part où se cacher. Il ne la vit pas prendre la potion de sommeil que le Docteur lui avait concoctée, dans sa folie, dans son désespoir de lui venir en aide. Il ne la vit pas s'endormir pour la dernière fois.

Il somnola mais se réveillait souvent, imaginant avoir entendu les Shucks dans la caverne, ou les voix de ses amis au loin, qui l'appelaient. À un moment, il aurait juré entendre Clem à son oreille : « Tu l'as trouvée ? »

Dom se réveilla en frissonnant à cause du rêve et du froid. Il se leva, remua les bras et sauta si haut qu'il aurait pu se cogner la tête. Son sang qui circulait de nouveau lui donna des fourmis dans les pieds. Oui, le coin du ciel qu'il apercevait était bien plus clair, à présent.

— Je ne peux pas rester là pour toujours, Clem, murmura-t-il. Je ne peux pas changer le passé.

Escalader jusqu'au sommet de la grotte n'avait rien de compliqué. Les rochers offraient de bonnes prises, malgré leur surface glissante.

Arrivé en haut, il lui fut impossible d'ignorer plus longtemps la position délicate dans laquelle il se trouvait. Le trou était assez large pour y passer le bras, mais pas pour en sortir. Il allait devoir dégager ce qui l'obstruait par en dessous, en essayant de ne pas faire tout s'écrouler sur lui.

Il glissa une main par le trou. Rien ne se produisit. Alors, il passa son bras valide et tâtonna les rochers autour pour en trouver à déplacer. Il devait écarter ceux du dessus pour élargir l'ouverture.

Au bout d'un moment à chercher à l'aveuglette, il sentit une grosse pierre branlante. Mais il lui fallait de la force, et il se retenait à la paroi avec son bras blessé. Il déplaça son poids pour trouver un meilleur angle.

Avant qu'il puisse pousser la pierre, un hurlement perçant déchira la caverne. Une patte se posa sur son bras et il sentit la salive l'éclabousser. Il cria, rentra le bras, lâcha la paroi et retomba par terre, le souffle court.

Une truffe noire s'engouffra dans le trou et des filets de bave dégoulinèrent sur sa tête.

Il était pris au piège.

Si seulement la grotte avait été assez large pour pouvoir y faire les cent pas. Au lieu de ça, il fit passer un caillou d'une main à l'autre, en réfléchissant. Il pouvait attendre et continuer d'espérer. Mais si l'obscurité tombait de nouveau ? Il avait survécu à une nuit dans le froid et l'humidité, mais il avait peu d'espoir quant à la seconde.

Il se rassit en réprimant ses larmes. Les espaces sombres dans l'amas de rochers devant lui devinrent flous à mesure que ses paupières s'alourdissaient.

Il ne pouvait pas s'autoriser à dormir. Il fallait réessayer. Il jeta son caillou par l'ouverture et entendit le Shuck grogner en claquant des mâchoires.

Finalement, l'un des cailloux incita le monstre à venir gratter au bord du trou, délogeant l'une des plus grosses pierres. Dom eut l'impression de se retrouver au milieu d'un tremblement de terre. Les rochers s'entrechoquèrent en se réorganisant. L'ouverture s'élargit en s'effondrant, lui permettant de se faufiler à l'extérieur avant de se faire écraser et que sa cachette ne soit scellée pour toujours.

La lumière du matin lui piqua les yeux. Il chancela dans l'air frais. Depuis quand n'avait-il pas mangé ou dormi ? Des semaines, lui semblait-il. Impossible de croire que son lit se trouvait juste derrière ces arbres.

Le Shuck gronda. Dom quitta la Vigie en trébuchant dans un buisson de ronces. Il devait s'éloigner du lac à tout prix. Mais c'était comme si ses pieds n'écoutaient pas les instructions de son cerveau, parce qu'il dérapa et tomba, déchirant son pantalon aux genoux, s'écorchant les mains. Il s'arrêta à plat ventre, protégea sa tête de ses bras et replia les genoux. Il ne pouvait pas fuir. Ni se battre. Ni crier. Il voulait seulement dormir. Dormir dans la faible lueur de l'aube.

Avec un rugissement victorieux, le Shuck franchit l'éboulis d'un bond pour se jeter sur lui. Dom sentait son odeur de terre, son haleine.

Mais le rugissement se transforma en gémissement haut perché, et un cri de fille lui répondit.

La salive chaude gouttait sur l'épaule, la nuque et la joue de Dom.

Pourtant la bête ne le mordit pas. Était-ce le froid qui anesthésiait la douleur ?

— Dom !

Une main se plaqua dans son dos. Il se recroquevilla, pensant que c'était le Docteur. Mais quand il roula sur le dos, il distingua la silhouette d'une fille aux cheveux en broussaille penchée sur lui.

— Clem, murmura-t-il.

— Dom !

La fille lui secoua l'épaule. Elle se déplaça et le soleil réapparut. C'était Libby, le visage rouge, hors d'haleine, accompagnée de Concord, blanc comme un linge, derrière elle.

— Libby ? Cord ?

— On t'a cherché toute la nuit ! Tu étais caché dans le tunnel ? demanda-t-elle.

Dom se redressa, assis par terre.

— Un tunnel ? Non, je... où sont les autres Shucks ?

— Ils sont retournés au chenil.

— Comment m'avez-vous trouvé ?

— On a vu les Shucks se regrouper ici, expliqua Concord. La nuit a été longue.

Concord indiqua l'endroit où Sol les attendait dans son fauteuil, au bord du lac. Quelque chose avait changé en lui. Il paraissait calme, déterminé. Il avança dans leur direction.

La journée était fraîche et dégagée, la terre ferme sous Dom, et la végétation scintillante tout autour. Le lac était lisse comme du verre. La fumée flottait dans l'air, charriant ses flocons de cendre. L'hiver était arrivé.

Dom découvrit que ce n'était pas de la salive qui lui avait dégouliné dessus, mais le sang du Shuck. L'animal mort gisait non loin, un genre de lame plantée dans le cou. Dom s'en approcha, s'attendant à moitié à ce que le monstre se réveille pour se jeter sur lui. Sa fourrure semblait incroyablement douce et chaude. Il s'aperçut que ce n'était pas une lame, en fin de compte, mais un tisonnier.

Il tendit la main et put enfin l'enfouir dans la fourrure du Shuck. Il la regarda disparaître dans ses ténèbres.

— Je suis désolé, lui murmura-t-il.

— Hé ! s'écria Sol. Regardez la Maison !

Dom leva la tête. Le sommet du manoir apparaissait au-dessus des arbres. Avec le souffle du vent, une langue de flamme s'éleva dans le ciel. La Maison devenait plus sombre, plus massive – comme si quelque chose brûlait sous la cendre.

— Le Shuck... il a fait quelque chose aux cendres, dit Libby, terrorisée. La Maison est en train de prendre feu.

— Le feu..., répéta Sol d'une voix tremblante. Ça ne peut pas... encore...

— C'est parce que tu l'as tué ! s'écria Dom en se tournant vers Libby. Tu as fait une Désobligeance et c'est en train de détruire Ash House !

— Je ne voulais pas...

— Dom, rappelle-toi tes Obligeances ! le réprimanda Concord. Elle t'a sauvé la vie !

— On n'a pas le temps pour ça, coupa Sol. Le Docteur est blessé. On l'a ralenti, mais il nous poursuit toujours.

Il leva la boîte métallique qu'il tenait sur ses genoux.

Dom se tourna vers ses amis.

— Vous l'avez laissé la voler ?

— C'était la seule solution, se défendit Concord.

Dom regarda le tisonnier planté dans le Shuck. Il déglutit et se releva, tremblant comme une feuille. Concord tendit les bras, prêt à le rattraper au cas où ses jambes ne le portent pas.

— Est-ce que le Docteur va m'autoriser à revenir? demanda Dom, étourdi par cette idée. Est-ce que c'est au tour de quelqu'un d'autre?

— Non, dit Sol.

Il coinça la boîte en métal sous son bras et posa les mains sur ses roues. Malgré son air déterminé, la tristesse faisait briller ses yeux.

— Plus de Shucks. Plus d'opérations. On sort d'ici.

Dom se sentit nauséeux. Il voulait retourner au dortoir et hiberner jusqu'à l'été. Il ne voulait pas avoir à se disputer avec Sol.

— On ne peut pas, essaya-t-il d'expliquer. Les autres Shucks peuvent arriver d'une minute à l'autre. Quand le Directeur reviendra...

— Quand le Directeur reviendra, coupa Sol, *s'il* revient, on sera toujours piégés ici, sachant qu'il pourra redevenir le Docteur à tout moment.

— Le Directeur restera peut-être, marmonna Dom.

— Il ne peut pas.

Sol s'exprimait comme Concord, comme si ce qu'il affirmait était vrai et juste.

— Il a raison, Dom, enchaîna Concord. Je crois que... (Il prit une grande inspiration.) Je crois que même si le Directeur revenait, on ne pourrait pas rester avec lui.

— Tais-toi. Tu ne penses pas ce que tu dis.

— Ça fait des années. Il nous a abandonnés. Que ce soit son choix ou non…

— Mais écoute-toi ! cria Dom. Il ne nous abandonnerait jamais. Il va revenir, d'un jour à l'autre maintenant, il va revenir.

— Même si c'était le cas, c'est trop risqué ! rétorqua Concord. On sait qu'on n'est pas en sécurité ici. On ne connaît pas l'extérieur, mais…

— L'inconnu est forcément mieux que ça, insista Sol. Regarde-nous.

Dom contempla Sol dans son fauteuil, bien plus maigre qu'à son arrivée, Concord, ses vêtements maculés de sang, un terrible réseau d'hématomes autour de son cou et sur son visage. Et Libby, près du Shuck qu'elle venait de tuer. Puis il baissa les yeux sur lui-même. Trempé jusqu'aux os, épuisé, un bras presque hors d'usage.

— Sol dit qu'il t'arrive d'aller à la clôture pour parler avec Clem, reprit Libby avec douceur. Est-ce que c'est vrai ?

— Oui, acquiesça-t-il d'une voix faible.

— Mais Clem est morte.

— Non. Je l'en ai empêchée. Elle est juste derrière la clôture.

— Pourtant je m'en souviens, insista-t-elle.

— *Moi*, je m'en souviens. Je l'en ai empêchée, répéta Dom en l'implorant de confirmer son souvenir. J'ai vu le Docteur grâce aux oiseaux. Je l'ai avertie, je l'ai emmenée à la clôture pour qu'il ne puisse pas l'attraper…

— Non. Tu n'as pas pu. Et… et ce n'est pas grave, ajouta maladroitement Libby. Ce n'était pas ta faute.

— Si, c'était ma faute, renchérit Dom, au désespoir.

— Où que soit Clem en ce moment, au-delà de la clôture, dans tes souvenirs, elle te demande de mettre un terme à tout ça. C'est toi qui nous l'as dit.

— On ne peut pas franchir la clôture. C'est impossible.

— On n'a pas le choix, intervint Sol.

— Et pas beaucoup de temps non plus, ajouta Concord. Regardez.

Encadrée par la lumière du matin, une silhouette titubait dans leur direction, suivie comme son ombre par un Shuck. Il arrivait de la Maison, en boitant dans l'herbe, lourdement appuyé sur un bâton.

— Dom, emmène Sol, ordonna Concord.

Il tira Dom derrière le fauteuil. Libby se prépara à un nouveau combat. Elle récupéra le tisonnier et rassembla toutes les pierres tranchantes qu'elle voyait.

— Qu'est-ce que vous faites ?

— Libby et moi, on va le ralentir. Tu dois sauver Sol des mains du Docteur. Il n'arrêtera jamais d'essayer de le guérir. Emportez la boîte à souvenirs de l'autre côté de la clôture. Allez chercher de l'aide.

Sol agrippa le bras de Concord.

— On va y arriver.

— Non, vous ne pouvez pas, protesta Dom, envahi par la panique. On ne peut pas, vous ne pouvez pas…

— Il le faut. Le courage est la seule Obligeance qui importe, maintenant.

Chapitre 31

Sol

Sol tentait de faire avancer les roues de son fauteuil plus vite malgré ses paumes meurtries, tandis que Dom le poussait à contrecœur.

— Il faut aller plus vite, insistait-il.

Mais Dom avait trop peur. Il ne cessait de se retourner pour regarder derrière lui.

Libby et Concord se dressaient bravement sur les rochers, entre eux et le Docteur flanqué du Shuck. Libby avait tendu le tisonnier à Concord, qui paraissait menaçant, alors même qu'il faisait face à sa plus grande peur – il n'y avait plus de trace du jeune adolescent qu'il avait été. À son côté, Libby brandissait une pierre dans chaque main.

Le Docteur s'immobilisa. Dans son dos, les contours de la Maison enflaient et tourbillonnaient. Les flammes étaient plus nettes à présent et gagnaient en hauteur. Le Shuck allongea le pas, continuant le chemin sans lui.

— Ils ne feront pas le poids contre un Shuck, s'alarma Dom.

— Il faut juste qu'ils arrivent à le ralentir.

Sol aurait voulu forcer Dom à se détourner de la scène, mais il avait besoin de ses deux mains pour faire avancer son fauteuil. Son ami traînait des pieds, sans quitter les autres des yeux. Il finit par s'arrêter.

— Je vais les aider. Je suis désolé, Sol…

Sol lui agrippa le poignet.

— Non ! Concord nous a dit d'aller chercher de l'aide.

— Je ne peux pas les laisser…

— Ils peuvent s'occuper de…

— Ils vont lui faire du mal !

— À qui ? Au Docteur ou au Directeur ? Réveille-toi, Dom… ce n'est pas ton Directeur !

— CORD !

Le Shuck bondit sur Concord au moment où Libby le dépassait pour se jeter sur le Docteur. Elle était minuscule comparée à lui, mais elle balaya le bâton sur lequel il s'appuyait d'un coup de pied, le déséquilibrant. Il tituba sur son pied blessé. La pierre de Libby s'écrasa contre sa tempe et il tomba à terre, inconscient.

Pendant ce temps, le Shuck dérapa sur l'herbe givrée en éjectant des graviers dans tous les sens, tourna sur ses pattes arrière et tenta une nouvelle attaque. Concord agita le tisonnier devant la gueule dégoulinante de salive, en battant en retraite. Au sol, le Docteur ne bougeait pas. Libby s'était agenouillée près de lui. Ses larmes creusaient des sillons brillants dans la cendre et le sang sur ses joues. Elle lui prit la main.

Sol poussa sur sa roue sans lâcher le poignet de Dom.

— S'il te plaît, *s'il te plaît,* Dom, avance, supplia-t-il.

Le tisonnier atteignit le Shuck en pleine tête. Il poussa un gémissement épouvantable et, pendant une seconde, Sol eut de la peine pour la créature. Dom observait la scène, hébété. Concord frappa de nouveau, mais cette fois le Shuck était prêt. Il attendit qu'il tende le bras pour lui sauter dessus et le renverser.

Sol dut retenir Dom de toutes ses forces. Des rugissements s'élevaient du Shuck et de Concord. Quand l'animal recula, Concord se releva d'un bond, mais son visage était un masque rouge sanguinolent. Ses yeux tombèrent sur Dom et Sol.

— Je vous ai dit de courir ! grogna-t-il.

Le sortilège qui retenait Dom sembla se briser à cet instant. Il saisit les poignées du fauteuil roulant et, bientôt, ils s'enfoncèrent péniblement dans la forêt.

La clôture apparut entre les arbres.

Dom s'arrêta à quelques mètres du fil de fer.

— Elle n'est pas là, murmura-t-il. Elle devrait être là.

Sol voulut continuer sa route, mais il était coincé. Cloué sur place, Dom tenait fermement les poignées de son véhicule.

— Dom, qu'est-ce que tu regardes ? Il faut qu'on y aille !

— Personne n'a jamais traversé la frontière.

— Alors on sera des pionniers.

Un cri retentit derrière eux. Puis arrivèrent les points de lumière verte familiers. Le Shuck surgit d'un buisson, mais Concord était sur ses talons. Il se jeta sur son dos, s'accrochant à son cou. Sol ressentit le grondement de la bête jusque dans ses os.

— Je ne peux pas le retenir ! hurla Concord. Allez, allez !

Sol pensa au jour où Libby l'avait emmené voir les Shucks enfermés sous la Maison.

— Tu peux y arriver ! cria-t-il à Concord. Tu dois lui montrer que c'est toi le chef.

— Quoi ?

— Sol a raison ! s'exclama Dom. Le Docteur n'est plus le chef. C'est toi maintenant !

— Tu peux le faire. Tu as plus d'Obligeances que quiconque, insista Sol.

Une myriade d'émotions passa sur le visage de Concord : peur, tristesse, gratitude infinie. Il enfonça son visage ensanglanté dans la fourrure du Shuck. Le grognement diminua.

Dom se retourna vers la clôture pour crier dans le vide :

— Au secours ! Aide-nous !

— À qui tu parles ? demanda Sol.

Le Shuck poussa un hurlement – le son le plus guttural et funeste que Sol eût jamais entendu – et s'écroula par terre. Concord était encore sur son dos. Il lui murmurait à l'oreille. Les babines de l'animal recouvrirent ses crocs. Sa respiration s'alourdit. Il ne voulait plus les attaquer.

— Viens, reprit Sol.

— Je ne peux pas m'approcher plus, répondit Dom.

— Seulement sous le fil. On peut le faire.

Dom avança à tout petits pas.

La boîte à souvenirs brillait sur les genoux de Sol. Dom le poussait en faisant craquer les feuilles mortes sous ses roues. Il y eut un bruit derrière eux.

Quelque chose renversa Dom. Une des roues cogna contre une racine et Sol sentit le fauteuil disparaître sous lui. Il fut éjecté dans un buisson d'orties et la boîte à souvenirs lui échappa. La clôture n'était qu'à un mètre.

— Sol ! appela Dom, que le Docteur avait empoigné par le col et jeté à terre.

Son fauteuil gisait, renversé sur le côté, avec une roue tordue. Cette vue lui brisa le cœur. Concord, qui retenait toujours le Shuck, ne pouvait pas le lâcher pour leur venir en aide.

— Non ! s'époumona Libby en déboulant à travers les bois.

Une horrible marque rouge lui lacérait le côté du visage et elle avait la lèvre fendue.

— Libby, au secours ! cria Dom.

Concord et le Shuck se tenaient entre le Docteur et elle. Elle hésita.

— Ne lui faites pas de mal, supplia-t-elle.

Sol ne sut dire à qui elle parlait.

— Attends ! J'arrive, lança-t-il en se mettant à ramper vers Dom.

— Tu passeras le restant de tes jours avec les Shucks ! cracha le Docteur à Dom. Tu ne reverras plus jamais les oiseaux ! Tu ne toucheras plus aux boîtes à souvenirs !

Sol était couvert de boue. Chaque racine, ronce et liane semblait vouée à le ralentir. Il ramassa une pierre ronde et lourde. Il connaissait le point faible du Docteur.

L'homme ne le remarqua qui rampait dans la boue que lorsque Sol lui écrasa la pierre sur le pied qu'il avait déjà poignardé avec le tisonnier. Le Docteur gémit comme un Shuck et tomba.

Dom en profita pour se relever.

— Comment as-tu...

— Passez la frontière ! leur cria Concord.

— Aide-moi à porter Sol, demanda Dom à Libby.

— Non, répondit-elle.

Elle alla s'asseoir près de Concord pour l'aider à retenir l'animal.

— On ne vient pas.

— Quoi ? crièrent les deux garçons au même moment.

— Les autres... dans les dortoirs, haleta Concord. Ils ont besoin de nous. On ne peut pas les abandonner.

— C'est toi qui as dit qu'on devait traverser ! s'écria Dom, fou de rage.

— Vous devez le faire tous les deux, insista Libby. Sol aura besoin de toi.

Sol ferma les yeux. Il pensa aux garçons rassemblés à la vitre du dortoir, les yeux sur la cour. Aux filles penchées au-dessus de l'entrée du tunnel, à guetter inlassablement leur retour. Son cœur flancha. C'étaient tous des amis qui l'avaient aidé à sortir de la souffrance. Soudain, il craignait de ne plus jamais les revoir. Mais Concord avait raison. Lui et Libby devaient retrouver leur place parmi eux.

— Cord, écoute, dit-il. On reviendra. Je te le promets. Dès qu'on aura trouvé de l'aide, on reviendra.

La bouche de Concord se courba comme sa cicatrice.

— Inutile, répliqua celui-ci. Ash House nous appartient, à présent. Pour de bon. Grâce à toi. Il est temps que tu t'en ailles. Sol, je suis désolé. Pour le porc et le reste, je...

— Ce n'est pas grave, répondit Sol, un peu trop vite.

— On ne va pas vous abandonner. Pas avec le Docteur, intervint Dom.

En entendant son nom, l'homme remua.

— Libby, dis-lui ! On doit rester ensemble, insista Dom.

Lentement, Libby lâcha le Shuck. La fourrure d'encre glissa entre ses doigts. Elle secoua la tête.

— Je suis désolée, Dom, mais il a raison. C'est maintenant ou jamais, reprit-elle à l'intention de Concord. Lâche-le.

Avec un hochement de tête, Concord murmura à l'oreille du Shuck, qui s'agita en grognant. Ses babines se retroussèrent, les yeux plus brillants que jamais, et il se mit à mordre l'air. Le sang coulait toujours de la morsure qu'il avait infligée au visage de Concord.

— Une...

— Cord, non ! s'écria Dom. On fait tout ensemble. S'il te plaît. *S'il te plaît !*

— Deux...

— Dom, je suis désolé..., dit Sol.

— Allez, partez ! PORC !

Il lâcha le Shuck. La bête bondit vers les garçons avec une puissance impressionnante, comme une tornade de fourrure, de muscles et de crocs. Mais ce n'était pas à eux qu'il s'intéressait. Il en avait après le Docteur, qui venait de se relever tant bien que mal sur son pied broyé.

Concord regarda Sol.

— Rappelle-toi tes Obligeances.

Puis, Libby lui prit la main et, ensemble, ils s'élancèrent dans la forêt, en direction de la Maison.

Le Docteur hurla.

Dom ramassa la boîte à souvenirs pour la déposer dans les mains de Sol. Au prix d'un énorme effort, il s'accroupit et souleva son ami en chancelant.

— Dom, tu n'es pas obligé de...

— Si. Pour Clem.

Les flammes jaillirent au-dessus des arbres. Le vent soufflait leur chaleur entre les feuilles. La fumée noire enflait dans l'air.

Ash House brûlait.

Chapitre 32

Dom

Enterré vivant, brûlé vif, évaporé.

Dom pensa aux histoires qu'ils s'étaient racontées depuis toujours. Dans l'une d'elles, très ancienne, une des filles s'était trop éloignée pendant un jeu et avait décidé de tricher en se cachant au-delà de la clôture. On ne l'avait jamais revue. Dans une autre, un garçon qui n'avait pas de nom oubliait ses Obligeances et le Directeur le condamnait à errer derrière la frontière pour l'éternité.

C'étaient des mythes, pas des souvenirs, mais Dom était sûr de ses croyances. S'il franchissait la clôture, il s'évaporerait. Tous les moments qu'il avait passés à Ash House, tous ses amis, toutes les nuits sous les plantes grimpantes, tous les jours devant les écrans qui lui permettaient de veiller sur les autres – tout cesserait d'exister.

Personne ne connaissait le nom de la fille de l'histoire. Peut-être que, quand on traversait, notre souvenir s'évaporait lui aussi. Comme un sortilège brisé. Les enfants se regarderaient en se demandant ce qu'ils attendaient. Concord et Libby se tiendraient la main jusqu'au dortoir, et se lâcheraient sans savoir pourquoi ils serraient si fort, ni d'où venait tout ce sang. Ils seraient sans doute désorientés, ils souffriraient, mais Dom ne leur manquerait pas une seconde. Leurs vies continueraient.

Dom leva les yeux vers le fil de fer. Il ne pouvait pas expliquer cela à Sol. Alors il déclara simplement :

— Une fois qu'on a traversé, on ne peut plus revenir.

— Je sais, acquiesça Sol qui fixait le fil lui aussi. Mais ça ne veut pas dire qu'on ne doit pas traverser.

Comme il tenait son ami dans ses bras, Dom ne pouvait pas s'essuyer les yeux.

— Je ne veux pas m'en aller, implora-t-il d'une petite voix.

— Je sais, murmura Sol. Moi non plus, pas vraiment.

Et puis elle apparut. Dom ressentit un tel soulagement qu'il n'arriva même pas à lui en vouloir de les avoir fait attendre. Une volute de fumée s'étirait vers lui. Ses yeux brillaient au milieu. Les cendres autour d'elle étaient plus noires que jamais. Elles vacillaient dans l'air, tremblantes d'une étrange énergie.

— Je pourrais rester, chuchota Dom. Toi, vas-y.

— Non. Je ne peux pas sans toi.

Dom plissa les yeux vers les feuillages de l'autre côté de la frontière.

— Pardon de ne pas t'avoir sauvée.

— Mais tu l'as fait, répondit Sol avec surprise. Regarde où on est.

Comment lui expliquer que ce n'était pas à lui qu'il s'adressait ? Dans leurs orbites maculées de suie, les yeux de Clem luisaient d'un rouge vif.

— J'ai besoin d'aide, supplia-t-il.

— Je suis là, lui dit Sol. Tu n'es pas seul.

Enterré vivant, brûlé vif, évaporé.

Évaporé.

Mais il ne pouvait pas s'évaporer. Il avait Sol. Même si tout disparaissait, ils ne disparaîtraient pas l'un pour l'autre. Dom en était certain.

Clem tendit le bras et lui saisit le poignet. Le contact de ses doigts lui brûla la peau. Elle le tira vers l'avant et Dom porta Sol sous le fil de fer. Une douce chaleur irradiait de Clem.

— Hé, il fait plus chaud ici, murmura Sol, fermant les yeux un instant.

La fumée couleur charbon s'allégea en brume grise. Elle se répandait autour d'eux, dans les arbres, les feuilles, leurs cheveux. L'incendie teignit le ciel en rose orangé. On entendait les rugissements des flammes.

Clem les dépassa dans l'autre sens et marqua une pause sous le fil de fer. Dom pivota pour la regarder. Il tenait fermement Sol dans ses bras.

Sans lui laisser le temps de lui demander où elle allait, elle passa la clôture. Ses cheveux en bataille et ses yeux féroces s'adoucirent, se brouillèrent, puis elle se changea en cendres : délicates, grises et belles. Sa silhouette se désagrégea dans l'air, et le vent se leva pour la ramener vers la Maison en flammes.

Chapitre 33

Séance d'évaluation #1.016

Une liste de noms est posée entre eux. Son nouveau docteur, une femme, se penche en avant pour la pousser plus près de lui. Elle prétend que l'un de ces noms est son véritable nom, celui qu'il portait avant.

— Tu sais lequel ? Tu peux me le montrer ?

Les lettres dansent comme des araignées sur le papier.

— Non.

— Regarde attentivement. Prends ton temps.

Il les lit un par un, en les répétant dans sa tête pour voir, mais c'est comme poser un pansement sur une peau mouillée. Ils glissent dès qu'il essaie de se les appliquer.

Il lève les yeux et secoue la tête. Elle lui adresse un sourire compatissant.

— Tu aurais envie que je te le dise ?

— Non, répète-t-il.

La pièce a été conçue pour le mettre à l'aise, mais il la trouve trop étriquée, ils sont assis trop près l'un de l'autre. Un radiateur à gaz brûle sur de faux charbons dans une cheminée condamnée et des étagères surchargées de livres se dressent du sol au plafond derrière elle. Une plante – il n'arrive pas à savoir si elle est vraie ou fausse – posée sur une des étagères déverse ses feuilles blêmes par-dessus son pot. Les diplômes au mur prouvent que cette femme est qualifiée pour psychanalyser les enfants et les adolescents.

Il ne sait pas s'il est à l'hôpital, comme avant. « Avant » reste un endroit difficile à situer, qui n'est jamais bien net dans sa tête. Les policiers qui les ont récupérés à la cabine téléphonique sur la route principale les ont amenés directement ici. Elle est le seul médecin à qui il ait parlé jusqu'à présent.

Il est épuisé. Il a passé ces dernières nuits à dormir seul dans une chambre, sans aucune verdure. Il fixe sa plante avec envie.

— Continuons, dit-elle.

Elle feuillette ses papiers et sort un épais cahier ainsi qu'un stylo.

— Je veux que tu me racontes encore une fois ce dont tu te souviens. C'est important que tu détailles exactement ce qui s'est passé.

— C'est ce que j'ai fait.

— Je sais, mais encore une fois, s'il te plaît.

— C'est ce qui s'est passé, insiste-t-il.

Elle tapote la première page. De là où il est, il ne peut pas la lire.

— Tu n'as rien oublié ? l'interroge-t-elle. Tu ne gardes pas de secrets ?

— Non.

Elle écrit dans son cahier puis elle range les pages volantes de sa déclaration et la liste de noms dans un épais dossier à couverture verte.

— Qu'est-ce qu'il y a dedans ? veut-il savoir.

— C'est toi, explique-t-elle en posant une main dessus. Depuis l'incendie. Tout ce qu'on a pu retrouver pendant que tu avais disparu.

— Qui a su que j'avais disparu ?

Elle cligne des yeux, surprise.

— Le personnel de l'hôpital. Quand ils sont venus te voir le matin, tu n'étais plus là. Tout le monde était très inquiet.

Elle se tait un instant, en attendant qu'il donne des explications. Comme il reste muet, elle reprend :

— Je ne peux pas m'empêcher de me demander si ce qui est arrivé à tes parents dans l'incendie a un rapport avec ça.

— Ça quoi ?

— Ce que tu m'as raconté sur l'endroit où tu étais. Je comprends que certaines choses soient plus faciles à dire avec… (elle agite les mains) des histoires.

— Ce n'est pas une histoire, proteste-t-il.

— Je suis sûre que non. Mais je dois m'en assurer.

Elle veut des chiffres. Combien d'enfants y avait-il ? Combien de jours pense-t-il être resté là-bas ? Combien de noms sur le mur de la classe ?

Il a du mal à se concentrer. Elle est gentille, souriante et elle attend patiemment ses réponses sans se braquer quand il se montre impoli ou cassant, mais c'est quand même un docteur, et ça, il ne peut pas l'oublier. Il triture son insigne qu'il a épinglé au nouveau pull qu'on lui a donné, passant sans relâche le pouce sur la tête de loup si familière.

— Personne ne veut me dire si Dom va bien.

— Il est en sécurité, lui assure-t-elle. Nous essayons de l'apaiser et de comprendre ce qui s'est passé, comme toi et moi le faisons.

— Je peux le voir aujourd'hui ? insiste-t-il.

— Quand nous aurons terminé. Nous avons besoin de connaître vos versions, à l'un et à l'autre.

— D'accord. C'est juste que… moi, j'ai déjà vécu à l'extérieur, mais pas lui. Il doit être terrifié.

Elle marque une pause quand il se tait, avant d'ajouter quelque chose à ses notes.

— Tu sais, si tu me laissais regarder ce disque dur, ça pourrait répondre à certaines de mes questions.

Il sent le poids de la boîte métallique dans sa poche. Il ne l'a pas lâchée. Il dort avec la main autour.

— Je vous ai dit que vous l'aurez quand vous aurez amené les autres. Quand vous les aurez tous sauvés.

— Je ne vois pas pourquoi...

— Parce que nous devons la donner ensemble, lance-t-il. Vous avez affirmé que vous alliez les trouver. Où sont-ils ?

— Nous avons envoyé des gens et... eh bien, c'est l'un des sujets dont nous devons discuter aujourd'hui.

La voix du docteur s'adoucit. Une appréhension le gagne.

— Quoi ?

— Nous avons retracé vos pas et suivi vos indications, mais... nous n'arrivons pas à trouver Ash House.

— Je vais vous réexpliquer.

— Non, mon garçon, tu ne comprends pas.

Elle se penche par-dessus la table et glisse une main vers lui, qu'il ne prend pas.

— Elle n'est pas là-bas.

Une fraction de seconde, la pièce vacille affreusement.

— Parce qu'elle a brûlé ? murmure-t-il.

— Parce qu'il n'y a rien là-bas, rien du tout.

Il se souvient de la chaleur vive des flammes. Même par le feu, elle n'aurait pas pu disparaître comme ça. Peut-être était-ce comme pour la cabane qui changeait de place chaque jour, mais qui apparaissait quand même, sans changer d'aspect.

— Mais les autres...

— J'ai trouvé tes histoires fantastiques. Je ne peux pas m'empêcher de...

— Fantastiques ? Vous croyez que j'ai tout inventé ?

— Non, s'empresse-t-elle de répondre.

— Mais si !

Elle passe une main sur ses notes.

— Il y a peut-être autre chose. Peut-être ajoutes-tu ces détails merveilleux, ces enfants merveilleux et cet affreux docteur pour expliquer d'autres circonstances.

— Non.

— Réfléchis bien, l'encourage-t-elle.

— Je n'ai rien à...

— Le cerveau est capable d'exploits extraordinaires. De s'imaginer, de voir des choses.

Il lui jette un regard noir.

— C'est ce que disait le Docteur.

— Je ne suis pas comme lui.

— Non, concède-t-il. En effet. Parce que lui, il me croyait. Il était peut-être... je sais qu'il était... mais au moins, il me croyait.

— Ça semble très important pour toi.

— Il était important.

— D'après ce que tu m'as confié, il était extrêmement méchant.

— Ce qu'il a accompli là-bas était important. Et il n'était pas méchant, pas entièrement. Son Obligeance a juste été... piégée.

Il s'imagine les autres devant les flammes, en larmes, maculés de suie, main dans la main autour d'une nouvelle tombe près de celle du porc, la photo que Dom a volée posée avec amour sur le monticule. Des histoires de temps plus heureux. Un insigne doré gravé d'un phénix brillant sous le ciel orange.

— Ta jambe te démange encore.

Il n'avait pas remarqué qu'il se frottait le genou.

— Ce n'est rien, dit-il.

Il fait beaucoup, beaucoup trop chaud ici.

— On peut ouvrir la fenêtre ?

Elle continue de parler en poussant la vitre et en attachant le loquet.

— Tu sais, les docteurs d'ici veulent t'aider. Si tu acceptais de les laisser t'examiner...

— NON !

Son cri a jailli de lui sans prévenir.

— Nous voulons juste t'aider.

— Je ne veux pas de votre aide ! grogne-t-il.

Le picotement dans sa jambe est insupportable, c'est une démangeaison qu'il n'arrive pas à atteindre en grattant.

— Ça suffit, les piqûres, les analyses, les jugements...

— Mais tu veux qu'on te croie, lui rappelle-t-elle. Pour être cru, il faut être honnête. On ne peut pas s'exprimer par énigmes et raconter des contes de fées.

— Qu'est-ce que vous voulez que je vous dise ?

Sa colère bouillonnante éclabousse le visage calme et fixe de son interlocutrice. Il se sent écrasé par le poids de tout ce qui s'est passé.

— Quelque chose de crédible, c'est ça ? Vous voulez que je vous dise que les Shucks sont des chiens ? demande-t-il. Parfait, dites à tout le monde que ce sont des chiens. Dites-leur que la cabane ne se déplaçait pas, mais qu'il y en avait plusieurs différentes avec des caméras qui fonctionnaient en permanence. Dites-leur que la clôture mesure deux mètres de haut et qu'elle est hérissée de fil barbelé. Dites-leur que le porc était un intrus humain. Dites-leur que je fais encore des cauchemars d'odeurs de terre retournée et de cadavre.

Il respire avec difficulté. Le seul bruit qui suit son emportement est le ronflement discret du radiateur.

— Et la maison ? s'enquiert-elle doucement. Qu'étaient les cendres, en réalité ?

Il baisse les épaules, ne s'apercevant que maintenant qu'elles étaient contractées contre son cou.

— Les cendres, c'est… la sensation d'être ensemble. De jouer dans les bois chaque été, d'être aimé par le Directeur, mais d'être aussi sous son influence, de se réveiller près de vos meilleurs amis chaque jour et de savoir que tout ce dont vous avez besoin est là. (Il hoche la tête.) Les cendres, c'est la sensation d'être à la maison.

Le silence s'installe un moment. Elle ne note rien de plus sur son cahier.

— Mais tu es parti.

— Oui. Je suis parti. Je veux voir Dom, maintenant.

Elle regarde la pendule.

— *Maintenant*, insiste-t-il.

— D'accord. Je pense qu'on a assez avancé pour aujourd'hui.

Elle rassemble ses affaires.

— Est-ce qu'il va bien ? veut-il savoir.

— Nous avons recousu ses plaies et nous l'avons réhydraté. Il est très traumatisé. Je ne lui ai pas parlé, mais d'après ce que j'ai compris, il ne s'en sort pas aussi bien que toi, donc tiens-toi prêt.

Il baisse les yeux sur ses doigts. Ils sont si roses et propres qu'il a encore du mal à croire que ce sont les siens.

— Je l'aiderai, répond-il.

— Je reviens dans une minute.

Elle se lève et récupère le dossier vert. Puis, marquant une pause, elle sort le papier avec la liste de noms. Elle en entoure un et la pose sur la table.

— C'est celui que j'ai entouré, indique-t-elle. Si ça t'intéresse.

Ensuite, elle sort en refermant la porte derrière elle. Il fixe la lueur électrique du feu factice jusqu'à s'en brûler les yeux. Puis, avec le nouveau fauteuil qu'ils lui ont donné, il s'avance, ramasse le papier, le froisse, le jette au feu. Il glisse par terre, intact.

Il pensait ce qu'il a dit. Il n'en veut pas.

Son nom est Solitude.

Il profite qu'elle soit sortie pour se diriger vers l'étagère et prendre la plante. Ses feuilles épaisses reflètent la lumière. De près, il constate qu'elle est vraie. Il la pose sur ses genoux et retourne à la table.

Quand la porte se rouvre, elle fait entrer Dom. Ils ne sont séparés que depuis quelques jours, mais il a l'air plus vieux que dans le souvenir de Sol. Il a le visage moins rond.

— Tu es là, déclare Dom.

— Je suis là.

— Je vous laisse une minute, déclare la nouvelle docteur. Je suis au bout du couloir, en cas de besoin.

— Merci beaucoup, répond Dom.

Les yeux de la femme se posent sur la boule de papier par terre. Elle interroge Sol du regard, qui se contente de hausser les épaules. Elle referme la porte derrière elle.

Dom se jette au cou de Sol en le serrant fort de son bras valide. Ses cheveux lui rentrent dans l'oreille et son menton se cale sur son épaule.

— Tu sens la fumée, murmure Sol.

— Quoi ? demande Dom en s'écartant.

— J'ai dit, tu te sens bien ?

— Pas vraiment.

Il s'installe dans le fauteuil du docteur en face de Sol. Ça doit lui sembler trop loin, trop formel, parce qu'il finit par le traîner autour de la table pour se rapprocher.

— Il y a un homme qui n'arrête pas de venir me parler. Question sur question sur question, lui raconte Dom avant de se pencher en avant pour chuchoter : Ils croient que Ash House n'existe pas.

— La femme à qui je parle pense la même chose.

— L'homme dit que les Shucks sont sûrement « une projection de mes terreurs les plus enfouies et des sentiments conflictuels sur mon rôle dans notre fugue ».

Sol ne peut s'empêcher de sourire.

— Ah bon ?

— Je ne crois pas que j'aurais pu inventer les Shucks.

— Non. Moi non plus.

— Je ne leur ai pas tout révélé, j'ai gardé un secret, lâche soudain Dom.

— Quel secret ?

Dom sort de sa poche un papier qu'il déplie.

— Ils m'ont donné des crayons pour dessiner, explique-t-il. Mais ils ne m'ont pas vu faire celui-ci.

Sol reconnaît le domaine de Ash House dans un coin. La cabine téléphonique est clairement marquée. Des traits irréguliers au feutre ainsi que des flèches mènent jusqu'à un carré avec une chambre à coucher à l'intérieur.

— C'est un plan ? demande-t-il.

— Au cas où on n'arriverait pas à retrouver notre chemin, confirme Dom. J'ai essayé de mémoriser les virages quand on était dans la voiture avec les lumières.

— La voiture de police.

— Je ne l'ai pas montré à l'homme qui m'a posé des questions.

— Le psychiatre.

— Sol, je ne pensais pas que l'extérieur ressemblerait à ça.

— Je sais.

— Mais ce n'est pas grave. Ce n'est pas ta faute. On va rentrer à Ash House, hein ? Les autres ne nous en voudront pas d'être partis, ils comprendront. Et Libby et Cord sont les responsables, maintenant. Ça sera bizarre sans le Directeur, mais tu te souviens, dans la bibliothèque, quand je t'ai dit que si on apprenait assez d'Obligeances, on pourrait diriger Ash House un jour ? Eh bien, je crois que c'est enfin arrivé, parce que...

Sol pose une main sur l'épaule de son ami.

— Dom. On ne va pas y retourner.

Les yeux gris de Dom s'écarquillent.

— Quoi ?

— Ils ne nous laisseront pas faire.

— Alors on s'enfuira !

— On ne peut pas. C'est une bonne carte que tu as dessinée, mais on ne retrouvera jamais notre chemin, et même si on y arrivait, ils nous poursuivraient et ils nous ramèneraient de force.

— Mais…, proteste Dom d'une voix fêlée. Il faut qu'on rentre. J'ai cette drôle d'impression. (Il appuie une paume contre sa poitrine.) Ça empire de jour en jour.

— Ça s'appelle avoir le mal du pays, explique Sol. Mais ne t'inquiète pas. Les docteurs n'essaieront pas de t'en débarrasser.

— Et pour les autres ?

— On va les retrouver.

— Promis ?

Sol hésite, puis secoue légèrement la tête.

— Non. Je l'espère, c'est tout.

Dom se couvre le visage des mains.

— Tiens, j'ai un cadeau pour toi.

Saisissant l'occasion de lui remonter le moral, Sol lui tend la plante.

Dom renifle et sourit avec ravissement.

— Oh ! C'est une *telle* Obligeance.

Il la prend et caresse ses feuilles avec béatitude.

— Elle te tiendra compagnie quand on ne sera pas ensemble.

— Je n'ai pas de cadeau pour toi.

— Je n'ai besoin de rien.

— Tu peux garder le plan. Tu retrouveras le chemin mieux que moi de toute façon.

— D'accord. Merci.

Le silence retombe pendant que Dom dépose sa plante sur le bord de la fenêtre en la déplaçant pour trouver l'endroit idéal.

— Je n'arrête pas d'entendre ce bruit, reprend Dom. Qu'est-ce que c'est ?

— Quel bruit ?

Ils se taisent un instant.

— C'est, euh...

Sol l'entend aussi. Il cligne des yeux plusieurs fois, surpris par cette question. Son cœur se serre.

— Dom. C'est le chant des oiseaux.

Dom se penche contre la fenêtre pour essayer d'apercevoir d'où ça vient.

— Les oiseaux chantent ici ?

— Oui.

— Ce n'est peut-être pas si mal alors. Juste différent.

— Peut-être.

— Je les laisse croire que j'ai tout inventé, lâche soudain Dom en se détournant de la fenêtre pour le regarder. Ils n'arrêtaient pas de hocher la tête et de parler de stress. Au bout d'un moment, c'était plus facile d'être d'accord avec eux. Mais on n'a rien inventé, hein ?

— Non.

— C'était réel.

— C'était réel.

— Elle ne t'en a pas fait douter, n'est-ce pas ?

— Peut-être pendant une seconde, avoue Sol.

— Moi aussi. Plus ou moins. Pendant une seconde.

Dom ferme les yeux. Des larmes brillantes roulent sur ses joues. C'est plus que Sol ne peut en supporter.

— Si seulement Concord et Libby étaient là, reprend-il. Ils sauraient quoi faire. Si seulement...

Il regarde la plante mais, soudain, il remarque un détail derrière, sur le rebord de la fenêtre. Ça lui donne une idée, une idée si fragile qu'il craint de l'exposer à Dom, au cas où elle soit impossible.

— Si seulement on pouvait leur téléphoner, termine-t-il. Dom, le téléphone !

— Comment ?

— Ce truc ! Passe-le-moi !

Il est plus récent que celui de Ash House. Dom l'observe avec fascination en le soulevant du bord de la fenêtre.

— Un autre téléphone…

— Tu n'as jamais appelé personne au téléphone, hein ?

Dom secoue la tête.

— C'est très facile. Tout ce qu'il nous faut, c'est le numéro. Il doit y avoir onze chiffres. Le Directeur ne t'en a jamais parlé ? Il ne vous a jamais expliqué comment il vous appelait ?

Dom réfléchit en se mordant la lèvre.

— Il ne m'a jamais appris de numéro.

Les maigres espoirs de Sol s'envolent.

— Mais, reprend Dom, il y avait…

— Quoi ?

— Je ne me souviens pas si c'était onze…

— Dom, quoi ?

— Ne me crie pas dessus ! L'autocollant.

— Quel autocollant ?

— Celui qui était sur le côté du téléphone à la Maison. Il y avait des chiffres écrits dessus…

— Tu t'en souviens ?

— Bien sûr.

— Viens ici, ordonne Sol en portant le combiné entre leurs deux oreilles. Maintenant, dicte-moi.

Il appuie sur le pavé numérique à mesure que Dom égrène les chiffres. Il y en a onze.

Ils attendent.

Ils entendent une sonnerie.

Ils se penchent si près que leurs têtes se touchent. Sol inspire les effluves persistants de fumée qui, mystérieusement, émanent de Dom.

Au bout du fil, le téléphone sonne, encore et encore.

Il s'imagine les autres se précipiter vers le téléphone, vers eux, les flammes s'éteignant, sachant que ce sont Dom et lui… parce que, qui d'autre cela pourrait-il être ?

Ça sonne toujours. C'est trop long. Personne ne va répondre, c'est sûr.

La sonnerie se tait.

Puis, les joues mouillées de Dom se fendent d'un sourire aussi large que le soleil.

Une voix de fille crépite dans le combiné :

— Allô ?

Remerciements

J'aimerais remercier ma brillante agent, Rachel Mann, la première à avoir dit « oui » à *Ash House* et qui a porté l'histoire de Dom et de Sol dans le monde. Tu as vu ce que pouvait devenir ce livre dans les moments où je n'y croyais plus moi-même. Un grand merci également à Jo, Donna et Milly chez JULA, pour votre gentillesse et votre soutien.

C'est une joie de voir *Ash House* naître chez Chicken House. Un grand merci à mon éditrice incroyablement talentueuse et attentionnée, Rachel Leyshon. Ça a été un privilège d'explorer Ash House avec toi. Barry Cunningham, je n'oublierai jamais tes encouragements et tes compliments sur cette histoire. Merci de tout cœur au reste de l'équipe : Rachel H., Elinor, Esther, Laura, Kesia, Jazz et Sarah. Je souhaiterais aussi remercier ma relectrice à l'œil de lynx, Daphne, ainsi que l'équipe de Scholastic de l'autre côté de l'océan. Un remerciement particulier à Olia Muza pour ces illustrations magnifiquement sombres dans la version originale.

Depuis toutes ces années, les professeurs géniaux ont été trop nombreux pour être tous cités ici, mais j'aimerais remercier particulièrement mes professeurs et collègues étudiants du Warwick Writing Programme de l'université de Warwick, ainsi que l'équipe de Creative Writing de l'université de Californie à Irvine.

À mon groupe CBC dans le cyberespace, vos emails et votre soutien sont le carburant dont un auteur ne saurait se passer.

Nikoline Nordfred Eriksen, ma très chère amie et mon tout premier soutien, ce livre n'existerait tout simplement pas sans toi. Sophie Shorland et Alice Porter, j'ai tellement de chance d'avoir des amies doublées de lectrices si généreuses et intelligentes. Merci.

À mes merveilleux parents, la liste de tout ce pour quoi je devrais vous remercier pourrait remplir un livre entier, alors j'ai préféré vous dédier le premier.

Et pour finir, merci au meilleur exemple d'Obligeance que j'aie trouvé dans ce monde, Callum. Notre histoire sera toujours ma préférée.

Si vous avez aimé…

ash house

… vous allez adorer :

PAR LE FEU

Découvrez un extrait

Je traverse la cour à toute vitesse, les yeux pleins de larmes, le coeur battant à cent à l'heure.

Le bruit des coups de feu est assourdissant, j'entends littéralement les balles siffler à mes oreilles, j'entends leur bourdonnement d'insecte, mais je ne ralentis pas, je ne dévie pas de ma course pour autant. La Chapelle est ravagée par les flammes, son toit n'est plus qu'un immense brasier d'où s'élève une épaisse colonne de fumée noire. La voix amplifiée de l'Agent résonne au-dessus du camp, hurlant ses ordres en boucle :

— POSEZ VOS ARMES ET AVANCEZ LENTEMENT, LES MAINS EN L'AIR !

Personne ne l'écoute. Ni les autres Agents ni aucun de mes Frères et Soeurs.

Au loin, près du Grand Portail, le tank écrase les piètres grillages sous ses chenilles et retourne la terre du désert. Quelque part, derrière le grondement des moteurs et le fracas incessant des armes à feu, je distingue des cris de douleur et des appels à l'aide. Je me force à les ignorer, les yeux rivés sur les cabanes en bois situées à l'extrémité ouest de la Base.

Je trébuche sur quelque chose.

Un violent élancement m'irradie l'épaule lorsque je heurte le bitume fissuré de la cour, mais je me relève en serrant les dents. Puis je me retourne pour voir ce qui m'a fait tomber.

Alice gît sur le dos, les mains crispées sur son ventre.

Son tee-shirt est teinté de rouge. La flaque de sang qui s'étale autour d'elle paraît beaucoup trop grande pour provenir d'une seule personne. Elle est toujours en vie. Son regard vitreux cherche le mien, un regard impossible à décrire. J'y lis de la souffrance, beaucoup de souffrance, mais aussi de la surprise, et de la peur. Et quelque chose qui ressemble à de la confusion, comme si elle ne comprenait pas comment on en est arrivés là.

Je voudrais rester auprès d'elle, lui dire que tout va bien, qu'elle va s'en tirer, mais ce serait faux. Rien ne va bien. Je ne m'y connais pas vraiment en blessures par balle, mais je ne suis pas du tout certaine qu'elle s'en sorte.

Je suis même presque sûre qu'elle va mourir.

Je la dévisage, perdant de précieuses secondes, jusqu'à ce que la partie de mon cerveau qui fonctionne encore me hurle de me dépêcher. Je repars vers les cabanes. Lorsque je me détourne d'elle, les yeux d'Alice s'écarquillent, mais ils n'expriment pas de colère. Je crois qu'elle comprend.

En tout cas, c'est ce que je me dis.

Une silhouette émerge d'un nuage de fumée. Je m'arrête net, les mains levées. Heureusement, ce n'est pas un Agent avec casque noir, masque et fusil. C'est Amos. Il a les yeux rouges et bouffis, un bras qui pend sur le côté, inerte, et l'autre main serrée sur un pistolet.

— Où est le père John ? me demande-t-il d'une voix rauque. Tu l'as vu ?

Je secoue la tête et tente de le contourner, mais il m'en empêche.

— Où est-il ? Où est le Prophète ?

— Je n'en sais rien !

Je dois crier pour me faire entendre, car le tank vient d'entrer dans la cour et les rafales redoublent d'intensité. L'incendie se propage de bâtiment en bâtiment, plus vite que mes yeux ne peuvent le suivre.

Je repousse Amos de toutes mes forces, ce qui le fait tituber. Le temps qu'il braque son arme sur moi, je suis déjà repartie. Les détonations claquent dans mon dos sans qu'aucune des balles n'atteigne sa cible. Puis je plonge dans la fumée.

C'est presque impossible de respirer. J'ai beau plaquer ma main sur ma bouche et mon nez, le nuage âcre s'infiltre entre mes doigts et me fait tousser. Je zigzague entre les corps des Frères et Soeurs tombés autour de moi. Quelques-uns remuent encore, se traînent sur le sol, convulsent comme en pleine crise d'épilepsie.

Mais la plupart sont immobiles.

Les baraques ouest surgissent devant moi, leurs murs et leurs toits plats enveloppés de volutes sombres. Le rythme des coups de feu ne faiblit pas. Avec toutes ces balles qui fusent, ce n'est plus qu'une question de temps avant que l'inévitable se produise. Mais tant que je parviens à ouvrir les baraques avant, je m'en fiche.

Complètement.

La fumée se dissipe un peu lorsque j'approche de la première cabane et je sors mon passe-partout de ma poche. Au moment où je m'empare du cadenas fixé à la poignée, il y a comme un grésillement. Je mets une fraction de seconde à comprendre ce qui se passe, jusqu'à l'explosion de douleur. Je lâche aussitôt le cadenas incandescent, mais une bonne partie de ma paume reste collée sur le métal. Je tombe à genoux, pressant ce qui reste de ma main gauche contre mon ventre, pendant qu'un cri inhumain jaillit de mes lèvres.

La souffrance me submerge.

J'ai l'impression que ma main est plongée dans un bocal d'acide. Tandis que mon cerveau tente de surmonter cette torture, tout le reste disparaît : l'odeur de la fumée, la chaleur de l'incendie, les coups de feu. Ma vue se brouille, tous mes sens s'affaiblissent. Puis quelqu'un me pousse violemment dans le dos et la réalité reprend ses droits en même temps que je m'étale à plat ventre.

Un Agent se tient devant moi, le visage dissimulé par son masque, son arme pointée entre mes deux yeux.

— Les mains en l'air ! (C'est une voix d'homme.) J'ai dit les mains en l'air !

Je m'exécute en tremblant.

— S'il vous plaît. Les enfants. Il y a des enfants dans ces baraques. S'il vous plaît.

— La ferme ! Pas un mot de plus !

— S'il vous plaît. Dans les baraques. Il faut les sauver.

L'Agent jette un coup d'oeil vers les bâtiments. J'ai le vertige, envie de vomir et l'impression que je vais tomber dans les pommes. Mais je me l'interdis. Je me concentre sur sa silhouette sombre.

— Les cadenas, je marmonne en lui tendant le passe-partout. S'il vous plaît...

Mes forces m'abandonnent. Les yeux de l'Agent se posent sur la baraque la plus proche. Puis sur moi. Puis sur la baraque.

— Et merde ! s'écrie-t-il en m'arrachant le passe.

Je le vois saisir le cadenas de sa main gantée, glisser la clé à l'intérieur. Durant un bref instant de cauchemar, je me demande si tout cela n'était qu'une perte de temps, s'il existe des serrures impossibles à forcer. Enfin, l'Agent ouvre la porte. Mes Frères et Soeurs se précipitent à l'extérieur en toussant, les yeux rouges et pleins de larmes.

— Allez au Grand Portail, je leur lance. Restez ensemble. Levez les mains...

À l'arrière du groupe, je reconnais Honey. Une sensation indescriptible m'envahit la poitrine, me faisant oublier la douleur de ma main. Elle a les paupières gonflées, le teint pâle, mais les lèvres et la mâchoire crispées par la détermination. Et surtout, elle respire.

Je n'étais pas sûre que ce serait le cas.

Elle aide les derniers enfants paniqués à sortir avant de les guider vers le Grand Portail au sud. L'Agent court à la deuxième baraque en réclamant des renforts dans sa radio. Quelque chose se libère en moi, une vague de soulagement si intense que je la ressens physiquement. Elle insuffle un regain d'énergie dans mes muscles épuisés. Je parviens à m'asseoir.

Les enfants traversent la cour, leurs petites mains tendues au-dessus de leur tête. Le nuage de fumée crache un groupe d'Agents qui les prennent dans leurs bras pour les faire sortir par les trous béants du grillage. Je les entends crier, appeler leurs parents. Mon coeur se brise, mais ils sont vivants, ils sont toujours vivants. Et c'est tout ce qui compte maintenant que le monde est en feu.

Un hurlement suraigu s'élève soudain au milieu des rafales et du grondement de l'incendie. Je tourne la tête dans sa direction. Près des ruines fumantes de la Chapelle, deux Agents tiennent Luke par les bras et les jambes. Il se débat comme un diable en exigeant qu'ils le lâchent, qu'ils le laissent partir avec les autres, qu'ils le laissent faire son Ascension.

Sa voix emplie de fureur, de ferveur, de désespoir et d'affolement est la dernière chose que j'entends avant de sombrer dans le noir.

APRÈS

... Je dérive...

... ma main est comme rongée par le feu. Je soulève mes paupières, tout est blanc, un bip régulier résonne et une ombre sans visage flotte devant moi. J'essaie de crier mais rien ne sort de ma bouche, j'ai tellement peur que je ne peux même plus réfléchir. Mes yeux se révulsent et...

... un homme se penche sur moi, deux yeux au-dessus d'un masque blanc, il brandit une énorme aiguille que je contemple, pétrifiée, et quand il l'enfonce dans mon bras, je ne sens rien car la douleur de ma main est toujours si intense qu'elle occulte tout le reste. Je sais que c'est un docteur, je me souviens d'en avoir vu à la télé quand j'étais petite et que c'était encore autorisé, mais je n'en avais jamais rencontré. Le Prophète hurle dans ma tête que ce sont des AGENTS DU GOUVERNEMENT, tous autant qu'ils sont, des SERVANTS DU SERPENT, et ses rugissements me font mal au crâne et me retournent l'estomac. Je suis si terrorisée que je ne peux même plus respirer. Le docteur scotche sur ma peau l'aiguille toujours plantée dans mon bras puis la relie par un tube à un sachet de liquide blanc laiteux. Il me dit quelque chose que je ne comprends pas, le liquide se met à couler, je le vois descendre le long du tube, mais je suis incapable de bouger un muscle. Une pensée prend forme dans mon esprit par-dessus les hurlements du père John, l'inquiétude de ce qui va se passer lorsque le liquide blanc se propagera dans mon corps, la crainte de ne plus être moi-même la prochaine fois que je me réveillerai…

… les lumières braquées sur moi sont aveuglantes, mais la douleur a beaucoup diminué et le sachet en plastique à l'autre bout du tube est vide. Je réussis à lever la tête, juste assez pour apercevoir le gros bandage qui entoure ma main gauche. Parfois, un docteur vient se planter près de mon lit, parfois j'entends des éclats de voix au loin, et parfois je me mets à pleurer sans plus pouvoir m'arrêter. J'ai trop chaud, trop froid, rien ne va, je voudrais seulement rentrer chez moi, parce que même ça, ce serait mieux qu'être ici. Un homme en casquette et en uniforme me demande mon nom, mais la voix du père John m'interdit de répondre, alors je ne réponds pas. Il me repose la question, toujours sans résultat, lève les yeux au ciel puis s'en va…

… une femme en uniforme commande à quelqu'un de me faire asseoir. Des mains se glissent sous mon corps, enfonçant leurs doigts dans ma peau, et me hissent vers le haut du lit pour m'adosser à un oreiller. La femme en uniforme dit : « C'est mieux », et je manque d'éclater de rire, car on est loin, très loin du « mieux ». « Sais-tu qui a allumé le feu ? » m'interroge-t-elle. Je fais non de la tête. « Qui a distribué les armes ? », je fais non de la tête. « As-tu vu John Parson après le début de la fusillade ? », je fais non de la tête. « Que s'est-il passé dans la maison ? Pourquoi y es-tu allée ? », je fais non de la tête. Elle me dévisage avant de reprendre la parole d'un ton dur. « Des gens sont morts, tu sais. Des tas de gens. Il va falloir que tu nous parles. » Elle se penche sur moi et comme j'ignore ce qu'elle va faire, je baisse le nez. Mes yeux se posent sur une plaque dorée à sa ceinture, frappée des mots « Département du shérif – comté de Layton ». Mon cœur cesse de battre et je me mets à hurler, la femme en uniforme recule d'un bond, les yeux écarquillés, puis j'entends des bruits de pas qui accourent et mon cœur redémarre. Je me débats de toutes mes forces sur le lit, je hurle, je hurle, je hurle, des mains m'empoignent par les bras et les jambes, un docteur approche avec une aiguille, et…

… les visages de mes Frères et Sœurs jaillissent de l'obscurité, des visages que je connais depuis toujours, les cheveux en feu, la peau en train de fondre sur le crâne, et ils crient les mêmes mots encore et encore et encore : « C'EST TA FAUTE TA FAUTE TA FAUTE TA FAUTE TA FAUTE. » Je leur tourne le dos, j'essaie de courir, mais le sol se transforme en sable mouvant sous mes pieds, je m'enfonce jusqu'aux chevilles, des doigts me frôlent les épaules et la nuque. Malgré ma terreur, je ne peux pas hurler, parce que ma bouche refuse de s'ouvrir. Tout ce que je peux faire, c'est dériver dans ce noir d'encre, me traîner de mon mieux et chercher le chemin du retour…

… un homme en costume sombre se tient près de mon lit, je suis en nage, ma main me fait très mal, comme si elle était couverte de fourmis rouges, et je n'ai jamais été aussi fatiguée de ma vie. Mon corps me paraît lesté de plomb et de béton, mes paupières sont la chose la plus lourde au monde. L'homme m'informe qu'on va me transférer, je voudrais savoir où mais tout ce qui sort de ma bouche, tandis que le père John me rappelle *qu'on ne parle pas aux Étrangers, jamais, sous aucun prétexte*, c'est un chuchotement rauque. L'homme me répond qu'il ne sait pas, alors je rassemble mes dernières forces pour lui demander qui d'autre a survécu. Il fait simplement la grimace avant de s'éloigner…

… j'ai un pinceau dans la main, dégoulinant de peinture bleue, je sais que c'est un rêve mais je m'en moque, car je ne veux pas me réveiller. Je peins le mur en bois qui se trouve devant moi, je perçois le bruit des vagues qui s'écrasent au pied de la falaise en contrebas, je sens la fumée qui s'échappe par la cheminée, et je sais que si je baisse les yeux, je verrai de l'herbe verte sous mes pieds. Mais je ne les baisse pas. Je continue à peindre une planche, puis une autre, puis une autre…

… un nouvel homme vêtu du même costume sombre me lit des noms notés sur un morceau de papier. En entendant ceux de Honey, de Rainbow, de Lucy et de Jeremiah, je fonds en larmes, des larmes de soulagement, et l'homme m'adresse le premier sourire auquel j'ai eu droit depuis que je suis couchée sur ce lit. Il continue sa lecture, mais pas longtemps, et mon soulagement cède la place au désespoir tandis que mes larmes redoublent, car cette liste est beaucoup, beaucoup trop courte…

… deux docteurs poussent mon lit le long d'un couloir dont le plafond défile, jusque dans une boîte métallique qui vibre et cliquète et me donne envie de vomir. J'étends les bras pour me tenir aux parois, mais l'un des docteurs les replace sur le lit en me faisant atrocement mal à la main. Comme je crie, il dit « Désolé », le regard froid et la bouche invisible derrière son masque. Il y a un *bip*, une secousse, une bouffée d'air frais, et on recommence à avancer. J'aperçois un fragment de ciel, aussi bleu que le mur de mon rêve, avant d'être soulevée et rangée dans une nouvelle boîte métallique, bordée cette fois d'étagères, de cartons, de bouteilles et d'appareils que je n'ai jamais vus. Le sol vibre, un moteur démarre, tout près, on dirait un peu celui du pick-up rouge d'Amos, mais en nettement plus fort et plus rageur…

… une femme au visage doux en uniforme blanc m'aide à me lever du lit sur lequel je suis allongée depuis mon réveil, pour m'installer sur un autre matelas, dans une pièce blanche et carrée percée d'une unique fenêtre, tout en haut d'un mur. Elle m'indique un bouton orange près de la porte, sur lequel je peux appuyer pour l'appeler. Une grosse boule se forme dans ma gorge, je lui demande de ne pas me laisser seule, elle me prend dans ses bras, je recommence à pleurer et la voix dans ma tête s'énerve parce que je n'avais pas pleuré comme ça depuis toute petite. Mais c'est plus fort que moi. La femme au visage doux me console, elle me caresse les cheveux, me dit que ce n'est rien, que tout va bien se passer, qu'elle sera juste à côté si j'ai besoin d'elle. Puis elle se détache délicatement de moi, me sourit une dernière fois et quitte la pièce en refermant la porte derrière elle. Au moment où je m'allonge sur le lit, j'entends le déclic métallique d'une serrure qu'on verrouille…

… je dérive…

La suite déjà en librairie !

Composition et mise en pages
Nord Compo à Villeneuve-d'Ascq